第一人称复数"我们"叙事研究

王美红 ◎ 著

中国社会科学出版社

图书在版编目(CIP)数据

第一人称复数"我们"叙事研究/王美红著.—北京:中国社会科学出版社,2020.9
ISBN 978-7-5203-7356-2

Ⅰ.①第… Ⅱ.①王… Ⅲ.①小说研究—叙述学 Ⅳ.①I054

中国版本图书馆CIP数据核字(2020)第186510号

出 版 人	赵剑英
责任编辑	刁佳慧 任 明
责任校对	郝阳洋
责任印制	郝美娜

出　　版	中国社会科学出版社
社　　址	北京鼓楼西大街甲158号
邮　　编	100720
网　　址	http://www.csspw.cn
发 行 部	010-84083685
门 市 部	010-84029450
经　　销	新华书店及其他书店

印刷装订	北京君升印刷有限公司
版　　次	2020年9月第1版
印　　次	2020年9月第1次印刷

开　　本	710×1000 1/16
印　　张	13.25
插　　页	2
字　　数	217千字
定　　价	85.00元

凡购买中国社会科学出版社图书,如有质量问题请与本社营销中心联系调换
电话:010-84083683
版权所有　侵权必究

目 录

绪论 研究第一人称复数"我们"叙事的必要性 …………………（1）
 第一节 选题确定 …………………………………………………（1）
 第二节 文献综述 …………………………………………………（6）
  一 国内的相关文学批评与理论阐述 …………………………（6）
  二 国外的相关文学批评与理论阐述 …………………………（7）
 第三节 研究创新点 ………………………………………………（15）
 第四节 研究思路及方法 …………………………………………（16）
 第五节 基本框架与内容 …………………………………………（17）

第一章 第一人称复数"我们"叙事研究的兴起 ……………（20）
 第一节 人称理论的发展流变 ……………………………………（21）
  一 人称的内涵 …………………………………………………（22）
  二 经典叙事学的人称理论 ……………………………………（23）
  三 后经典叙事学的人称理论 …………………………………（27）
 第二节 认知叙事学的变奏曲：从自然叙事学到非自然
    叙事学 ……………………………………………………（34）
  一 "自然的"与自然叙事学 …………………………………（35）
  二 "非自然的"与非自然（的）叙事学 ……………………（38）
  三 自然叙事学与非自然叙事学的关系 ………………………（43）
 第三节 西方第一人称复数"我们"叙事文本的被发现 ………（46）
  一 第一人称复数"我们"叙事小说的零散研究 ……………（47）
  二 布莱恩·理查森的历史性梳理 ……………………………（48）
  三 其他的第一人称复数"我们"叙事小说 …………………（50）

第二章 非自然的第一人称复数"我们"叙事 (52)
第一节 第一人称复数"我们"叙事的界定 (53)
一 第一人称复数"我们"叙事的特殊性 (54)
二 "我们"的基本特征 (56)
三 第一人称复数"我们"叙事在人称理论中的定位 (59)
四 第一人称复数"我们"叙事中的视角或聚焦 (62)
第二节 第一人称复数"我们"叙事的不同类型 (65)
一 布莱恩·理查森的类别划分 (65)
二 阿米特·马库斯的类别划分 (69)
三 "我们"作为主人公与旁观者的差异性研究 (73)
第三节 第一人称复数"我们"叙事的特殊性 (75)
一 非自然的第一人称复数"我们"叙事 (76)
二 不可靠的第一人称复数"我们"叙事 (80)
三 不常见的第一人称复数"我们"叙事 (83)

第三章 第一人称复数"我们"叙事何以可能 (88)
第一节 "我们"的哲学内涵 (89)
一 第一人称复数"我们"叙事理论中的"我们" (89)
二 C. 谢·弗兰克论"我们"主体的存在 (91)
第二节 我们——意图与集体意向性 (95)
一 "集体意向性"研究的缘起 (96)
二 约翰·R. 塞尔论"集体意向性" (102)
第三节 第一人称复数"我们"叙事的文化成因 (106)
一 第一人称复数"我们"叙事的历史性生成 (106)
二 第一人称复数"我们"叙事得以产生的政治因素 (110)
三 第一人称复数"我们"叙事小说家的创新意识 (112)

第四章 "我们"主体在中国百年文学场域中的变迁 (116)
第一节 诗歌领域抒情主体的变迁 (116)
一 五四诗歌:自我意识的觉醒与"我"的出场 (116)
二 20世纪三四十年代左翼诗歌:"我们"是集体主义的歌者 (119)
三 新中国成立后政治抒情诗:"我"是"我们"的代言者 (122)

四 20世纪60年代地下诗歌及之后的诗歌："我"的复归 ……………………………………………………… (125)
第二节 文学评论中言说主体的变迁 …………………………… (127)
一 "我"在立说 ……………………………………………… (127)
二 摆荡在"我"与"我们"之间的言说 ………………… (130)
三 "我们"是真理的代言人 ……………………………… (133)
四 "我们"褪色与"我"的崛起 ………………………… (135)
第三节 中国现当代小说中的叙事人称变迁 ………………… (137)
一 备受青睐的第一人称叙事与捉襟见肘的第三人称限制叙事 ………………………………………………… (138)
二 第三人称叙事的兴起与第一人称叙事的消减 ……… (141)
三 第一人称叙事的复苏与多人称叙事的实验 ………… (145)
四 第一人称复数"我们"叙事的悄然出现 …………… (149)

第五章 我国第一人称复数"我们"叙事的批评实践 ……… (158)
第一节 我国评论界对第一人称复数"我们"叙事的批评实践 ………………………………………………… (158)
一 关于沈从文小说中"我们"叙事的批评实践 ……… (159)
二 关于王安忆小说中"我们"叙事的批评实践 ……… (160)
三 关于徐坤等人小说中"我们"叙事的零散批评实践 …… (161)
第二节 我国第一人称复数"我们"叙事的分类研究 ……… (164)
一 "我们"主体的关系化或类别化建构 ……………… (164)
二 "我们"集体中的群己关系之类别 ………………… (166)
三 "我们感"的形成与集体意识的表达 ……………… (168)
第三节 我国乡土小说中的第一人称复数"我们"叙事 …… (171)
一 乡土小说中第一人称复数"我们"叙事的流变 …… (172)
二 "我们"集体生存空间的建构 ……………………… (176)
三 第一人称复数"我们"叙事乡土小说的特殊性 …… (179)

小结 ……………………………………………………………… (183)
附录 中国第一人称复数"我们"叙事小说 ………………… (188)
参考文献 ………………………………………………………… (191)
后记 ……………………………………………………………… (205)

绪论

研究第一人称复数"我们"叙事的必要性

从西方叙事学界目前的研究状况来看,第一人称复数"我们"叙事还有很大的未被探测的空间可供研究者来探索。随着近几年来非自然叙事学的蓬勃发展,文学作品中的非自然叙事得到了越来越多的学者的关注,扬·阿尔贝(Jan Alber)等人在《非自然叙事、非自然叙事学:超越模仿模式》一文中指出:"近几年来,对非自然叙事的研究已经发展成为叙事学理论中最令人激动的新范式之一。较为年轻的和更为资深的学者都变得越来越感兴趣于对非自然文本的分析,其中的一些文本一直以来被现有的叙事学框架所忽视或者边缘化。"[1] 以第一人称复数"我们"叙事的小说文本为依托,文学批评家和理论家们深入探讨了这种叙事形式所具有的特殊功能。这一举措不仅使人们注意到了以往被忽视的特殊类型的小说文本,并使读者在这一理论的指引下有效鉴赏、评价该类型的文学作品;而且,从理论上来讲,它对以往的叙事人称理论形成了冲击和挑战,并且通过新的理论成果纠正、弥补了以往人称理论的缺陷,促进了叙事学理论的新发展。从这两方面来看,对第一人称复数"我们"叙事展开研究具有理论总结和阅读实践指导的双重作用。

第一节 选题确定

叙事人称是西方叙事学理论中的一个基本概念。西方叙事学界对其含义的认识基本一致,如德国理论家 F. K. 斯坦泽尔(F. K. Stanzel)认为,

---

[1] Jan Alber, Stefan Iversen, Henrik Skov Nielsen and Brian Richardson, "Unnatural Narratives, Unnatural Narratology: Beyond Mimetic Models", *Narrative*, Vol. 18, No. 2, May 2010, p. 113.

人称指的是"叙述者（和受述者）与小说人物之间的关系"①；杰拉德·普林斯（Gerald Prince）在《叙述学词典》中指出，人称指的是"叙述者（和受述者）与被叙故事之间的一组关系"②；莫妮卡·弗鲁德尼克（Monika Fludernik）在《叙事学概论》一书中也指出："在思考叙述者与他们所讲述的人物之间的关系中——叙事学中关于这种关系的术语是人称——我们正在探索叙事结构的另一组基本范畴。"③ 在这些分析中，虽然说法稍有不同，但人称的含义基本都指向叙述者与被叙述者或者与被叙述事件之间的关系。

在西方叙事学界，叙事人称不仅是叙事学中的一个基本概念，还是一个引起很多争议的概念，其争议性并不是表现在对人称之含义的确定上，而是体现在对人称这一概念的存在必要性及人称的分类上。在西方叙事学界，人们通常按照小说文本中出现的人称代词的不同而将小说叙事分为第一人称叙事和第三人称叙事，这一分法在韦恩·布斯（Wayne Clayson Booth）、热拉尔·热奈特（Gérard Genette）和米克·巴尔（Mieke Bal）等人看来并没有多大的价值，因为归根结底任何一个故事的讲述都只能是第一人称"我"的讲述，所以他们纷纷以一些别的术语来取代人称。如布斯的"戏剧化的叙述者"与"非戏剧化的叙述者"、热奈特的"同故事"与"异故事"等术语。在这一时期的重要叙事学理论家中，只有斯坦泽尔坚持使用人称这一范畴，并对这一术语的存在之必要性进行了说明。他从第一人称与第三人称二元对立的角度对这一问题进行了深入的研究。

在以上这些理论家的分析中，主要的分析对象是第一人称和第三人称叙事。虽然普林斯在《叙述学词典》中指出，人称除了第一人称和第三人称叙事之外还有另外一类是第二人称叙事，"该叙述中的受述者是已叙情境与事件中的主要人物"④；但是对第二人称叙事的研究很长时间以来

---

① F. K. Stanzel, *A Theory of Narrative*, trans. G. Goedsche, Cambridge：Cambridge University Press, 1984, p. 48.

② ［美］杰拉德·普林斯：《叙述学词典》，乔国强、李孝弟译，上海译文出版社2011年版，第167页。

③ Monika Fludernik, *An Introduction to Narratology*, London and New York：Routledge, 2009, p. 30.

④ ［美］杰拉德·普林斯：《叙述学词典》，乔国强、李孝弟译，上海译文出版社2011年版，第167页。

并没有引起理论家的关注,即使像布斯这样的叙事学理论大家都曾经认为"运用第二人称的尝试从来不是很成功的"①,并且在论述的时候把它归并到第三人称叙事当中去。直到1994年弗鲁德尼克在《文体》杂志上策划主编了一期关于第二人称叙事的研究专刊之后,对第二人称叙事的研究才具有了一定的规模。其中,弗鲁德尼克、戴维·赫尔曼(David Herman)、布莱恩·理查森(Brian Richardson)等人都曾经撰文论述了第二人称叙事的问题。为了能够在叙事学的人称理论体系中给予第二人称叙事以合理的位置,弗鲁德尼克建议应该重新思考人称这一范畴,她在热奈特和斯坦泽尔的人称模式的基础上作了修改,以便分析第二人称叙事的特征。弗鲁德尼克指出:"在第一人称和第三人称之间,我们所做的区分包括有更多可能的变体。实际上,叙述者、受述者和人物之间能够结成的可能性关系的范围是相当广阔的。"② 其中,就包括第二人称叙事和第一人称复数"我们"叙事。

理查森也认为,人称是一个很重要的概念,它不仅具有存在的必要性,而且还具有广阔的发展空间。他在《非自然的声音:现当代小说中的极端叙事》一书中论及叙事人称的转换问题时说道:"在任何情况下我们都看到一种对第一、第三人称叙事这一简单的、没有任何问题的分类的抛弃。这些作品(多人称叙事)集合而成的丰富性和它们对读者产生的具有挑战性的效果都令人信服地证明了人称作为一个叙事理论和分析范畴的重要性,正如它们所显示的那样,人称这个概念必须被充分地扩展到包括了第二人称叙事、多人称叙事和'不可能的'叙事中。"③ 他在对当代小说及实验小说进行研究的基础上发现,背离了模仿地表现现实的文学类型即非自然的后现代小说,在过去50年里其叙事所发生的最有趣的和最显著的变化,即"从'全知的'第三人称叙事转向限知的第三人称叙事再转向更加不可靠的第一人称叙述者再转向对'你''我们'和混合形式等的新的探索"④。在他看来,"你""我们"和混

---

① [美] W. C. 布斯:《小说修辞学》,华明、胡苏晓、周宪译,北京大学出版社1987年版,第186页。
② Monika Fludernik, *An Introduction to Narratology*, London and New York: Routledge, 2009, p. 31.
③ Brian Richardson, *Unnatural Voices: Extreme Narration in Modern and Contemporary Fiction*, Columbus: Ohio State University Press, 2006, p. 72.
④ Ibid., p. 13.

合形式的叙事这三种形式是"非模仿小说和反模仿小说这一被忽视的二十世纪文学传统中"① 所出现的新的文学叙事类型,它反映了叙述者与所叙事的人物之间结成的不同的新兴关系。因此,我们应该打破叙事文本中只有第一、第三人称叙事这一狭隘观念,看到叙事人称的无限可能性,并对这些新兴的关系进行深入的研究,尤其是第一人称复数"我们"叙事。这一特殊的叙事形式对已存在的人称理论形成了极大的挑战,对我们深化认识人称理论、建构完善的人称理论具有积极的意义。

从日常生活体验来看,我们经常会遇到第一人称复数"我们"作为叙述者来讲述其共同经历的事情并对之作出解释的情况,这种叙述者主体往往是夫妇、同学或者战友等。但是在文学作品中,这种叙事形式还是相当少见的,在1992年之前这种叙事现象并没有引起叙事学理论界的重视。随着文学批评者、文学理论家对第一人称复数"我们"叙事之小说文本的发现与探究,第一人称复数"我们"叙事受到越来越多的关注,且其研究也在不断深入。目前在叙事学领域中,对第一人称复数"我们"叙事的研究做出重要贡献的理论家包括尤里·马格林(Uri Margolin)、理查森和阿米特·马库斯(Amit Marcus)等人。

从其本质上来讲,第一人称复数"我们"叙事究竟是什么呢?弗鲁德尼克在热奈特观点的基础上作了进一步的推论。她说,按照热奈特的观点来说,如果第一人称叙事中的叙述者与小说中的主要人物之间是同一的,主人公讲述他自己的故事,这种情况就可以称为是自我故事。以此类推,"第一人称复数'我们'叙事是部分的自我故事,在其中自我是一个群体中的成员但是突出了她/他作为叙述者的特征"②。作为对第一人称复数"我们"叙事进行理论探讨的主要拓荒者,加拿大学者马格林则从语义学的角度对"我们"的内涵进行了鉴别。依照马格林的观点来看,第一人称复数"我们"叙事简单来讲就是用"我们"来进行叙事,其中"说话者是一个群体的某个个体成员,他陈述了它的集体行动也可能陈述了一个集体主体的自我形象。尽管,他或者她不是作为

---

① Brian Richardson, *Unnatural Voices: Extreme Narration in Modern and Contemporary Fiction*, Columbus: Ohio State University Press, 2006, p. 14.

② Monika Fludernik, *An Introduction to Narratology*, London and New York: Routledge, 2009, p. 154.

这个群体的发言人，只能够讲述有关这个集体的事情，而不能代表它讲话"①。

相比较于其他的叙事人称而言，"我们"并不具有一个稳定的位置，它"实际上占据了发送者角色（我）和第二人称、第三人称（非我）的发送者角色之间的中间位置"②，"说话者必然以他或者她自己的名义以及另一个人的名义来说话"③。也就是说，在作为说话者的"我们"中，至少有两个个体，其中之一是"我们"在当前所表现的说话人，因此"'我们'等于'我'加别人，或者是说话者扩大化"④。由于说话者总是游离在"我"与"我"之外的某个群体中的其他人之间，所以"'我们'叙事在第一人称和第二、第三人称之间占据了一个不稳定的位置"⑤。而且，他认为，在集体叙事的名目之下把叙述者自己当下的自我认知和对其他成员的思想所作的推断结合在一起并不是一件容易的事。马格林对第一人称复数"我们"叙事的这一番论述为后来的第一人称复数"我们"叙事研究奠定了基调，后来者理查森和马库斯对其观点或有借鉴或有批判，进而推进了第一人称复数"我们"叙事的研究。但是，从总体上来看，不论是在西方学术界，还是在中国学界，关于这个问题的研究都有待进一步的深入。

本书的写作希望能够达到以下两个目的：一方面能够使学界了解到目前西方叙事学研究的发展动态、唤起国内学者对第一人称复数"我们"叙事问题的重视；另一方面通过对国外已有理论的辨析和论证推进对第一人称复数"我们"叙事问题的认识，并试图在已有理论成果的基础上对中国小说文本中的这一特殊叙事现象进行研究。

---

① David Herman, Manfred Jahn and Marie-Laure Ryan, eds., *Routledge Encyclopedia of Narrative Theory*, London and New York: Routledge, 2005, p.423.
② Uri Margolin, "Telling Our Story: On 'We' Literary Narratives", *Language and Literature*, Vol.5, No.2, May 1996, p.117.
③ Brian Richardson, *Unnatural Voices: Extreme Narration in Modern and Contemporary Fiction*, Columbus: Ohio State University Press, 2006, p.38.
④ Uri Margolin, "Telling Our Story: On 'We' Literary Narratives", *Language and Literature*, Vol.5, No.2, May 1996, p.117.
⑤ David Herman, Manfred Jahn and Marie-Laure Ryan, eds., *Routledge Encyclopedia of Narrative Theory*, London and New York: Routledge, 2005, p.423.

第二节 文献综述

一 国内的相关文学批评与理论阐述

在我国文学批评界,也有人就我国小说文本中出现的第一人称复数"我们"叙事做了多方面的探讨,例如刘禾、张新颖、季红真、于启宏、张森、王新敏等人,小说家艾伟也从自身创作入手对这种叙述形式进行了说明。旅美华裔学者刘禾在《跨语际实践:文学,民族文化与被译介的现代性(中国,1900—1937)》(2002年)一书中分析了沈从文的小说《三个男人和一个女人》,探讨了该小说中第一人称单数与第一人称复数之间的滑动所营造出来的特殊叙事语态。我国当代批评界对第一人称复数"我们"叙事研究最深入的当推张新颖。他在《王安忆的复数写作》(2004年)、《"我们"的叙事——王安忆在九十年代后半期的写作》(2005年)等论文中指出,第一人称复数"我们"的运用意味着王安忆对膨胀主体"我"的扬弃,叙述者隐退到"我们"中。他还指出,在徐坤和魏微的小说中也有类似的写作方式,并主要探讨了这些作品中叙事人称之间的转换问题。

同样指出王安忆小说中这一叙事特征的文章是严锋为《文工团》而写的一个简评(1998年)、季红真的论文《归去来——论王安忆小说文体的基本类型》(2010年)。于启宏在《汪曾祺的短篇小说哲学》(2007年)一文中指出,汪曾祺在其部分小说中采用了第一人称复数"我们"的叙述形式。张森在《"我"与"我们":沈从文湘西小说的双重视点》(2010年)中对"我"与"我们"双重视点之间的关系所作的分析发人深省。王新敏在论文《论艾伟长篇小说〈越野赛跑〉中的集体叙事》(2013年)中,将第一人称复数"我们"叙事称为集体叙事,对这一叙事技巧的特点与功能进行了翔实的论证。小说家艾伟在《1958年的堂吉诃德》《到处都是我们的人》《越野赛跑》等小说中均采用了第一人称复数"我们"来进行叙事,他在访谈《关系:小说成立的基本常识》(2007年)中,对《越野赛跑》中的第一人称复数"我们"叙事进行了说明,指出这种叙事具有和声式的众声喧哗的效果。

在我国文学批评界,除了对我国小说中的第一人称复数"我们"叙事进行分析外,还有学者对西方小说中的第一人称复数"我们"叙事进行了评论性研究。例如，李育超在美国小说《曲终人散·译者前言》（2009年）中指出：这部小说采用第一人称复数"我们"来讲述故事，目的是要传达出广告公司这群职员的群体特质，进而折射出美国当代人的生存困境与精神迷茫。代晓丽在论文《比真实更真：〈押沙龙，押沙龙〉的叙事视角与逼真性》（2010年）中探讨了《押沙龙，押沙龙》中的第一人称复数叙事的问题，指出第一人称复数"我们"叙事反映了美国南部特有的集体意识，第一人称单复数的视角转换使文本具有更为广阔的视野。在姚君伟、顾明生合写的论文《"我们"的叙事狂欢——论桑塔格短篇小说〈宝贝〉中的集体型叙述》（2018年）中，第一人称复数"我们"叙事也得到了充分的探讨。作者认为，苏珊·桑塔格（Susan Sontag）在小说中采用第一人称复数"我们"来叙事，目的是祛除私人化的声音和个人故事，来表达人物的集体性意识。

在理论建构方面，谭君强、尚必武、黄灿、尚广辉等人进行了积极的尝试。谭君强在《叙事理论与审美文化》（2002年）一书中对西方学者曼弗雷德·雅恩（Manfred Jahn）提出来的集体式聚焦进行了辨析，他以《阿Q正传》《名利场》为例，指出第一人称单数叙事与第一人称复数叙事没有什么大的区别。尚必武最早向国内学界详尽介绍了西方第一人称复数"我们"叙事的理论成果，这一举措体现在《非常规叙述形式的类别与特征：〈非自然的叙述声音：现当代小说的极端化叙述〉评介》（2009年）和《讲述"我们"的故事：第一人称复数叙述的存在样态、指称范畴与意识再现》（2010年）中。在论文中，他主要介绍了理查森的相关观点。黄灿在其论文《走向后经典叙事研究的"我们"叙事学》（2015年）中，对马格林、理查森、马库斯等人的第一人称复数"我们"叙事理论进行了辨析，指出在经典叙事学向后经典叙事学发展的过程中，上述理论家的研究体现出了从结构功能的分析向语境分析的转变。尚广辉在《非自然的意识再现：叙事中的"社会心理"》一文中，探讨了第一人称复数"我们"叙事与社会心理的再现之间的关系。他认为，运用第一人称复数"我们"来讲述集体经历、表达集体意识，属于非自然叙事的范畴，这一非自然性来自个人与集体不能完全等同的固有矛盾，但是这一叙事形式有利于呈现民族集体记忆，再现统一的民族意识。

二 国外的相关文学批评与理论阐述

在西方学界，关于第一人称复数"我们"叙事的研究也可以分为两类：一类是对第一人称复数"我们"叙事小说文本的解析；另一类是对第一人称复数"我们"叙事这一叙事形式的本质特征进行理论探讨。理查森曾在《非自然的声音：现当代小说的极端叙事》中对西方学术界关于第一人称复数"我们"叙事的研究状况作了一个概括，他说："除了一些显著的研究之外，即莫里斯、兰瑟、沃勒、布里顿和马格林等人的研究之外，它在叙事理论方面大部分并没有被勘探过，而且在 1992 年之前基本上没有被认识到。"① 以此为引导，笔者梳理了西方叙事学界对第一人称复数"我们"叙事的研究概况。

较早从事这一研究的人是阿德莱德·莫里斯（Adalaide Morris）和苏珊·S. 兰瑟（Susan S. Lanser），她们二人主要探讨了女性主义小说中的第一人称复述"我们"叙事。前者在《当代女性主义小说中的第一人称复数》（1992 年）中，开篇即对弗吉尼亚·伍尔芙（Virginia Woolf）的《一间自己的屋子》展开分析，从性别政治的角度对处于历史进程中的女性主义小说中第一人称复数"我们"的运用进行了探讨；后者在《虚构的权威：女性作家与叙述声音》（2022 年）一书中论述了集体型叙事声音这样一种叙事模式，这一模式的第二种样式就是这里所说的第一人称复数"我们"叙事。兰瑟将之命名为"复数主语'我们'叙述的'共言'（simultaneous）形式"②，其中，她区分出了两种技巧形式，"一是同时型叙事：一种以字面的'我们'为形式的第一人称复数叙事，各种不同的声音统一发出一个声音。二是顺序性叙事：每种叙述声音轮流发话，'我们'于是在一系列互相协作的'我'中产生"③。此外，兰瑟对代词"我们"的内在含义，在其论文《"我们"是谁？女性主义话语中的漂移术语》（1986 年）中有进一步的论述。

除了女性主义小说文本之外，一些后殖民主义小说中的第一人称复数"我们"叙事也受到了研究者的瞩目。里夫·罗伦松（Lief Lorentzon）在其论文《艾伊·奎·阿尔马的史诗般的第一人称复数"我们"叙述者》（1997 年）中考察了非洲文学传统中的第一人称复数"我们"叙事这一独特的叙事现象，并指出第一人称复数"我们"叙述者是非洲史诗所独

---

① Brian Richardson, *Unnatural Voices*: *Extreme Narration in Modern and Contemporary Fiction*, Columbus: Ohio State University Press, 2006, p. 37.

② ［美］苏珊·S. 兰瑟：《虚构的权威：女性作家与叙述声音》，黄必康译，北京大学出版社 2002 年版，第 23 页。

③ 同上书，第 291 页。

有的特点，该特点在艾伊·奎·阿尔马（Ayi Kwei Armah）的作品中有着卓越的体现。罗伦松认为，阿尔马选择第一人称复数"我们"叙述者来讲述故事是出于政治上的考虑，"是建立在当代政治、社会和文化的语境基础之上的。在《两千季》中这种意识形态的策略比起我所知的任何其他作品都来得更明显和更持久"[1]。马提尼克作家爱德华·格里桑（Edouard Glissant）的作品中也运用了第一人称复数"我们"这一叙事人称，西莉亚·布里顿（Celia Britton）和多恩·富尔顿（Dawn Fulton）对这一问题分别撰文进行了探讨。其中，富尔顿在《"我们的小说"：第一人称复数与马提尼克的集体认同》（2003年）一文中，首先简要考察了人称代词"我们"在推论与语言学方面所具有的功能，以期给格里桑的"我们的小说"这一概念建立一个合法的基础；接下来对格里桑的作品《指挥官的案件》中第一人称复数"我们"的使用情况进行了探讨；作者认为该小说"把第一人称复数代词的文学性使用和非文学性使用并置在一起这一做法表明了同一种族中集体认同的虚假本质"[2]。

乔尔·沃勒（Joel Woller）和杰夫·奥尔雷德（Jeff Allred）则对美国黑人作家理查德·赖特（Richard Wright）的《一千两百万黑人的呼声》一文中所采用的第一人称复数"我们"叙事进行了研究。乔尔·沃勒在《第一人称复数：农场安全管理纪录片中大众的声音》（1999年）一文中对比研究了赖特的《一千两百万黑人的呼声》与帕尔·洛伦兹（Pare Lorentz）的农场安全管理纪录片《河流》中第一人称复数"我们"叙事的不同之处，并指出，"赖特的大众是被划分了种族和阶级的，然而洛伦兹的大众从根本上来讲其身份是民族的"[3]；"在资本主义危机这一历史语境之下，赖特和洛伦兹对从形式上具有可比性的叙事技巧的不同使用不仅表明了（两人）不同的政治计划，而且表明了想象集体的不同方式"[4]。后者在《从眼睛到我们：理查德·赖特的〈一千两百万黑人的呼声〉、纪录片和教学法》（2006年）一文中另辟蹊

---

[1] Lief Lorentzon, "Ayi Kwei Armah's Epic We-Narrator", *Critique: Studies in Contemporary Fiction*, Vol. 38, Issue. 3, Spring 1997, p. 232.

[2] Dawn Fulton, "'Romans des Nous': The First Person Plural and Collective Identity in Martinique", *French Review*, Vol. 76, No. 6, May 2003, p. 1105.

[3] Joel Woller, "First-Person Plural: The Voice of the Masses in Farm Security Administration Documentary", *Journal of Narrative Theory*, Vol. 29, No. 3, Fall 1999, p. 341.

[4] Ibid..

径，把赖特的《一千两百万黑人的呼声》作为一个实验性的事例，以此来寻找看待和言说"我们"的新方式。他认为，"赖特修正了第一人称复数，不是作为一直以来已经被构成的，而是，虚拟地，作为一个还不被人所知的主体和研究对象"①。

上述这些论文的研究还比较侧重于对具体的第一人称复数"我们"叙事的文本及其叙事现象作解读式的研究，且不成体系。比较早地触及第一人称复数"我们"叙事这一问题的理论家除了热奈特之外，法国学者米歇尔·比托尔（Michel Butor）的《小说中人称代词的运用》一文也谈到了这一问题，该论文在20世纪80年代由林青译介到了中国。他在文中指出，第一人称复数"我们"并不是单数的"我"的纯粹增多，而是三个人称"我""你""他"之间变化多端的复杂组合。我们应该有意识地在小说叙事中寻找并研究这一特殊的叙事形式。在他之后比较集中地从理论上来探讨、总结这种叙事策略的理论家当属加拿大学者马格林、美国学者理查森和德国学者马库斯。

马格林比较早地开始从理论的层面上来考察第一人称复数"我们"叙事的问题，其论文主要有：《讲述我们的故事：关于"我们"文学的叙事》（1996年）、《复数的讲述：从语法到意识形态》（2000年）和《集体视角、个人视角和中间的说话者：关于"我们"文学的叙事》（2001年）等。在《讲述我们的故事：关于"我们"文学的叙事》一文中，马格林论述了小说创作中比较少见的第一人称复数"我们"叙事这一情况，并指出"我们""既作为说话姿态或者叙事声音也作为一个叙事实体，换言之，它是一个由一些结合在一起的性质而定义的集体，并从事一系列的活动"②。马格林认为，从叙事的层面上来看，"我们"至少应该包括三个维度：集体的行动，特别是联合行动；集体的"我们"感觉；集体的自我意识与自我形象。马格林在《复数的讲述：从语法到意识形态》一文中重申了这一观点，他认为："如果一个集体叙事的代理人占据了主人公的角色，那么这个叙事就是一个集体叙事。因此标准的叙事与集体叙事的不同就存在于个人和集体代理人之间的一般比例的逆转。并不是每一个个

---

① Jeff Allred, "From Eye to We: Richard Wright's 12 Million Black Voices, Documentary, and Pedagogy", *American Literature*, Vol. 78, No. 3, September 2006, p. 579.

② Uri Margolin, "Telling Our Story: On 'We' Literary Narratives", *Language and Literature*, Vol. 5, No. 2, May 1996, p. 115.

人的聚集（例如左拉的人群）都有资格作为一个集体的代理人。为了取得资格，这个集合体必须作为一个复数的主体或者我们-团体来行动，有能力形成共享的团体意图、连带地按照它们行事。"① 在文中他以第一人称复数"我们"叙事为例说明了自己的观点。在《集体视角、个人视角和中间的说话者：关于"我们"文学的叙事》一文中，马格林区别性地分析了"我们"与叙事之间的关系以及被叙事中的"我们"的本质、作为集体的"我们"的行动、作为集体成员之一的个人的感知和"我们"这个集体作为一个叙事的实体所具有的特殊性质等问题，并在最后得出了第一人称复数"我们"叙事是一种不稳定的形式、第一人称复数"我们"叙事的小说文本相当稀少的结论。这一结论后来遭到了理查森的批驳。除了这些具体的论述之外，赫尔曼等人主编的《劳特利奇叙事理论百科全书》一书中所收录的"人称"这个词条中也提到了"我们"叙事，由于该词条是由马格林所撰写，所以其主要观点不再赘言。

2006年，理查森在《非自然的声音：现当代小说的极端叙事》一书中以专章的形式对第一人称复数"我们"叙事的历史发展状况及其特点进行了分析介绍。在该书的第三章中，他首先分析了在约瑟夫·康拉德（Joseph Conrad）的小说《"水仙号"的黑水手》一书中第一人称复数"我们"叙事的情况，其次探讨了康拉德之后西方各国不同作家的第一人称复数"我们"叙事的小说情况，最后对马格林所提出的第一人称复数"我们"叙事的小说非常稀少这一观点进行了批驳，并以第一人称复数"我们"叙事对现实主义诗学的偏离程度为标准，划分出四种类型，即规约型、标准型、非现实主义型和反模仿型。在该书的第四章中，理查森还探讨了多人称叙事即叙事人称转换这一特殊的叙事形式，其中也包括第一人称复数与其他人称之间的转换叙事这种情况。此外他还在本书的后面作了一个附录，罗列了西方小说史上采用第一人称复数"我们"来进行叙事的小说名单，这一附录为我们了解西方这一叙事类型的小说概况提供了指引。同年，理查森还在美国费城举办的现代语言协会上提交了《后殖民主义小说中的"我们"叙事》一文，在加拿大渥太华举行的国际叙事会议上提交了《"我们"叙事及其历史》一文。2009年出版的《视点、视角和聚焦》一书中收录了理查森的《复数的聚焦、单数的声音："我

---

① Uri Margolin, "Telling in the Plural: From Grammar to Ideology", Poetics Today, Vol. 21, No. 3, September 2002, p. 591.

们"叙事中的漂移视角》一文。在该文中，理查森对自己在《非自然的声音：现当代小说的极端叙事》一书中提出来的观点作了进一步的阐述，并探讨了康拉德的《"水仙号"的黑水手》一书中第一人称复数"我们"叙事与其他人称叙事之间的转换。在该论文的最后，他还指出"关于聚焦，我建议除了标准的'谁在看'这一概念之外，这一概念在热奈特的简写中被限制为第一人称文本中的叙述者和第三人称文本中的人物聚焦者，我们应该增加一个额外的术语，'漂移聚焦'，这一术语在描绘'我们'叙事的特殊性质时带有其他的（人称叙事的特点）"①。

德国叙事学研究者马库斯继马格林和理查森之后对第一人称复数"我们"叙事作出了重要研究。他在2008年发表了三篇关于这一问题的研究论文。其中，在《第一人称复数叙事小说的语境观》一文中，他研究了理查森与马格林关于第一人称复数"我们"叙事的论争，与理查森一道反对马格林所讲的第一人称复述"我们"叙事比较少见这一观点，指出二人对这一问题的差异性认知还表现在"里查森重点强调了构成第一人称复数叙述的历史条件，而马乔林则忽略了语境规约及其对叙事策略的影响"②。

马库斯赞成理查森的观点，并且论证了第一人称复数"我们"叙事所依赖的哲学、社会政治学的准则。在《我们是你们："我们"小说叙事中的复数和双数》一文中，他探讨了第一人称复数"我们"叙事的语法问题和叙事学问题，详细说明了马格林关于"我们"这个代词在语义上的不稳定性，并区分了复数的"我们"和双数的"我们"之间的叙事差别。在《"我们"小说叙事中的对话与权威性：一种巴赫金的方法》一文中，马库斯在 M. M. 巴赫金（M. M. Bakhtin）的小说理论的指引下考察了第一人称复数"我们"叙事中对话与权威的本质，以及这种叙事的意识形态立场和它们的叙事性质。他在考察了第一人称复数"我们"叙事中个体"我"与他所属的集体"我们"以及"我们"这个集体与"别的"通常具有敌意的团体之间的关系之后，归纳出了三种主要的关系类型，并指出"这些关系的模式表明'我们'小说的叙

---

① Brian Richardson, "Plural Focalization, Singular Voices: Wandering Perspectives in 'We'-Narration", in Peter Hühn, Wolf Schmid and Jörg Schöner, eds. *Point of View, Perspective, and Focalization: Modeling Mediation in Narrative*, Berlin and New York: Walter de Gruyter, 2009, p. 156.

② 尚必武：《讲述"我们"的故事：第一人称复数叙述的存在样态、指称范畴与意识再现》，《外国语文》2010年第1期。

事不仅可以是对话的而且还表明它们经常会挑战被集体不加鉴别地加以接受的标准和价值,并且推翻它们的集体型叙事声音的叙述者所具有的权威"①。总体上来看,马格林、马库斯和理查森三人的文章彼此之间有一定的回应,综合性地辨别这三人的观点有助于我们从理论上认识第一人称复数"我们"叙事。

在资料收集的过程中,笔者发现:除了理查森在《非自然的声音:现当代小说的极端叙事》一书中所提到的这些理论家之外,研究第一人称复数"我们"叙事的理论家还应该包括弗鲁德尼克。在《走向一种"自然的"叙事学》(1996年)一书中,弗鲁德尼克在论及"古怪的人称代词:复数的主体、不可能的主人公和被发明出来的代词形态学"这一问题时,提到了复数的主体包括"我们"叙述者和"他们"叙述者,并且对第一人称复数"我们"叙事的小说文本及其叙事特征作了简要的分析。弗鲁德尼克在其另一本著作《叙事学概论》(2009年)中也用了一小段的篇幅简要地提到了第一人称复数"我们"叙事,并在书后附录的"叙事学术语词汇表"中解释"同故事叙事"这个概念时对"我们"叙事作了一句话的解释。而格里塔·奥尔森(Greta Olson)主编的《叙事学中的流行动态》(2011年)一书收录了弗鲁德尼克的《小说中的"人称"范畴:你和我们叙事——指涉的多重性与不确定性》一文。在该文中,弗鲁德尼克虽然重点分析的是第二人称"你"的叙事,但是在论文的一开始,她是把第二人称"你"和第一人称复数"我们"的叙事放在一起来研究的,指明"'我们'叙事履行了(与第二人称'你'叙事)相似的转喻功能,因为它们也打破了虚构性与真实性之间的区分——自从叙事学出现以后这个区分就很难再维持"②。弗鲁德尼克在《告诉你我们的故事:我们—叙事和它的代词特性》(2018年)中除了接着讨论了第一人称复数"我们"的暧昧内涵、范围不定等问题外,还专门探讨了个人经验与集体经验之间的张力问题以及"当个体与集体的代言人不完全一致和

---

① Amit Marcus, "Dialogue and Authoritativeness in 'We' Fictional Narratives: A Bakhtinian Approach", *Partial Answers: Journal of Literature and the History of Ideas*, Vol. 6, No. 1, January 2007, p. 157.

② Greta Olson ed., *Current Trends in Narratology*, Berlin and New York: Walter de Gruyter, 2011, p. 12.

群体的同质性出现微妙裂痕时语言搭配的创新性运用"①。

上述理论家在谈论第一人称复数"我们"叙述者时，多侧重于研究"我们"的内在构成性，娜塔莉亚·贝赫塔（Natalya Bekhta）则强调第一人称复数"我们"应当被看作一个集体式的主体。其在《我们—叙事：集体叙事的特殊性》（2017年）一文中，主要参考了兰瑟、马格林、斯坦泽尔、弗鲁德尼克、理查森和马库斯等人的观点，在对威廉·福克纳（William Faulkner）、乔伊斯·卡罗尔·欧茨（Joyce Carol Oates）、约书亚·弗里斯（Joshua Ferris）等人的小说进行分析的基础上，试图重新为第一人称复数"我们"叙事下一个定义。她认为，第一人称复数"我们"叙事是一个独立的叙事形式，"我们"是一个集体人物叙述者。

此外，除了在叙事学领域范围内有对第一人称复数"我们"叙事的研究之外，笔者还注意到，在哲学界和语言学界也有一些关于第一人称复数的研究。例如，康涅狄格大学的哲学教授玛格丽特·吉尔伯特（Margaret Gilbert）在其著作《关于社会事实》和《政治义务理论》等书中提出并阐述了"复数主体"理论，其所涉及的政治哲学、社会学等内容有助于笔者理解小说文本中的"我们"这一复数主体。此外，布德维·德·布赖恩（Boudewijin de Bruin）在《我们与复数主体》一文中对吉尔伯特的"复数主体"理论进行了批评性的研究，他认为吉尔伯特的复数主体理论在第一人称复数代词中的运用是不成功的，而杰弗里·纽伦堡（Geoffrey Nunberg）在关于"索引性和指示功能"的文章中提出来的理论能够更为有效地解释语言学方面的问题。而茱莉亚·克赛尔（Julia Kursell）在《第一人称复数：罗曼·雅各布森的语法小说》一文中探讨了罗曼·雅各布森（Roman Jakobson）的转换理论，并对其所涉及的第一人称复数的问题进行了深入的研究。他指出："代词'我们'同时是一个变换装置又是一个非变换装置，因为它指向一个言语事件和讲述的事件。因此代词'我们'打开了包括或者排除交际情境中的参与者的可能性，并且从而使说话者能够通过使用语言在社会上或者甚至是政治上有所行

---

① Monika Fludernik, "Let Us Tell You Our Story: We-Narration and Its Pronominal Peculiarities", in Alison Gibbons and Andrea Macrae, eds. *Pronouns in Literature: Positions and Perspectives in Language*, London: Palgrave Macmillan, 2018, p. 173.

动。"① 这些相关论述对笔者的研究产生了重要的启示作用。

以上这些文献资料表明：第一人称复数"我们"叙事的研究，不管是在国内还是在国外，都还处于起步阶段。虽然西方叙事学界在20世纪90年代之后开始在第一人称复数"我们"叙事的文本研究和第一人称复数"我们"叙事的理论建构方面均有所成就，但是从不同侧面对第一人称复数"我们"叙事进行探讨的这些论述还不足以使我们清晰地认识到这个问题的实质，并且这一特殊的叙事形式得以兴起的原因、作者采用这一叙事形式背后的叙事动机等问题都还需要我们进一步的探讨。此外，西方叙事学界的已有成果基本上立足于西方小说的写作实践而无视东方小说尤其是中国小说中出现的第一人称复数"我们"叙事现象，所以这一成果的可靠性与实用性还有待进一步的检验。中国当代文学评论界和理论界对国内第一人称复数"我们"叙事小说的研究也还有待深入，因此在西方第一人称复数"我们"叙事理论的指引下来研究中国第一人称复数"我们"叙事的小说这一行动具有重要价值。

第三节 研究创新点

本书的写作一方面致力于对西方第一人称复数"我们"叙事理论的引进与研究；另一方面致力于运用这些理论来研究国内的第一人称复数"我们"叙事小说，力争使小说理论的探究、建构与对小说文本的分析、解读二者相结合。故而，本书的创新点主要表现在以下三个方面。

第一，新的研究材料。虽然以第一人称复数"我们"的口吻进行创作的小说为数不多，且发生的历史时期也并不长，但这些已有的小说文本为西方叙事学界研究第一人称复数"我们"叙事提供了文本支撑。在理查森等人的研究对象之外，实际上还有一些第一人称复数"我们"叙事的小说文本并没有得到应有的重视和深入的研究。例如，美国作家弗里斯的《曲终人散》、美国作家桑塔格的小说《宝贝》等。除了这些外国作品，我国现当代小说中同样存在着大量的第一人称复数"我们"叙事的小说，这些在不同的地域、时代、文化语境中出现的第一人称复数"我们"叙事的小说，可以为第一人称复数"我们"叙事理论的研究提供新

---

① Julia Kursell, "First Person Plural: Roman Jakobson's Grammatical Fictions", *Studies in East European Thought*, Vol. 62, No. 2, June 2010, p. 217.

的材料佐证。

第二，研究方法的创新。在我国小说批评界，已经有一些批评家注意到了小说中出现的第一人称复数"我们"叙事的现象，并试图在过去的小说人称理论的架构下分析这一新的叙事现象。这一研究成果使我们了解到第一人称复数"我们"叙事的一个侧面；采用第一人称复数"我们"叙事的新理论来对这些小说文本展开研究，则使我们认识到这些小说文本的另一个侧面。在本书中，笔者将介绍西方新颖的叙事人称理论——第一人称复数"我们"叙事的相关研究成果，在梳理与分析的基础上，运用这种新理论来分析我国现当代小说中出现的第一人称复数"我们"叙事现象，希望通过这种新的研究方法来打开第一人称复数"我们"叙事小说新的阐释空间，挖掘这类小说的叙事特征及其叙事效果。

第三，观点的创新。第一人称复数"我们"叙事是理查森所说的非自然叙事中的一种。目前，在西方叙事学界，作为叙事学研究的新兴领域——非自然叙事学及其之下的第一人称复数"我们"叙事的研究正在如火如荼地开展着。在我国叙事学界，对这一领域的研究也已经开始，有的理论家撰文对西方学界的观点进行了译介和梳理，有的批评家从旧有的叙事学理论的角度来探索性地解释第一人称复数"我们"叙事的特殊效果。本书的研究意图在于，以中国现当代小说中出现的第一人称复数"我们"叙事的小说文本为例，以西方第一人称复数"我们"叙事的相关研究成果为理论参照，在批评实践的基础上建构或者完善第一人称复数"我们"叙事理论。

第四节　研究思路及方法

第一，文献研究法。文献研究法是社会科学研究中最基础的研究方法之一。在本书中，一方面要搜集西方叙事学界关于第一人称复数"我们"叙事的相关理论成果，在整理、分析的基础上形成对第一人称复数"我们"叙事的基本认识；另一方面要搜集中国现当代小说中采用第一人称复数"我们"进行叙事的小说文本，对这些文本中存在的第一人称复数"我们"叙事进行研究，在此基础上发现、总结第一人称复数"我们"叙事的特征及效果等。

第二，历史比较分析法。在西方叙事学理论中，人称理论的研究经历了从重视第一人称和第三人称研究，到重点研究第二人称，再到研究重心转向第一人称复数"我们"的这样一个历史进程；而我国小说界的写作实践中，也经历了一个从第一人称叙事小说，转向第三人称叙事小说，再转向多种叙事人称实验的创作历程，第一人称复数"我们"叙事的小说文本比较集中地出现在 20 世纪 90 年代之后。不论是叙事理论的历史性建构，还是小说文本的创作实践，都说明了要在历史视野中通过比较研究才能确定第一人称复数"我们"叙事的独特性与时代必然性。

第三，个案研究法。个案研究法作为一种常见的质性研究法，它的研究对象可以是一个个体，也可以是一个群体。在本书中，笔者将中国当代乡土小说中采用第一人称复数"我们"来叙事的小说作为一个集合性的个案研究，目的是通过观察大量个案来研究第一人称复数"我们"叙事这种现象的总体概况。在阐述第一人称复数"我们"叙事的叙事学特征时，要作具体的文本分析。对这些小说文本进行研究时，采用的方法也属于个案研究法。

第五节 基本框架与内容

第一章，通过对第一人称复数"我们"叙事的理论背景进行分析，分别从理论前提、直接诱因和文本支撑这三方面来说明第一人称复数"我们"叙事研究的合理性。第一节，对叙事学中的人称理论的发展轨迹作了一个简单的梳理，在对热奈特、斯坦泽尔、弗鲁德尼克和理查森等人的相关论述进行比较分析的基础上，指出第一人称复数"我们"叙事研究对以往人称理论的发展与颠覆。第二节，对西方近几年来兴起的非自然叙事学进行介绍，在从自然叙事学到非自然叙事学的变奏发展中分析非自然叙事学的特征，并指明非自然叙事学的兴起是第一人称复数"我们"叙事研究的直接背景。第三节，对已经被西方叙事学理论家们所注意到的第一人称复数"我们"叙事的小说文本作一番简单的介绍，并对这些西方理论家的相关论述与结论作概括性的说明，从其论述中可以看出这些小说文本为第一人称复数"我们"叙事的理论研究提供了直接的文本支撑。

第二章，主要回答"第一人称复数'我们'叙事是什么"这一问题。对这一问题的回答将以马格林、理查森和马库斯等人对第一人称复数

"我们"叙事的相关论述为基础，从何为第一人称复数"我们"叙事、第一人称复数"我们"叙事的特征、第一人称复数"我们"叙事的类型等三方面对第一人称复数"我们"叙事展开研究。第一节，从叙事主体"我们"是由"我"与他人结合而成的这一观点出发，明确了第一人称复数"我们"叙事的集体性言说这一基本特征，接下来研究了叙述者"我们"内在具有的两个特征——语义的不稳定与矛盾冲突，这两个特征决定了第一人称复数"我们"在人称理论中的独特地位，即兼顾了第一人称和第三人称的特点。第二节，分析理查森和马库斯等人对第一人称复数"我们"叙事的类别研究，并结合具体的作品来分析不同类别的第一人称复数"我们"叙事所具有的不同特征，进而对不同叙事类别所具有的不同表达功能进行分析。第三节，首先指出第一人称复数"我们"叙事的非自然性，其次分析由这种非自然性而引发的不可靠叙事，最后分析这一非自然的叙事形式之所以罕见的原因。

第三章，主要回答"第一人称复数'我们'叙事为什么会产生"这一问题。第一节和第二节，分别以俄国哲学家 C. 谢·弗兰克（Semen Frank）的社会精神理论、美国哲学家约翰·R. 塞尔（J. R. Searle）的集体意向性理论为依据辩驳了马格林提出的第一人称复数"我们"叙事之所以稀少的前两个原因。这两种理论为如何理解小说中出现的第一人称复数"我们"叙述者与我们—集体意向性活动提供了理论支撑。然而，在文学中出现第一人称复数"我们"叙事的形式，并不是由这些哲学理论决定的，而是与某种社会文化语境有着紧密的联系，所以从文化语境的视域下来考察第一人称复数"我们"叙事兴起的原因是第三节的主要内容。这一节分别从第一人称复数"我们"叙事的历史性生成、政治环境的感召和作家个人的有意识选择三方面来展开论述，并在此基础上回应了马格林提出来的第一人称复数"我们"叙事之所以罕见的第三个原因。

第四章，以我国百年来文学场域中的人称使用情况来看第一人称复数"我们"在小说叙事中得以出现的文化背景。第一节，对诗歌领域中出现的抒情主体进行分析，梳理出抒情人称的一个发展过程，即从五四诗歌中的"我"发展为左翼诗歌中的"我们"，再到新中国成立后政治抒情诗中的"我"与"我们"保持一致，再到"文化大革命"后"我"再次回归，反映出时代文化对抒情人称的选择所具有的明显影响。第二节，对文学评论中出现的言说主体进行分析，梳理出言说主体的历史变迁，即20

世纪 20 年代之前的"我"在立说到 20 世纪 20 年代之后立说者在"我"与"我们"之间摆荡，再到 1948 年后"我们"成为真理的代言人，以及"文化大革命"结束后"我"的重新崛起，同样体现出时代政治、历史使命对知识分子选择人称代词所造成的影响。第三节，对现当代小说中出现的叙事人称进行分析，梳理出小说中叙事人称的发展变化，即五四小说重在采用第一人称叙事，20 世纪 30 年代后第三人称叙事小说取代了第一人称叙事小说的中心地位，十七年文学中第一人称小说再次出现并与第三人称小说并行，1985 年之后出现多人称叙事的小说实验。在这一发展变化的进程中，第一人称复数"我们"叙事作为一种不被人注意的叙事形式也在缓慢地发展着，并在近三十年来的文学创作中有比较突出的体现。

第五章，以西方叙事学中第一人称复数"我们"叙事的相关理论为基础，对中国小说界出现的第一人称复数"我们"叙事小说进行研究，以图深化对第一人称复数"我们"叙事的理解。第一节，对目前文学批评界关于第一人称复数"我们"叙事的研究成果进行搜集、整理，提炼出我国文学批评界关于第一人称复数"我们"叙事的相关结论。第二节，以我国第一人称复数"我们"叙事小说《到处都是我们的人》《叔叔的故事》《三个男人和一个女人》为研究对象，借用社会心理学的观点来分析，以"我们"集体得以生成的心理学机制为分类标准，将第一人称复数"我们"叙事的小说分为两类，即关系化的"我们"与类别化的"我们"；进一步分析了这两类"我们"在小说叙事中形成"我们感"、表达集体意识方面具有的差异。第三节，以中国当代乡土小说中出现的第一人称复数"我们"叙事小说为研究对象，在其历史流变中探究这些小说文本的内在相似性，即集体生存空间的建构与第一人称复数"我们"叙事之间的关系，并将之与采用其他叙事人称的乡土小说进行比较，进而揭示出第一人称复数"我们"叙事所具有的独特功能。

在小结中笔者对这一论题作了进一步的引申：第一人称复数"我们"叙事的出现意味着小说作者与小说叙述者之间的关系更加复杂化；创作个体与叙事群体之间的显著距离，不仅再次说明了叙述者不等同于作者，而且引申出一些新的问题。这些问题的解决将会使更多的作者有可能采用第一人称复数"我们"叙事这一"非自然的"叙事形式。

第一章

第一人称复数"我们"叙事研究的兴起

在一般的现实主义小说中,其叙事必然是关于某一个人的叙事,或者是关于第一人称"我"的叙事,或者是关于第三人称"他"的叙事,还有一些为数不多的小说是关于第二人称"你"的叙事以及关于第一人称复数"我们"的叙事。长时间以来,特别是在经典叙事学时期,理论家们主要研究的是前两种叙事形式,用热奈特的话来讲,就是同故事叙事及异故事叙事;而且为了追求一种理论上的普遍性和结构上的严密性,他们往往会忽视后两种叙事形式的存在,或者是将其扭曲变形进而使其归属于前两种形式。20世纪90年代以后,这种研究思路遭到理论家们的摒弃,他们把研究眼光放到了普遍性叙事形式的一些例外状况中,如第二人称"你"叙事与第一人称复数"我们"叙事,这种研究思路的转换为人称理论的进一步发展拓展了广阔的空间。

加拿大学者马格林在其论文《集体视角、个人视角和中间的说话者:关于"我们"文学的叙事》一文中指出,虽然大多数的文学叙事是以第一人称单数或者第三人称的方式来讲述其故事情节的,但是"一些有创新性的作家,尤其是在我们这个时代,倾向于用'你'和'我们'为显著标志的形式,这些形式使对传统模式进行相当程度上的扩充或者/和修正成为必要,同时也引起了它们可能存在的美学问题和认知动力问题"[①]。其中,第二人称"你"叙事在20世纪90年代曾经引发了一个研究的小高潮,而第一人称复数"我们"叙事的研究虽然也在这一时期开始出现,但直到在非自然叙事学蓬勃发展的背景下才得到了较为充分的理论探讨。

---

① Uri Margolin, "Collective Perspective, Individual Perspective, and the Speaker in Between: On 'We' Literary Narratives", in Willie Van Peer and Seymour Chatman, eds. *New Perspectives on Narrative Perspective*, Albany: State University of New York Press, 2001, p.241.

第一人称复数"我们"叙事的研究之所以会在西方兴起的原因有三：首先是叙事人称理论自身发展的必然走向；其次是非自然叙事学研究的兴起这一大环境；最后是越来越多的第一人称复数"我们"叙事的小说文本被发现。这三个方面的因素分别为第一人称复数"我们"叙事的研究提供了理论基础、历史语境和文本支撑。

第一节 人称理论的发展流变

人称是叙事学理论中的一个基本范畴。随着叙事学理论的不断发展，理论家们对人称的探索也呈现出多样的发展态势。雷·韦勒克（René Wellek）和奥·沃伦（Austin Warren）在《文学理论》一书中比较早地对小说人称的问题进行了研究，他们指出了第一人称叙事和第三人称叙事的不同特性及功能。他们认为，第一人称的叙述者不等于作者，"以第一人称讲述故事的方法是一种精巧的、比其它方式有影响的方法。……有时，这一方法的结果是使得叙述者比其它人物更少鲜明性和'真实性'"[1]，因为一些不可靠的叙述者会"通过坦白的自供，通过他们所叙述的故事以及叙述故事的态度来塑造他们自己"[2]。而采用第三人称来写作的作家，是一个"全知全能的作家"，他"出现在他的作品的旁边，就像一个讲演者伴随着幻灯片或纪录片进行讲解一样"[3]，"来讲述他的故事而无需自称他曾经目睹过或亲身经历过他所叙述的事情"[4]。这些观点为后来的叙事学理论对人称问题的研究奠定了基调，之后我们所熟知的作者不等于叙述者、不可靠叙述者、全知叙事等观点在这里都可以看出端倪。

从整个小说理论史来看，比较详细而系统地研究叙事人称问题的人当属叙事学理论家们，他们从不同角度建构了自己独特的人称理论体系。由于篇幅的限制，笔者将重点梳理热奈特、斯坦泽尔、弗鲁德尼克和兰瑟等人的人称理论，通过对这些理论体系的比较分析揭示出人称理论的发展、流变脉络，进而阐明研究第一人称复数"我们"叙事的历史必然性及其对以往人称理论所形成的挑战与颠覆性的破坏。

---

[1] [美]雷·韦勒克、奥·沃伦：《文学理论》，刘象愚等译，生活·读书·新知三联书店1984年版，第250页。
[2] 同上。
[3] 同上书，第251页。
[4] 同上。

一　人称的内涵

从一些已有的、专门论述叙事人称的论文来看，中国学界对人称问题的认识还存在一定的混乱。如王文华在其论文《论叙述人称》中认为，"对作品中人物的指称，就是叙述人称"①；尹航在其论文《当下小说叙述人称研究之弊》中批判了传统观念中的"立足点说"，即"指叙述者观察并叙述人物行动及事态发展时，从自身所处的观察点和立足点出发而确定的叙述故事的口吻"②。他认为，"通过叙述者与小说故事的各因素——人物、故事、环境等等——的方位关系来判定其人称归属"③ 这一结构主义式的研究方法弊端重重，我们应该改变研究范式，但是对于如何来做这一问题他并没有提出好的建议。黄希云在其论文《小说人称的叙述功能》一文中意识到了人称这一概念在我们认知中的混乱性，认为应该在叙述者、被叙述者和叙述接受者这三者的人称之间作一个区分，"叙述人称既不等于叙述者的人称，也不等于被叙述者和叙述接受者的人称，而是在不同的情况下，代表不同的、或单纯或复合的叙述角色。因此当我们谈论某一人称时，首先应该弄清楚这个人称指的究竟是什么角色"④。我们由以上这些歧见可以看出，叙事人称表面上看起来是我们耳熟能详的一个范畴，好像是不言之明的，但实际上对其内涵并没有一个大致相同的认识。笔者认为，既然我们借用了西方理论中的人称这一范畴来研究问题，那么就有必要关注一下西方叙事学界对人称内涵的认识，这是研究叙事人称问题的基点。如若不然，我们的研究就将永远是自说自话，而不能与西方已有的人称理论进行交流和对话。

虽然我们国内叙事学界对人称的内涵缺乏一致的认识，但是西方叙事学界对这一问题存在着基本的共识，即人称指的是叙述者与被叙述的故事或者人物之间的关系。从已有的相关成果可以看出，叙事学对叙事人称的认识明显与语言学中的人称范畴有着内在的联系。俄国杰出的语言学家雅各布森认为："人称（作为一个语法范畴）描绘了被叙述事件的参与者与相关话语事件（等于叙述）的参与者的特征。因此，第一人称标志着被

---

① 王文华：《论叙述人称》，《河北师范大学学报》（哲学社会科学版）2009 年第 4 期。
② 尹航：《当下小说叙述人称研究之弊》，《中共济南市委党校学报》2007 年第 4 期。
③ 同上。
④ 黄希云：《小说人称的叙述功能》，《外国文学评论》1996 年第 4 期。

叙述事件中的参与者与话语事件的执行者（等于叙述者）之间的同一性，而第二人称，（标志着被叙述事件中的参与者）与话语事件的现实或者潜在的承受者（等于受述者）之间的同一性。"① 以此类推，第三人称是被叙述事件的参与者既不等同于叙述者也不等同于受述者。雅各布森的这一观点在叙事学家那里得到了继承，例如普林斯在《叙述学词典》中指出：人称指的是"叙述者（和受述者）与被叙故事之间的一组关系。通常在第一人称叙述（该叙述中的叙述者是已叙情境与事件中的人物）和第三人称叙述（该叙述中的叙述者不是已叙情境与事件中的人物）之间所做出的区分。另外一类是在第二人称叙述中做出的区分（该叙述中的受述者是已叙情境与事件中的主要人物）"②。从语法意义上对叙事人称所作的划分，曾经在学界非常盛行，影响深远，且在今天依然还在广泛地使用；但是也有一些叙事学理论家认为这种人称的分析不具有实际的意义，因此对这一范畴及其划分提出了异议。人称，这一饱受争议的话题，在其论争的过程中形成了多种多样的人称理论。

二 经典叙事学的人称理论

传统小说理论中的人称这一范畴存在的合理性，在经典叙事学阶段产生了很大的歧义。有的理论家认为这一范畴完全没有存在的合理性，持该观点的理论家以美国修辞叙事学理论家布斯为代表；有些理论家认为这一范畴出于习惯可以保留，但是其存在的意义并不大，可以用别的术语来代替，该观点的持有者如法国叙事学家热奈特；有的理论家则通过赋予其新的含义而使其得以重生，其典型代表人物是德国理论家斯坦泽尔。

布斯采用比较极端的说法直接否定了人称这一范畴的合理性，他在《小说修辞学》中指出："也许最令人劳累过度的区分就是人称"③，该声明使得人称这一范畴臭名昭著。在布斯看来，"说出一个故事是以第一人称或第三人称来讲述的，并没有告诉我们什么重要的东西，除非我们更精

---

① Roman Jakobson, "Shifters, Verbal Categories, and the Russian Verb", in Roman Jakobson ed. *Selected Writings II*, The Hague: Mouton, 1971, p. 134.
② [美] 杰拉德·普林斯：《叙述学词典》，乔国强、李孝弟译，上海译文出版社2011年版，第167页。
③ Wayne C. Booth, *The Rhetoric of Fiction*, Chicago: University of Chicago Press, 1961, p. 150.

确一些，描绘叙述者的特性如何与特殊的效果有关"①。他通过对一些具体的小说文本进行分析，进而指明"用'第一人称'和'全知的'这样的术语来描述他们中的任何一个，都几乎不能告诉我们他们之间如何区别，或者为什么用同一术语来描述他们是成功的，而其他的则失败了"②，所以对第一人称和第三人称所作的区别并没有通常人们所宣称的那么重要。基于这样的认知，他舍弃了第一人称和第三人称的分法，也舍弃了人称这一范畴，取而代之的是"戏剧化与非戏剧化的叙述者"。对于布斯的观点，多利特·科恩（Dorrit Cohn）提出了反对意见，他在《叙事的环绕：关于弗朗兹·斯坦泽尔的〈叙事理论〉》一文中指出，布斯的这一声明产生了很严重的不良后果，它使很多现代理论家对人称的探讨处于盲区，值得庆幸的是，"不管怎样，法国叙事学家对这一区分做了明显不足的工作，起码到了热奈特时，他假借同故事叙事和异故事叙事的类型恢复了它的名誉。然而，即使是热奈特也仅奉献了他声音这一章节中的俨然几页给人称，对于与他的其他基本范畴进行整合而言太少也太晚了"③。

科恩较为准确地评价了热奈特的人称理论，即他虽然以同故事叙事和异故事叙事的名义恢复了人称这一范畴存在的合理性，但是其论述与其他范畴相比很明显要简短得多。在 1972 年发表的《辞格三集》中，热奈特曾经态度鲜明地对人称这一范畴给予了批判性的研究。他指出，任何一个叙事的叙事主体只能是第一人称"我"，第一人称或第三人称"这些常见短语对我来讲似乎是不恰当的，因为它们将变化加到实际上是不变的叙事情境的构成因素叙述者'人称'的或明或暗的存在上"④。热奈特的意思是说，叙述者的人称是不变的，只能是第一人称"我"，作为叙事情境的构成因素之一的人称所表示的不是语法和修辞意义上的不同的话语主体，而是叙述者在文本中的在场或者不在场，即"'第一人称'指叙述者

---

① [美] W. C. 布斯：《小说修辞学》，华明、胡苏晓、周宪译，北京大学出版社 1987 年版，第 168 页。

② Wayne C. Booth, *The Rhetoric of Fiction*, Chicago: University of Chicago Press, 1961, p. 150.

③ Dorrit Cohn, "Review: The Encirclement of Narrative: On Franz Stanzel's Theorie des Erzählens", *Poetics Today*, Vol. 2, No. 2, Winter 1981, p. 163.

④ Gerard Genette, *Narrative Discourse: An Essay in Method*, trans. Jane E. Lewin, Ithaca and New York: Cornell University Press, 1980, pp. 243-244.

作为提到过的人物出场,'第三人称'指他不出场"①。这些短语的不恰当运用使我们把两个完全不同的问题混在一起,即将叙述者在语法和修辞方面的选择等同于作者对"用"这个人称或者那个人称的抉择。"实际上,这当然不是一个问题。小说家的选择,并不像叙述者的选择一样,它不是在两种语法形式之间,而是在两种叙事姿态之间(叙事姿态的语法形式只是一个自动的结果):让他的一个'人物'或一个外在于故事的叙述者来讲故事。"② 当作者选择让他的一个小说人物来讲故事时,其叙事话语的人称自然而然就是"我";当作者选择让一个置身于故事之外的叙述者来讲故事时,其叙事话语的人称自然而然就是"他"。但是,不论是小说人物来讲故事还是置身事外的叙述者来讲故事,归根结底发出叙事这个行为的主体只能是"我"。所以,叙述者的人称是固定不变的,只能是"我"。而当小说人物作为叙述者时,其语法形式表现为"我";当置身于外的叙述者进行叙事时,其语法形式表现为"他或者她"。第一人称或者第三人称只是这两种不同的叙事态度在语法形式上的外在表现,而不是说叙述者可以是"我"也可以是"他或者她"。

正是因为第一人称叙事和第三人称叙事这些术语极易引起人们的误解,所以热奈特建议用同故事叙事和异故事叙事来分别代替第一人称叙事和第三人称叙事。同故事叙事指的是"叙述者作为人物在他讲的故事中出现"③,异故事叙事指的是"叙述者不在他讲的故事中出现"④。相比较而言,同故事叙事和异故事叙事是"更加专业的术语,此外,在我看来,不大会引起歧义"⑤。从他的这些论述我们可以看出,热奈特虽然没有像布斯那样直接否定掉人称这一范畴,但是他也并不认为人称这一范畴具有很强的合理性。鉴于科恩对他的人称理论所作的批判,热奈特在 1983 年撰写的《新叙事话语》一书中对该批评进行了回应,并指出:"首先我要重申对人称一词有保留,由于向习惯让步才仍然使用它,同时我要提醒大

---

① [法]热拉尔·热奈特:《叙事话语 新叙事话语》,王文融译,中国社会科学出版社 1990 年版,第 249 页。
② Gerard Genette, *Narrative Discourse: An Essay in Method*, trans. Jane E. Lewin, Ithaca and New York: Cornell University Press, 1980, p. 244.
③ [法]热拉尔·热奈特:《叙事话语 新叙事话语》,王文融译,中国社会科学出版社 1990 年版,第 172 页。
④ 同上。
⑤ Gerard Genette, *Narrative Discourse Revisited*, trans. Jane E. Lewin, Ithaca and New York: Cornell University Press, 1988, p. 98.

家,在我眼中一切叙事无论明确与否都是'第一人称',因为叙述者时时刻刻可以用上述代词自称。"① 他的这番论述很明显地表明了其对人称这一范畴的态度。

与布斯、热奈特的观点形成明显不同的理论家是著名的德国叙事学家斯坦泽尔。他并没有舍弃第一人称和第三人称这些传统术语,而是赋予其以确切的新的含义,进而促成了传统人称理论的进一步发展。在其著作《叙事理论》中,虽然斯坦泽尔也已经认识到了人称这一概念所具有的种种局限,并且意识到了"第一人称和第三人称叙事这一对经久不衰的术语已经引起了很多困惑,因为它们的区分标准——人称代词,在前者中指的是叙述者,但是在后者中指的是叙事中不是叙述者的某个人物"②,然而斯坦泽尔并没有另起炉灶,"作为(叙事情境)的第二个组成部分的显著特征,人称这个术语仍然将被保留下来是因为其简洁性"③。在他看来,"在精确度上的微小收获不值得用不灵便的累赘说辞来取代这些术语"……④他通过规定第一人称和第三人称的确切含义来赋予其存在的合理性,从而使人称这一范畴获得了新生。

他在《叙事理论》第三章中指出:"(叙事情境的)第二个组成部分(人称)是建立在叙述者与小说人物之间的关系这一基础之上的。此外,两个截然相反的位置划定了可能性的多样性。要么是叙述者作为一个人物存在于小说虚构事件所构成的世界中;要么是别的,他外在于这个虚构的现实。"⑤ 斯坦泽尔在这里指出了人称的两种可能性:"如果叙述者与他的人物处于同一个世界中,那么用传统的术语来讲这是第一人称叙事;如果叙述者外在于小说人物的世界,那么这就是传统意义上的第三人称叙事。"⑥ 前者被他称为我—叙事,后者被他称为他—叙事。第一人称叙事与第三人称叙事之间的不同就来自"小说叙事中人物的领域与叙述者的

---

① [法]热拉尔·热奈特:《叙事话语 新叙事话语》,王文融译,中国社会科学出版社1990年版,第248页。

② F. K. Stanzel, *A Theory of Narrative*, trans. G. Goedsche, Cambridge: Cambridge University Press, 1984, p.48.

③ Ibid..

④ Dorrit Cohn, "Review: The Encirclement of Narrative: On Franz Stanzel's Theorie des Erzählens", *Poetics Today*, Vol.2, No.2, Winter 1981, p.164.

⑤ F. K. Stanzel, *A Theory of Narrative*, trans. G. Goedsche, Cambridge: Cambridge University Press, 1984, p.48.

⑥ Ibid..

领域之间的同一性和非同一性这一组对立上"①。在这个二元对立的基础上，斯坦泽尔不仅探讨了第一人称叙事和第三人称叙事的不同，而且还探讨了第一人称和第三人称在同一个文本中互相交替出现的情况。他认为，在一些段落中代词的指涉对象可以不断地在"他"和"我"之间转换而对其段落的意义不会有任何影响的这一事实，证明了"第一人称和第三人称的对立一般来讲完全失去了结构上的重要性"②。这一观点在当时的人称理论中来看实属创新之举，且对后世的人称理论研究产生了重大的影响。

热奈特就在他的影响之下修正了他在20世纪70年代所提出来的"同故事叙事"与"异故事叙事"绝对分裂的观点。在1983年出版的《新叙事话语》中，热奈特不再绝对坚持异故事叙事和同故事叙事这两个类型之间存在着不可逾越的界限，因为斯坦泽尔"以经常令我信服的方式坚持迁就渐次递进的可能性"③，所以在后期他"更倾向于认为这两种形式之间存在着施坦策尔的渐进性"④，并指出"如果抛开它采用同故事/异故事的对立，那就应该承认边界、混合或暧昧处境的可能性，并看到这些处境的存在"⑤。科恩也肯定了斯坦泽尔的这一研究思路，并指出："只有不断地穿梭于边境才能够使人完全意识到区域间的差异及其特殊性。"⑥ 这一研究思路在后来的弗鲁德尼克、理查森等人的人称理论中得到了继承，他们二人也在其理论中探讨了这一问题。

三 后经典叙事学的人称理论

在以上这些理论家的人称理论中，他们主要关注的是第一人称叙事和第三人称叙事这两种情况，而第二人称"你"叙事和第一人称复数"我们"叙事这两种叙事形式并没有引起他们足够的重视，即使有一些零星的探讨，也只是依附于第一人称或者第三人称叙事的名目之下，并没有看

---

① F. K. Stanzel, *A Theory of Narrative*, trans. G. Goedsche, Cambridge: Cambridge University Press, 1984, p. 87.

② Ibid., p. 106.

③ [法] 热拉尔·热奈特:《叙事话语 新叙事话语》，王文融译，中国社会科学出版社1990年版，第252页。

④ 同上书，第253页。

⑤ 同上。

⑥ Dorrit Cohn, "Review: The Encirclement of Narrative: On Franz Stanzel's Theorie des Erzählens", *Poetics Today*, Vol. 2, No. 2, Winter 1981, p. 163.

到这两种特殊叙事形式的独特性。

(一) 第二人称理论的建构

美国修辞叙事学家布斯在《小说修辞学》中用一个注释对第二人称叙事进行了简单的分析。他认为,运用第二人称进行叙事的尝试从来都是不成功的,虽然"这种极为不自然的叙述一时令人迷惑。但在阅读米歇尔·比托尔的《变化》时,很奇怪,人们很快为故事的幻觉'表现'所吸引,并把自己的眼光与那个'你'的眼光完全等同,就象与其他故事中的那些'我'和'他'相等同一样"①。从其言下之意来看,布斯虽然意识到了第二人称"你"叙事是一种非自然的叙事形式,但是对这种叙事形式的独特叙事效果并没有作进一步的研究,而是把它等同为一般的人称叙事。

热奈特的研究比起布斯来讲,前进了一步。他在《新叙事话语》一书中用了长达两页左右的篇幅探讨了第二人称叙事。热奈特认为,所谓的"第二人称叙事",其完整的定义是"受述者和主人公的同一"②。这种叙事情境出现在法律或者学术性的陈述中,"自然地也描绘了像《变化》(第二人称复数)或者《沉睡的人》(第二人称单数)等的文学作品的特点"③。热奈特认为:"这一稀少却又简单的情况是异故事叙事的变体——至少(它)证明了异故事叙事扩展了'第三人称叙事'。"④ 实际上,热奈特将第一人称叙事之外的其他叙事形式,如第三人称的单复数叙事、第二人称的单复数叙事都看作异故事叙事。除此以外,他还意识到了另外一种似乎更为复杂的叙事形式,即第一人称复数叙事。它之所以更为复杂,是"因为我们=我+他,或者我+你,等等。也就是说,=自我+某人"⑤。虽然这一形式中的叙述者"我们"具有很多种可能性,但是归根结底,它属于同故事叙事,是同故事叙事的一个变体,因为在他看来,"对于一

---

① [美] W. C. 布斯:《小说修辞学》,华明、胡苏晓、周宪译,北京大学出版社1987年版,第186页。

② [法] 热拉尔·热奈特:《叙事话语 新叙事话语》,王文融译,中国社会科学出版社1990年版,第271页。

③ Gerard Genette, *Narrative Discourse Revisited*, trans. Jane E. Lewin, Ithaca and New York: Cornell University Press, 1988, p. 133.

④ Ibid..

⑤ Ibid., p. 134.

个同故事叙事而言，自我作为一个人物出现在其中就足够了"[1]。从布斯和热奈特的上述论述中我们可以看出，虽然这两人已经看到了特殊叙事人称的存在，但是这些叙事人称并没有得到应有的重视，而是或者被忽视，或者被试图归并到一般叙事人称的名目之下。这一做法虽然从表面上来看使得其理论体系显得相对规整，但是实质上却遮蔽了这些特殊叙事人称的独特本质。真正把第二人称叙事、第一人称复数叙事作为一种独立的叙事形式来加以研究，是到了20世纪90年代之后的后经典叙事学阶段。

德国叙事学家弗鲁德尼克在其代表作《走向一种"自然的"叙事学》一书中指出，人称问题在20世纪八九十年代以来的叙事学中得到了进一步的研究，一些理论家如布斯、热奈特也对过去形成的人称的偏见进行了不同程度的纠正，即便如此，这些理论也"不再能够满足综合性和严密性的理论需求"[2]。以热奈特的理论来看，虽然"热奈特用他的术语同一异故事来灵巧地避开了（人称）这一术语的混乱。然而，异故事的他、他们或者你—叙事，或者是同故事的我和第一人称复数'我们'叙事之间的复杂差异并不能够被这个简单的二元对立所包含"[3]。在实验性小说文本中所采用的"奇特"叙事人称如第二人称"你"、模糊的"某人"甚至是"它"等"这些新的选项以一种决定性的方式重建了经典的第一人称和第三人称这一二分法，并且使我们注意到'自然的'人称代词之外的范围如'我们'和'他们'，在叙事中'我们'和'他们'的使用迄今为止依然处于叙事学分析之外"[4]。这一实际存在的理论缺陷也"无异于要求对人称或者声音的标准化叙事学处理进行大规模的和根本上的修正"[5]。正是出于这一现实的理论需要，弗鲁德尼克对热奈特和斯坦泽尔的人称理论模式进行了批判性的研究与修正，对第二人称叙事、第一人称复数"我们"叙事等未知领域进行了填写空白式的研究，并在这两种研究的基础上提出了自己的人称理论模式。

---

[1] Gerard Genette, *Narrative Discourse Revisited*, trans. Jane E. Lewin, Ithaca and New York：Cornell University Press, 1988, p. 134.

[2] Monika Fludernik, *Towards a "Natural" Narratology*, London and New York：Routledge, 1996, p. 166.

[3] Monika Fludernik, *An Introduction to Narratology*, London and New York：Routledge, 2009, p. 32.

[4] Monika Fludernik, *Towards a "Natural" Narratology*, London and New York：Routledge, 1996, p. 166.

[5] Ibid..

20世纪90年代，在叙事学界曾经出现了第二人称叙事研究的小热潮，弗鲁德尼克是当时探讨这一问题的主将之一。在其论文《第二人称小说："你"作为信息接受者和/或主人公的叙事》《导言：第二人称叙事与相关问题》和《第二人称叙事作为叙事学的一个测试案例：现实主义的界限》等及其著作《走向一种"自然的"叙事学》中，她以第二人称叙事的研究为切入点，重点分析了这一"最'非自然'或者人造的叙事类型之一"[1]，进而完善了她的人称理论模式，推动了叙事人称理论的向前发展。

弗鲁德尼克在热奈特、斯坦泽尔二人的人称理论之不足的基础上来建构她自己的人称理论。她指出，热奈特把第二人称叙事看作异故事叙事的变体，"这一声明忽视了绝大多数的第二人称文本中叙述者和受述者共同参与了在故事层面被重新叙事的行为"[2]。因此同故事与异故事的绝对对立是不可取的，第二人称叙事从根本上破坏了同故事/异故事的二元对立，它就处于同故事叙事与异故事叙事的重叠之处，它"可以是同故事的（从叙述者与主人公——你分享小说故事世界这个意义上来讲），也可以是异故事的（当叙述者，如果存在一个叙述者的话，只限于叙事、演说和发声这一行动时）"[3]，所以热奈特的人称理论模式的巨大缺陷就在于在其理论框架中无法正确安置第二人称叙事。

而斯坦泽尔的人称理论重点分析的也是第一人称叙事和第三人称叙事，其方式模式中的讲述者—方式指的是"叙事与来自第一人称叙事、第三人称叙事中的一个可辨识的讲述者形象结合而成的一个基本范畴"[4]，而在反映者—方式的模式中人称代词是无效的，因为"在这种叙事领域中任何代词都指的是反映者—主人公并且形成的是内在聚焦"[5]。其中叙述者—方式的模式也不能解释第二人称叙事文本的发生。总体上来看，热

---

[1] Monika Fludernik, "Introduction: Second-Person Narrative and Related Issues", *Style*, Vol. 28, No. 3, January 1994, p. 290.

[2] Monika Fludernik, "Second-Person Narrative as a Test Case for Narratology: The Limits of Realism", *Style*, Vol. 28, No. 3, January 1994, p. 446.

[3] Monika Fludernik, *Towards a "Natural" Narratology*, London and New York: Routledge, 1996, p. 183.

[4] Monika Fludernik, "Second-Person Narrative as a Test Case for Narratology: The Limits of Realism", *Style*, Vol. 28, No. 3, January 1994, p. 472.

[5] Monika Fludernik, "Introduction: Second-Person Narrative and Related Issues", *Style*, Vol. 28, No. 3, January 1994, p. 291.

奈特和斯坦泽尔的两种理论模式都不能以一种令人信服的方式来整合第二人称文本，为了能够在人称理论模式中合理地安置第二人称叙事并具体分析第二人称叙事的各种变化形式，弗鲁德尼克对这二人的人称理论模式进行了借鉴和改造。

弗鲁德尼克认为，在以往的人称理论中，理论家注重的是话语—故事之间的二元对立，而忽视了二者之间的结合。为了纠正这一理论偏差，她用"同交流和异交流的概念详细说明了在交流层面与小说的故事层面之间所存在的联系"①。她建议将斯坦泽尔的存在领域扩展为叙述者与受述者之间进行交流而构成的环行领域，即她所谓的交流层面（communicative level），其中关键性术语"交流"指的是"叙述者（或者斯坦泽尔类型学中的讲述者形象）与中间的信息接收人或者受述者之间的交流环行"②。斯坦泽尔的讲述者—方式的模式被她改称为"交流叙事"，而反映者—方式的模式被她称为"非交流叙事"。同时，她又扩充了热奈特的同故事与异故事这两个术语，以此来区分两种不同的"交流叙事"，其中"同交流领域指的是交流层面的参与者（叙述者与受述者）也作为主人公的叙事，异交流领域指的是与叙事世界和小说世界相分离的叙事"③。用她的话来讲，"同交流指的是在交往层面（叙述者—受述者）和故事层面之间存在着联系，反之，这些存在层面间完全中断的情形被描述为异交流"④。

弗鲁德尼克的意思是说：在同交流文本中，处于交流层面的参与者即叙述者—受述者与小说中的人物处于同一个领域——小说世界；而在异交流文本中，情节代理人即小说人物的存在领域与叙述者—受述者这一对相互作用者所处的叙事层面处于不同的领域。具体来讲，在同交流叙事这一模式中，又可以分为同故事叙事和同意动叙事，这两种叙事分别对应于第一人称同交流叙事和第二人称同交流叙事。其中，同意动叙事作为一个生造词，其所指的情况是受述者是故事层面中的一个人物，但是其叙述者—我不是（故事层面中的一个人物）的一种故事设置。在异交流叙事领域

---

① Monika Fludernik, "Second Person Fiction: Narrative *You* as Addressee and/or Protagonist", *AAA-Arbeiten aus Anglistik und Amerikanistik*, Vol. 18, No. 2, January 1993, p. 224.

② Monika Fludernik, "Second-Person Narrative as a Test Case for Narratology: The Limits of Realism", *Style*, Vol. 28, No. 3, January 1994, p. 446.

③ Ibid..

④ Monika Fludernik, *Towards a "Natural" Narratology*, London and New York: Routledge, 1996, p. 183.

中，包括第二人称异交流叙事和第三人称异交流叙事，前者例如第二人称只指主人公而不是信息接收人的第二人称叙事；后者例如传统的第三人称叙事。

虽然在论述的过程中，弗鲁德尼克也采用了二分的方式，但是这只是为了便于梳理，实际上，在她看来"同交流和异交流领域拥有可渗透的边界"[1]，所以这两个领域不能用简单二分的术语来显现。在此，她借鉴了斯坦泽尔的观点，认为在同交流领域与异交流领域之间存在着渐变的领域。以第二人称叙事为例，弗鲁德尼克认为不能简单地把第二人称叙事定义为异交流叙事或者同交流叙事，理由是它"坐落在同交流叙事与异交流叙事的重叠领域，因为叙述者与受述者既可以共同分享同一个'存在领域'或者还可以居于不同的叙事层次（异故事叙述者可以被安放在发声的话语层面，而'你'主人公在故事的内故事层面）"[2]。在这个渐变领域中还包括有"我们"叙事，在这种叙事类型中，"我们"是由"我"和"你或者你们"组合而成，其中叙述者与受述者共同参与了这个故事。对于这种特殊的叙事形式，弗鲁德尼克并没有进行过多的阐释，她的理论重心放在了对第二人称叙事的分析与整合上。

总体上来看，弗鲁德尼克在对热奈特和斯坦泽尔的相关理论的批判性继承与发展的基础上，加入了叙述者与受述者的交流这一维度，进而提出了自己独特的人称理论。该理论不仅很自然地把一些特殊的叙事人称如第二人称、第一人称复数纳入其理论框架中，而且还注意到了这些叙事人称之间的过渡关系与渐变领域，使我们对叙事人称的认识更为全面、更为透彻。其观点极富创建性，不过其繁杂的分类与论述也为我们理解叙事人称带来一定的难度。

（二）第一人称复数"我们"理论的建构

关于第一人称复数"我们"叙事的研究，在20世纪90年代之后已经开始逐渐出现，或者是针对具体的小说文本来探讨这种叙事形式的具体运用，或者是对这一叙事形式本身所作的一些专门性探讨，其中，把这一特殊叙事形式放到一个有系统的理论框架中来加以认识的理论家当属美国

---

[1] Monika Fludernik, *Towards a "Natural" Narratology*, London and New York: Routledge, 1996, p. 183.

[2] Monika Fludernik, "Second-Person Narrative as a Test Case for Narratology: The Limits of Realism", *Style*, Vol. 28, No. 3, January 1994, p. 448.

学者兰瑟。在其 1992 年出版的重要著作《虚构的权威：女性作家与叙述声音》中，她对女性作品中的叙事声音进行了一个类型化的分析，其中涉及了第一人称复数"我们"叙事的情况，对此观点下面笔者将作一个简要的介绍。

在该书中，兰瑟提出了三种叙事声音的模式，其中作者型声音指的是"一种'异故事'的、集体的并具有潜在自我指称意义的叙事状态"[①]，在女性主义小说文本中作家使用这种叙事声音能够"产生或再生了作者权威的结构或功能性场景"[②]；个人声音指的是"那些有意讲述自己的故事的叙述者"[③]，这一种模式不等于热奈特的"同故事叙事"，而仅仅指他所谓的"自我故事的叙事"这种情况，其叙事权威的确立依赖于是否能够建构一种可靠的叙事声音；集体型叙事声音指的是"这样一系列的行为，它们或者表达了一种群体的共同声音，或者表达了各种声音的集合"[④]，其表现形式有三种，分别是"某叙述者代某群体集体发言的'单言'形式，复数主语'我们'叙述的'共言'形式和群体中的个人轮流发言的'轮言'形式"[⑤]，其叙事权威的建立依赖于某个社会群体的预先被建构。在这三种可能性中，第二种"共言"形式包含两种叙事技巧，分别是同时性叙事和顺序性叙事，而同时性叙事即以第一人称复数"我们"为外在标志的叙事，在这种叙事中不同个体的声音被统一为一个声音。这种叙事形式指的就是本书探讨的第一人称复数"我们"叙事。

兰瑟不仅指出了这一特殊叙事形式的存在及其在叙事理论结构中的位置，她还对这一叙事形式的非自然性进行了分析。她认为，第一人称复数叙事之所以说是离经叛道的，原因是它违反了西方小说中人物的思想观念属于某个单一个体这一传统的常规叙事观念。她通过对一些女性主义文本的具体分析指出，这类文本中的叙述者"我们"不仅讲述了某一群体的共同行动，而且还在"我们"的名义之下表达了"我们"这一群体所共有的情绪感受和思想意识。同时，这一叙事形式存在极大的隐患，即

---

① [美] 苏珊·S. 兰瑟：《虚构的权威：女性作家与叙述声音》，黄必康译，北京大学出版社 2002 年版，第 17 页。
② 同上书，第 18 页。
③ 同上书，第 20 页。
④ 同上书，第 22 页。
⑤ 同上书，第 23 页。

"我们"这一称谓在相似性的掩盖之下否定了差异性的存在，消解了他者和自我之间的二元对立，并且有可能将他者简约化为一种内在或者外在的常规。

简言之，兰瑟的分析虽然还很简短，所涉及的第一人称复数叙事的文本也很有限，但是她所得出来的结论已经触及了第一人称复数"我们"叙事的基本特征，并且注意到了这一叙事形式与女性主义群体经验的表达之间所具有的特殊关系，其结论发人深省、切中肯綮，对第一人称复数"我们"叙事的研究作出了很大的贡献。

在上述分析中，笔者通过对布斯、热奈特、斯坦泽尔、弗鲁德尼克和兰瑟等人的人称理论模式进行梳理，发现人称问题是叙事学研究中的一个重要问题；且在经典叙事学向后经典叙事学转变的过程中，人称理论所关注的重心问题也逐渐地从处于中心地位的叙事形式第一人称、第三人称叙事向居于边缘地位的叙事形式第二人称、第一人称复数"我们"叙事发展，这些后来的边缘化的叙事形式对之前已形成的叙事理论产生了强大的冲击。为了适应这些边缘化的叙事形式、将这些非自然的叙事形式纳入人称理论体系中，一些经典叙事学中的理论模式被颠覆或者被改造，进而促进了人称理论的向前发展。

第二节 认知叙事学的变奏曲：从自然叙事学到非自然叙事学

从叙事学的发展历程来看，20世纪60年代兴起于法国的结构主义叙事学经过了20多年的发展，其归纳总结出来的理论模式一方面被奉为经典；另一方面又因为其只关注文本内部这一研究思路遭到后来者的诟病。由于受到后结构主义和历史主义思潮的冲击，结构主义叙事学这一经典叙事学濒于将死的窘境。20世纪90年代以来，为了给叙事学找到一条新的发展方向与出路，西方叙事学理论家们的研究视点从对文本的重视转向了对读者和语境的重视，并注重对跨学科领域研究成果的借鉴与吸收，进而促成了叙事学的复兴，西方学界将之称为后经典叙事学。其中，作为后经典叙事学之一的认知叙事学就发生在这一历史背景之下。一方面，认知科学的迅猛发展为认知叙事学的发展奠定了坚实的理论基础；另一方面，认知叙事学对读者和语境的关注顺应了当代西方语境化热潮的流行趋势，这两个原因共同促进了认知叙事学的蓬勃发展。需要注意的是，认知叙事学所强调的语境并不是读者所处的社会历史语境，而是读者所处的"叙事语境"，即读者对某一种叙事文类的"叙事规约"或"文类规约"的了解程度，这一程度直接影响到读者对文本叙事的认知能力。

简言之，认知叙事学是将叙事学与认知科学相结合之后形成的一种交叉性学科，它着重探讨"叙事与思维或者心理的关系，聚焦于认知过程在叙事理解中如何起作用，或读者（观者、听者）如何在大脑中重构故事世界"[1]。以这一思想为基本准则所形成的理论主张中，如弗鲁德尼克提出的自然叙事学、赫尔曼提出的故事逻辑理论、玛丽-劳尔·瑞安（Marie-Laure Ryan）提出来的认知地图理论等为我们展示了认知叙事学所具有的独特理论价值和贡献。其中，在《走向一种"自然的"叙事学》一书中，弗鲁德尼克提出来的自然叙事学在西方叙事学界具有极大的影响力，她以口头叙事为参照，以乔纳森·卡勒（Jonathan D. Culler）的"自然化"概念为基础，探讨了读者在阅读文本的过程中如何借助于规约性的阐释框架对文本进行自然化的理解。

一 "自然的"与自然叙事学

1996年，德国叙事学家弗鲁德尼克出版了被赫尔曼誉为"认知叙事学领域的奠基性文本之一"[2]的著作（Towards a "Natural" Narratology）。作者在该书中指出，"towards"一词具有双重含义，一方面"走向"一词表明了认知叙事学还处于初级阶段；另一方面指明了一条按照年代顺序进行研究的思路，即作者回溯性地研究了从口头叙事到中世纪、现代早期、现实主义、现代主义和后现代主义的各种写作类型，进而揭示出"自然"叙事学得以形成的发展演变过程，该词语从这两方面揭示出作者对历史性的重视，因此笔者将该书译为《走向一种"自然的"叙事学》。在这里，笔者将以对"自然的"这一关键术语的研究为切入点，来简单分析介绍弗鲁德尼克的自然叙事学理论。

在《走向一种"自然的"叙事学》一书中，弗鲁德尼克提出的"自然的"叙事学是认知科学与叙事学理论融合之后形成的一种新理论，其

---

[1] 申丹、王丽亚：《西方叙事学：经典与后经典》，北京大学出版社2010年版，第222页。
[2] David Herman ed., *Narrative Theory and the Cognitive Sciences*, Stanford: CSLI, 2003, p.22.

理论关注点是读者对文本的认知过程。它的独特性在于弗鲁德尼克旨在建构一种以自然叙事即口头叙事为基础的普适性的叙事认知模式,阿尔贝将之总结为"一个认知的工程,它把(认知)框架、日常讲故事的观念和体验整合成一个具有包容性的叙事理论"[①]。弗鲁德尼克形成这一理论的灵感来自三个相对独立的知识领域和知识学科,它们分别是 W. 拉波夫(W. Labov)式的话语分析传统中的自然叙事、奥地利学派沃尔夫冈·德雷斯勒(Wolfgang Dressler)的自然的或者认知的语言学和卡勒的"自然化",这三个理论资源被弗鲁德尼克有机地整合到一起,进而形成了她独具特色的"自然的"叙事学。

具体来讲,美国语言学家拉波夫的"自然叙事"指的是在日常交谈中人们互相讲述故事,即自然而然发生的讲故事。在个人对自身的体验进行口头讲述时,叙事结构由此而呈现出来。弗鲁德尼克受到了这一思想的影响,并用这个范畴来指涉自发的对话式的讲故事,口头叙事与文学叙事都被包含于其中。她认为,从被锚定在人类日常体验的意义上来讲,"自然的"叙事是构成叙事性的原型。在她看来,叙事之所以是叙事,并不是因为它讲述了一个故事,而是因为它所讲述的这个故事值得讲述并且已经被一个经验的我、个体的讲述者解释过了。也就是说,她否定了经典叙事学以情节为基础来建构叙事性的做法,取而代之的是以个人的体验性为基础的叙事性。弗鲁德尼克所谓的叙事性指的是"叙事文本的一种功能并且以人化自然的体验性为中心"[②],它通过拟模仿现实生活的体验而被唤起并在读者的阅读过程中被建立起来。对于她来讲,叙事性并不是内在于文本的一种品质,而是读者把它当作一种叙事来加以解释进而强加给文本的一种属性。叙事性内涵的变化扩大了叙事文本的领域,后现代主义的一些违背传统叙事观念、无情节的文本被合理地纳入了叙事学分析的范围。由此,弗鲁德尼克不像之前的叙事学家那样,以现实主义和现代主义的小说或者短篇小说为优先的研究对象,她大大地拓展了研究对象的范围,以口述的和仿口述的讲故事类型为研究对象,其中包括对话式的叙事和口述历史、历史写作、早期的书面叙事形式和后现代主义的文学写作等。

---

① David Herman, Manfred Jahn and Marie-Laure Ryan, eds., *Routledge Encyclopedia of Narrative Theory*, London and New York: Routledge, 2005, p. 394.

② Monika Fludernik, *Towards a "Natural" Narratology*, London and New York: Routledge, 1996, p. 19.

而在"自然的"语言学中,"自然的"这一术语指的"是被认知参数所规定或者所激发出来的语言的一个方面,该认知参数建立在从现实生活的语境中具体化的人类体验的基础之上的"①。这一观点是奥地利语言学派的标志,此外这种观点也体现在认知语言学尤其是原型理论中。正因为"自然的"是与人类具体化的框架联系在一起的,所以"从'自然地发生'或者'原型的人类经验的构成元素'的意义上来讲,一些认知的参数可以被当作是'自然的'"②。弗鲁德尼克从自然语言学中吸取了认知范畴的具体化和更高层次的符号范畴对具体化图式依赖的思想,即"根据可辨识的现实世界的模式,虚构的情境被形象化,其中包括的参数有代理人、感知、交流框架、动机解释等"③。在阅读的过程中,读者的阅读体验依赖于具体化的图式和参数而形成认知,读者可以依靠自然的或者认知的参数或者图式来解读文本。这个过程不同于传统叙事学单纯地从文本内部来挖掘意义,而是以读者的体验性为基础、通过借助于现实的认知框架来使文本叙事化,进而建构文本的意义。"读者积极地建构意义并把(认知)框架强加到他们对文本的解释上,就如同一个人不得不用有效的图式来解释现实的生活体验一样。"④ 简而言之,她建议在认知参数和读者反映结构的基础上来建构一种新的阅读范式。

卡勒的"自然化"概念指的是当读者遇到奇怪的或者不连贯的文本时所采取的一种阅读策略,读者通过使用有效的阅读模式来使不可理解的元素或者文本重新变得可理解。弗鲁德尼克重新部署并重新定义了这一概念,并命名为"叙事化",其含义指的是读者在阅读中依赖叙事图式使其所阅读文本变得自然化的一种阅读策略,用她的话来讲"叙事化就是将叙事性这一特定的宏观框架运用于阅读。当遇到带有叙事文这一文类标记,但看上去既不连贯、难以理解的叙事文本时,读者会想方设法将其解读成叙事文。他们会试图按照自然讲述、经历或观看叙事的方式来重新认识在文本里发现的东西;将不连贯的东西组合成最低限度的行动和事件结

---

① Monika Fludernik, *Towards a "Natural" Narratology*, London and New York: Routledge, 1996, p. 12.
② Ibid., p. 9.
③ Ibid., p. 235.
④ Ibid., p. 9.

构"①。在阅读的过程中，无论读者遇到了多么不可理解的叙事，他们都会采取各种方法来使之变为一种可理解的叙事。读者在叙事化的过程中，将阅读文本看作对体验性的一种显现，因此他们通过与体验的认知参数进行结盟来建构这些文本。换句话说，弗鲁德尼克的拉波夫意义上的"自然的"叙事中的体验性、自然语言学中的认知参数被包含在了由卡勒的"自然化"改造而成的叙事化过程中，且与之整合为一个整体。

以上述三个理论成果为基础，弗鲁德尼克建构了她所谓的"自然的"叙事学，其研究兴趣主要集中在认知原型和陌生的模式如何在其繁衍的过程中使我们熟悉起来。总体上来看，虽然弗鲁德尼克依托于认知科学的理论对叙事学研究的发展作出了突出的贡献，但是其理论也存在着不足之处。关于这一点，中国学者申丹有一定的论述，西方学者阿尔贝在《自然叙事学的"更多"或"更少"：塞缪尔·贝克特（Samuel Beckett）的"更少"之再思考》一文中针对其不足提出了自己的"自然的"叙事学。这里笔者想指出的是，"自然的"叙事学强调的是作者讲述自己在现实世界中的生活体验，而读者根据自身在现实世界中形成的体验来理解作者所讲的故事，在这两个过程中，现实世界中所获的体验对于文本而言居于基础性的地位。实际情况是，有一些文本所讲述的故事并不是对现实世界中体验的直接写照，因为它在现实世界中是不存在的，也正因为如此，读者就不能直接根据自己的现实体验来理解这些文本。虽然在弗鲁德尼克看来，这些非自然的文学现象当被读者习以为常之后就会获得一种第二层次的"自然性"，即某种叙事规约，但其本性依然是非自然的，这些文本的存在就为非自然叙事学的兴起提供了文本支撑。

二 "非自然的"与非自然（的）叙事学

随着认知叙事学的进一步发展，近几年来在西方叙事学界陆续有一些专门性的文章来论述非自然叙事的问题，形成了一个与自然叙事学有着复杂关系的新的研究领域，即非自然叙事学。虽然这些文章还不足以反映出非自然叙事学的概貌和基本主张，但是这种研究态势表明非自然叙事学的兴起已经成为一种可能，并有望成为一种流行趋势。而且 2008 年以来国际叙事学界多次组织召开的非自然叙事学研究的会议，也促进了非自然叙

---

① Monika Fludernik, *Towards a "Natural" Narratology*, London and New York: Routledge, 1996, p. 34.

事学的发展。

认知叙事学的领军人物赫尔曼指出,"一个新出现的研究领域是对'非自然'叙事的研究"①,且随着研究的不断深入,非自然叙事学作为一门新兴的叙事学理论受到越来越多的理论家的关注。从目前的研究态势上来看,"非自然叙事的研究已经成为叙事理论中一个令人激动的全新而全异的研究项目"②。其中,阿尔贝、亨里克·斯科夫·尼尔森(Henrik Skov Nielsen)、斯特凡·伊韦尔森(Stefan Iversen)和理查森四人对这一问题的研究作出了卓越的贡献。他们比较早地关注并研究了非自然叙事的问题,例如,阿尔贝对读者如何解读不可能的故事世界的阅读策略进行了探讨;尼尔森研究的是第一人称叙事小说中的非个人的声音这一非自然的叙事行为;伊韦尔森探讨了某些小说文本中存在的非自然的心理;理查森则对第二人称叙事、第一人称复数叙事等非自然的叙事形式进行了研究。

这些研究为非自然叙事学的诞生铺平了道路。2010年第2期的《叙事》杂志上,他们合作撰写了论文《非自然叙事、非自然叙事学:超越模仿模式》,在文中明确指明了非自然叙事学存在的必要性,并对其研究对象、研究方法等问题进行了探讨。该文被学术界称为非自然叙事学的纲领性宣言,并成为非自然叙事学研究中的一个标志性事件,表明了非自然叙事学的正式登台亮相。2011年,阿尔贝和鲁迪格·海因策(Rüdiger Heinze)主编的《非自然叙事、非自然叙事学》一书中也收录了他们各自撰写的文章,该书中的文章分别对非自然叙事、非自然叙述者、非自然时间、非自然事件等问题进行了分析和探讨。

在西方文艺理论中,早在亚里士多德(Aristotle)时代就强调文学艺术是对现实生活的模仿,这一思想的深远影响促使我们在很长时间以来只看到了小说文本中的现实主义成分,而对非现实主义的小说或者非现实主义的小说因素漠不关心甚至视而不见,在小说理论或者叙事学理论中,同样也没有专门的理论来探讨这些问题。虽然将一些不符合常规的叙事形式称为"非自然"的叙事形式,这种说法早在叙事学兴起之时就已经出现过,但是理论家对它的态度有所不同。例如,前文中提到

---

① 尚必武:《叙事学研究的新发展——戴维·赫尔曼访谈录》,《外国文学》2009年第5期。
② Jan Alber and Rüdiger Heinze, eds., *Unnatural Narratives-Unnatural Narratology*, Berlin and Boston: De Gruyter, 2011, p.1.

的布斯将第二人称叙事看作一种非自然的叙事形式,但他认为这是一种不成功的写作形式,故而缺乏深入的探讨。在 20 世纪八九十年代,虽然有更多的理论家注意到了大量的非自然叙事的现象,陆续有一些文章涉及了非自然叙事的相关问题,结合相关的文本对非自然的叙事行为作了多侧面的研究,但是其分析往往是附属在经典叙事学或者认知叙事学的名目之下缺乏独立性的研究。例如热奈特在《新叙事话语》中将第二人称叙事看作异故事叙事的变体,将第一人称复数叙事看作同故事叙事的变体;而弗鲁德尼克虽然注意到了包括第二人称"你"、模糊的"某人"甚至是"它",以及"我们"和"他们"等在内的诸多奇特的叙事人称,也对之进行了深入的研究,但是在她看来,这些非自然的形式会被读者通过叙事化的策略最终进入自然叙事学的范畴之内。

在以上这些理论中,理论家们并没有对"非自然的"这一术语的含义作明确界定,而是从古怪的、特殊的这一意义层面上来使用它。相比较而言,非自然叙事学的理论家们在使用并建构这一概念时有其特指的含义。阿尔贝等四人在《什么是非自然叙事学的非自然?对莫妮卡·弗鲁德尼克的回应》一文中指出:"我们采用了'非自然的'这一术语的不同定义,因此我们对它做了不同的估量。理查森和亨里克·斯科夫·尼尔森争辩说非自然偏离了传统现实主义和自然的(口头的)叙事惯例;扬·阿尔贝从违背自然法则、逻辑原则、标准的知识局限性的箔层来估量非自然;斯特凡·伊韦尔森争辩说非自然是在一个给定的故事世界中建立起来的现实主义规则与特定事件或者情节之间的冲突而引起的一种效果。"[1]

虽然他们关于"非自然"的界定还不尽相同,关注的侧重点不同,研究思路各异,但是其基本立场是一致的,即都体现为对"模仿还原论"、现实主义模仿论的反对。以理查森和阿尔贝的具体论述来看,理查森认为"非自然"是"反模仿的文本,即违背传统现实主义参数的文本(《超越故事和话语》),或者超出自然叙事的惯例,即自发的口头故事讲述的形式(《非自然的声音》)"[2]。阿尔贝把"非自然"定义为"物理上不可能的情节和事件以及逻辑上不可能的情节和事件,也就是说,在已

---

[1] Jan Alber, Stefan Iversen, Henrik Skov Nielsen and Brian Richardson, "What Is Unnatural about Unnatural Narratology?: A Response to Monika Fludernik", *Narrative*, Vol. 20, No. 3, October 2012, p. 381.

[2] Jan Alber, Stefan Iversen, Henrik Skov Nielsen and Brian Richardson, "Unnatural Narratives, Unnatural Narratology: Beyond Mimetic Models", *Narrative*, Vol. 18, No. 2, May 2010, p. 115.

知的、支配物理世界的律法看来是不可能的事和在已被接受的逻辑原则看来是不可能的事"①。前者把非自然直接定位于自然叙事的对立面,是对弗鲁德尼克的现实主义模仿论或者自然叙事的反驳;而后者则认为小说叙事不必一定是对现实或者逻辑的直接反映。从这两种非自然观出发,叙事的非自然元素就不应该直接用自然叙事学的方法来解释。在小说叙事中,有对现实世界的模仿,更有对现实世界的超越,正如阿尔贝指出的那样:"就小说叙事而言最有趣的事件之一是它们不仅像我们所知道的那样模仿地再生这个世界。许多叙事使我们面对奇异的故事世界,这些故事世界被一些与我们周围的现实世界很少有关系的原则所控制。"② 这些叙事超越、挑战或者颠覆了我们在现实生活的体验中所形成的对世界的观感。正是基于这种认识,他们倡导建立一种独立的、专门的叙事学分支来研究非自然叙事。

在他们看来,叙事的非自然性主要表现在三方面:非自然的故事世界、非自然的思想和非自然的叙事行为。

第一方面是非自然的故事世界,它指的是在故事世界里,其时空组织在物理上或者逻辑上是不可能的或者不合理的。阿尔贝在《不可能的故事世界——如何加以解读》一文中,沿着弗鲁德尼克的叙事化思路,探讨了五种策略来对非自然的故事进行自然化或者叙事化。这五种思路分别是把事件看成心理活动、突出主题、寓言性的解读、合成草案和丰富框架。对这五种思路,申丹在《西方叙事学:经典与后经典》一书中有过较为详细的介绍,而且在文后申丹也表达了自己的不同见解,在她看来,"'自然化'并非唯一的阅读方式,而且,在有的情况下,把'反常'的叙事成分加以'自然化'可能会有损作品意在表达的主题意义"③。

第二方面是非自然的思想,它可能出现在故事层面,也可能出现在叙事话语的层面,或者二者兼具。在阅读的过程中,由于我们通常是以自己的思想为基础来建构别人的思想,当我们把这种思维理论与叙事学联系在一起时就会发现,现实世界中的思维逻辑与小说再现世界中的逻辑可能是不一样的,由此而产生了伊韦尔森所谓的"非自然的思想"。当读者试图

---

① Jan Alber, "Impossible Storyworlds and What to Do with Them", *Storyworlds: A Journal of Narrative Studies*, Vol. 1, 2009, p. 80.
② Ibid., p. 79.
③ 申丹、王丽亚:《西方叙事学:经典与后经典》,北京大学出版社2010年版,第231页。

透过这些叙事来唤起某种思想时,非自然的元素将会阻碍、损害或者挑战这一过程,即它会"强迫读者去建构一种违背了连续性的意识框架的意识"[1]。非自然叙事学要做的事情就是将认知领域中已知的一些分析方法运用到非自然叙事的研究中,挖掘这些方法的有效性与局限性,并在实践的过程中进一步发展并提炼这些方法。

第三方面是非自然的叙事行为,它包括"生理上、逻辑上、记忆上或者心理上不可能的表达"[2]。例如,在论文《论第一人称叙事小说对模仿认知的违背》中,德国学者海因策主要探讨了第一人称小说中的叙述者违背模仿逻辑而展开的叙事,叙述者在文本中讲述他本不应该知道的内容,作者把这种第一人称全知叙事现象称为"多叙"。作者总结归纳了五种"多叙"的类型,并且根据它们可被自然化的程度不同,把这五种类型归并为"自然的多叙"和"非自然的多叙"两大类,并对后者作了更为详细的分析。以这一理论成果来分析的话,我们可以发现,中国当代小说家阎连科的小说《坚硬如水》中的叙事也呈现出第一人称叙述者多叙的现象。叙述者——"我"以鬼魂回忆的口吻讲述了自己的出生以及父亲的死亡,这些本来是他所不能看到的,但是其叙事仿佛是亲眼所见,而不是从别处听说而来的。这一叙事明显属于"多叙"。丹麦学者尼尔森的论文《第一人称叙事小说中的非个人化的声音》也对第一人称叙事进行了研究,他主要探讨的是一种特殊的第一人称叙事,即在这类小说中"我"不是作为发生的主体而存在,相反是一种非个人化的叙事声音的显现,这种叙事形式与其说是第一人称叙事,不如说是更接近于第三人称叙事,它偏离了传统叙事形式的逻辑和规则,所以也是一种非自然的叙事形式。埃德加·爱·伦坡(Edgar Allan Poe)的小说《泄密的心》中的第一人称叙事就属于这种情况,叙事主体看起来是"我",但是其话语很明显不受"我"的控制,反而更像是由"泄密的心脏"所发出来的声音。

既然非自然叙事表现为对传统现实主义的偏离,那么对这些非自然元素的研究首先就是要"试图描述被投射的世界偏离真实世界框架的方式,第二步,它要设法阐释这些偏离"[3]。在他们看来,应对非自然叙事的方

---

[1] Jan Alber, Stefan Iversen, Henrik Skov Nielsen and Brian Richardson, "Unnatural Narratives, Unnatural Narratology: Beyond Mimetic Models", *Narrative*, Vol. 18, No. 2, May 2010, p. 124.
[2] Ibid..
[3] Ibid., p. 116.

式有两种，第一种方式是阿尔贝的思路，"某人可以通过改组和重组已存在的认知草案和框架来处理非自然叙事"[1]；第二种方式是把非自然叙事看作"对现实生活的描述所做的一种抵抗和小说技巧的一种创造性力量"[2]，读者应该接受这一叙事的现实，并大胆地去理解这一写作方式，挖掘出这一特殊写作所具有的内在含义。需要注意的是，在运用第一种方法时谨防把非自然叙事当作是自然叙事的变体、通过一些策略手段将非自然叙事自然化。申丹在介绍阿尔贝的论文《不可能的故事世界——如何加以解读》时就曾经指出过这一点，并指明了其有害性。相比较而言，后者更符合非自然叙事学的基本主张，假定非自然的元素为一种文本中的现实存在，以此为基础来探究人类认知的种种可能性，进而丰富人类的认知模式。

总之，这四人从非自然叙事的含义、非自然叙事的表现、如何解读非自然叙事三方面对非自然叙事学研究进行了纲领式的概括，并试图搭建起一个非自然叙事学的基本理论框架。最后，他们对非自然叙事学的未来前景进行了展望，并乐观地指出让叙事学理论来拥抱非自然叙事的时机到了，非自然叙事学应该受到人们更多的关注。

三　自然叙事学与非自然叙事学的关系

作为认知叙事学之下的两种不同理论观点，二者的共同点表现在它们都关注的是读者在阅读过程中对文本的认知问题，不同的是二者所关注的研究对象有很大差异，自然叙事学的研究对象是包括口头叙事在内的所有叙事；而非自然叙事学的研究对象主要是反现实主义或者反模仿的文学作品，尤其是后现代主义的文学作品。非自然叙事学的研究对象在以往的叙事学理论中很少被关注到，所以说，非自然叙事学的蓬勃发展为我们拓宽了叙事学研究的对象领域，并提供了一种研究反现实主义小说的新思路。但是，另外它也使我们在认知上对自然叙事学与非自然叙事学的关系这一问题产生了一些混乱与误区。

原因主要表现在两个方面：一方面是自然叙事学与非自然叙事学这两种叙事学理论的关键词"自然的"与"非自然的"从字面上来看形成了一种对立；另一方面是非自然叙事学的某些理论或是受到了自然叙事学的

---

[1] Jan Alber, Stefan Iversen, Henrik Skov Nielsen and Brian Richardson, "Unnatural Narratives, Unnatural Narratology: Beyond Mimetic Models", *Narrative*, Vol. 18, No. 2, May 2010, p. 129.

[2] Ibid..

影响，或是对自然叙事学的理论主张进行了批判。所以在某种程度上来讲后者对前者具有一定的承继性或颠覆性，如阿尔贝的阅读策略研究就表现为对自然叙事学的驳斥与借鉴。也正因为如此，这两种叙事理论很容易被人们联系到一起来看，且将之视为对立的两种理论，如荷兰格罗宁根大学的克里斯蒂安·朗达（Christiaan Ronda）在其论文《自然的/非自然的——在模仿与反模仿之间寻求一种共识》中就将这二者视为一种对立关系，她说："非自然叙事学与它的对等物自然叙事学之间的关系充满了复杂性。"[①] 二者之间存在的复杂性，目前已经得到了自然叙事学家和非自然叙事学家的重视，他们特意撰写论文对此问题进行了论述，并指出二者并不是二元对立的关系。

在《叙事》杂志2012年第3期中，弗鲁德尼克撰写的论文《"非自然叙事学"有多自然：什么是非自然叙事学的非自然？》与阿尔贝等四人的论文《什么是非自然叙事学的非自然？对莫妮卡·弗鲁德尼克的回应》就这一问题进行了论辩性的交锋，他们就各自所主张的"自然的"和"非自然的"术语的含义进行了界定，对各自所倡导的自然叙事学与非自然叙事学的基本主张进行了重申，并对二者之间的关系进行了说明。弗鲁德尼克在文中指出，非自然叙事学研究者认为，自然叙事学并不能应对所有的叙事，尤其是非模仿或反模仿的叙事，所以他们立志要建立新的非自然叙事的认知模式。从这个意义上来讲，她认为"扬·阿尔贝及其他人的很多研究是本着《走向一种'自然的'叙事学》的精神进行的"[②]；阿尔贝等人也在文中表示，他们同意弗鲁德尼克这一主张，并指出"非自然叙事理论部分地得到了弗鲁德尼克的方法的启发与恩惠"[③]。虽然在研究思路与方法上，非自然叙事学对自然叙事学的借鉴与学习颇多，但是二者之间很明显地存在不同。这种不同虽然从他们所使用的术语形式来看，好像是对立性关系；实则不然，阿尔贝等人认为是一种补充性的关系。

首先，从关键术语的含义来看，非自然叙事学与自然叙事学之间并不存在着直接的对应关系。一方面，弗鲁德尼克并不认为她所谓的"自然

---

① Christiaan Ronda, Un/natural: A Search for Consensus between Mimetic and Anti-Mimetic Narratologies, Master thesis, University of Groningen, July 2011, p. 7.

② Monika Fludernik, "How Natural Is 'Unnatural Narratology'; or, What Is Unnatural about Unnatural Narratology?" *Narrative*, Vol. 20, No. 3, October 2012, p. 358.

③ Jan Alber, Stefan Iversen, Henrik Skov Nielsen and Brian Richardson, "What Is Unnatural about Unnatural Narratology?: A Response to Monika Fludernik", *Narrative*, Vol. 20, No. 3, October 2012, p. 371.

的"叙事学的对立面是非自然的叙事学。她在文中指出:"当我在《走向一种'自然的'叙事学》中使用自然的这一术语时,我试图突出强调对这一术语的使用是这样的,它并不是与它的反义词非自然的(unnatural)形成对比……"① 在必须依赖二分法的时候,她所使用的是非自然的(non-natural)这一不太具有对立意味的词。另一方面,阿尔贝等人所采用的"非自然的"一词的含义也并不是从弗鲁德尼克的"自然的"一词的反义上来理解,"实际上,它有多种多样的含义,除了逻辑上或者认知上的不可能之外,还包括难以置信的、魔幻的和超自然的"②。由此可见,"自然的"和"非自然的"这两个术语在这里并不是作为反义词来使用的。

其次,"非自然的"叙事学和"自然的"叙事学之间的关系也不是对立的。在弗鲁德尼克的理论中,她也注意到了叙事文本中存在的奇特的、古怪的成分,但是她的研究更多地倾向于探讨这些奇特的叙事成分在读者阅读的过程中能否被自然化或者如何自然化的问题,所以她是在"自然的"研究视域之下来分析"非自然的"叙事成分的,这一点不同于非自然叙事学理论家对非自然元素的直接关注。打个比方,这种不同就好像是吃布丁的两种习惯,"我倾向于专注总体上的味道,忽视了一些成分,而阿尔贝等人则添加了一些有风味的调料,这些调料与布丁整体的常见的清淡之味相冲突"③。阿尔贝等人则进一步指出,虽然弗鲁德尼克在建构"自然的"叙事学的时候企图涵盖最广泛的叙事文本,但实际上在她的理论中对非自然叙事的研究是缺乏的,同样这一匮乏也体现在其他的现实主义的叙事学理论中,而非自然叙事学正是要集中研究非自然元素,其理论"并不是要取代现存的统一的理论,甚至于补充它们,因为我们要拯救那些被主导性理论所遗留下来的各种类型的叙事……其本身与'自然的'和其他的叙事学之间不存在直接的争论"④。

从上述双方的论述中,我们可以看出,自然叙事学与非自然叙事学都

---

① Monika Fludernik, "How Natural Is 'Unnatural Narratology'; or, What Is Unnatural about Unnatural Narratology?" *Narrative*, Vol. 20, No. 3, October 2012, p. 357.
② Ibid., p. 362.
③ Ibid..
④ Jan Alber, Stefan Iversen, Henrik Skov Nielsen and Brian Richardson, "What Is Unnatural about Unnatural Narratology?: A Response to Monika Fludernik", *Narrative*, Vol. 20, No. 3, October 2012, p. 375.

涉及了叙事文本中存在的非自然成分，但是二者对其进行研究的思路与方法是不一样的，且重视程度不同。虽然阿尔贝等人在《什么是非自然叙事学的非自然？对莫妮卡·弗鲁德尼克的回应》一文的结尾"用互补性这一术语来描述弗鲁德尼克的'自然'叙事学与我们的非自然叙事学之间的联系"①，但是实际上"互补性"这一范畴还无法真正说明二者之间的复杂性。想要了解这二者之间的复杂性，有赖于我们对这两种叙事学理论主张的进一步研究。

在这一小节中，笔者通过对"自然"叙事学与非自然叙事学的分别介绍，简要勾勒了这两种认知叙事学理论的基本主张与研究思路，并指出了非自然叙事学在当今叙事学研究中所具有的积极意义，即对以往遭到我们忽视的一些非自然的叙事元素给予正视与研究，而下文中即将要研究的第一人称复数"我们"叙事就属于这种情况。在笔者看来，第一人称复数"我们"叙事就属于非自然叙事学的研究范围，是非自然叙事的一种，其非自然性表现在叙述者既了解自己的感知和情感，同时也了解别人的感知和情感，这一叙事行为违背了某人的感知和情感只属于其自身这一常识观念；该叙事既不属于第一人称叙事，也不属于第三人称叙事，而是综合了二者的叙事特征。以往的叙事学理论很少会具体研究这种叙事形式，对采用这种形式进行叙事的小说文本也缺乏这一角度的研究，所以借助于非自然叙事学的理论成果来研究叙事文本中的第一人称复数"我们"叙事将会是一件具有挑战性的事情。

第三节 西方第一人称复数"我们"叙事文本的被发现

第一人称复数"我们"叙事的文本指的是用第一人称复数"我们"进行叙事的文本。在西方文学史中，以第一人称复数"我们"的口吻来叙事的小说文本是相当稀少的，也甚少为人所知，20世纪90年代以前几乎完全没有引起人们的注意，对其展开的研究也非常的少。20世纪90年代之后，经典叙事学旨在追求一种普遍的内在结构的企图开始破灭，理论

---

① Jan Alber, Stefan Iversen, Henrik Skov Nielsen and Brian Richardson, "What Is Unnatural about Unnatural Narratology?: A Response to Monika Fludernik", *Narrative*, Vol. 20, No. 3, October 2012, p. 380.

家们转而开始关注一些在实验性小说或者后现代主义小说中出现的"古怪的"叙事形式，并研究这些"古怪的"叙事形式的独特性，以及对以往叙事理论的颠覆性。在这样的一个风潮中，第一人称复数"我们"叙事受到了理论家的关注。此外，以第一人称复数"我们"叙事为标志的一些女性主义文本和后殖民主义文本在后经典叙事学的背景之下也得到了进一步的研究，这些批评理论也促进了我们对第一人称复数"我们"叙事的研究。关于这一点，文献综述部分已经有过充分的介绍和说明，故在此不再赘言。

一 第一人称复数"我们"叙事小说的零散研究

在西方文学批评史上，20世纪90年代前后，文学研究者们开始注意到了第一人称复数"我们"叙事的文本，并对这些文本中性别意识、阶级意识、种族意识等观念的表达与第一人称复数"我们"叙事这一特殊形式之间的关系进行了研究。其中，莫里斯、兰瑟在对女性主义作家如何在文本中发出自己的声音这一问题进行研究的过程中探讨了第一人称复数"我们"叙事这一叙事形式；罗伦松考察了非洲文学传统尤其是阿尔马作品中的第一人称复数"我们"叙事，并探讨了这一叙事形式与政治意识形态之间的关系；布里顿和富尔顿探讨了格里桑小说中第一人称复数叙事与集体认同之间的关系；沃勒对美国黑人作家赖特的《一千两百万黑人的呼声》一文中所采用的第一人称复数从阶级和种族的角度进行了分析。

除了上述这些文本之外，叙事学理论家们在建构第一人称复数"我们"叙事的人称理论时也发现了一些第一人称复数"我们"叙事的文本。例如，弗鲁德尼克指出，整个作品用第一人称复数"我们"叙事的形式写就的文本是相当稀少的，"皮埃尔·西尔万（Pierre Silvain）的《风力涡轮机》是我所知的唯一一部连续使用'我们'的小说。一些'我们'的文本在'我们'和'我'之间轮换：叶夫根尼·扎米亚京（Yevgeny Zamyatin）的《我们》、约翰·巴思（John Barth）的《休假》、让·艾什诺兹（Jean Echenoz）的《我们仨》或者嘉比丽勒·沃曼（Gabriele Wohmann）的《时刻表》。"[①] 在对这些文本分析的基础上，她得出了

[①] Monika Fludernik, *Towards a "Natural" Narratology*, London and New York: Routledge, 1996, p. 167.

"'我们'文本表现了一个扩展了的第一人称叙事"① 这一结论。

在《讲述我们的故事：关于"我们"文学的叙事》一文中，加拿大学者马格林研究"我们"在不同文本中的具体所指时指出，在同一个文本中"我们"不一定指的就是同一个"我们"，而是会有多种可能性，我们需要根据具体的文意来确定"我们"的所指。这一结论来自对福克纳的《献给爱米丽的一朵玫瑰花》、巴思的《度假》和阿尔马的《两千季》等第一人称复数"我们"叙事的文本所作的论证。此外，他还对逾越节犹太传统文学中的集体叙事进行了研究，探讨了集体叙事与集体认同之间的关系。

德国学者马库斯也对犹太—希伯来传统中的逾越节《哈加达》中这一最古老的第一人称复数"我们"叙事的形式及其在后来的变化进行了研究，探讨了叙事形式与语境之间的紧密联系。在《"我们"小说叙事中的对话与权威性——一种巴赫金的方法》一文中，马库斯从个体的"我"与集体的"我们"之间的关系入手，对第一人称复数"我们"叙事的文本进行了分类，并将之分为权威性的、迷惑性的和复调的三种，且分别对应于阿尔马的小说《两千季》和匈牙利女作家雅歌塔·克里斯多夫（Agota Kristof）的《恶童日记》（1986年）、犹太作家阿哈龙·阿佩菲尔德（Aharon Appelfeld）的小说《灼热的光辉》和《破冰雷》、以色列作家亚伯拉罕·B. 约书亚（Abraham B. Yehoshua）的小说《人力资源部男人的使命》和娜塔莉·萨洛特（Nathalie Sarraute）的《你听见了吗？》，在对这三类文本进行了分析之后，探讨了不同类别的第一人称复数"我们"叙事在叙事话语方面所具有的特点。

二　布莱恩·理查森的历史性梳理

除了这些单篇论文与零散的提及之外，更加值得我们关注的是，2006年理查森出版的《非自然的声音：现当代小说中的极端叙事》一书。在这本书的第三章——"阶级与意识——从康拉德到后殖民主义小说中的'我们'叙事"中，理查森以专章的形式论述了第一人称复数"我们"叙事的问题，较为集中而全面地梳理了西方英语世界中的第一人称复数"我们"叙事小说；并在以编年史的形式进行文本梳理的过程中指出，这

---

① Monika Fludernik, *Towards a "Natural" Narratology*, London and New York: Routledge, 1996, p. 167.

些第一人称复数"我们"叙事的文本之间所具有的传承关系,即"《'水仙号'的黑水手》是福克纳最喜欢的书籍之一,福克纳被理查德·赖特和托尼·莫里森(Toni Morrison)仔细地学习过并且他被马里奥·巴尔加斯·略萨(Mario Vargas Llosa)认为是现代小说家的典范;詹姆斯·恩古吉(James Ngugi)是对康拉德着迷的读者,也是被后来的后殖民主义的作者所广泛阅读的小说家,拉贾·拉沃(Raja Rao)承认他从依纳齐奥·西隆尼(Ignazio Silone)那儿得到了他的写作技巧,等等"[1]。虽然这一结论的论证从动力学的角度来看缺乏必要的证据,但是它指明了这些创作之间或直接或间接的联系,进而使得第一人称复数"我们"叙事也具有了一种独立的传统,而不仅仅是偶然为之。

在该书中,理查森首先追溯了第一人称复数"我们"叙事的起源,认定1899年康拉德的小说《"水仙号"的黑水手》是最早使用这一叙事方式的小说文本。并且指出,按照叙事内容或主题的不同来划分,在康拉德之后的第一人称复数"我们"叙事小说文本可以分为政治性的书写、殖民地的及后殖民地的书写、女性主义书写等。

其中,出于政治的意图来使用第一人称复数"我们"叙事的作品有苏联作家扎米亚京的小说《我们》(1917年)、维克特·塞吉(Victor Serge)的小说《我们力量的诞生》(1921年)、意大利作家西隆尼《芳丹玛拉》(1930年)等,他们分别以"我们"的声音来传达某种政治目的:或者是反对在苏维埃政府的集权主义统治之下以"我们"为标记的教化和奴性的思想;或者是以"我们"的声音来反对帝国主义极端自私的经济文化世界;或者是"我们"与法西斯主义之间无力的斗争。

殖民地的与后殖民地的作家受到康拉德和福克纳的影响,运用第一人称复数"我们"叙事的形式来表达对帝国主义势力的反抗与斗争,例如印度英语作家拉沃受到了西隆尼的主题及技巧上面的影响而创作的《根特浦尔》(1938年)、美国黑人作家莫里森受到福克纳的第一人称复数"我们"叙事技巧的影响而创作的《最蓝的眼睛》(1970年)、勤恳学习康拉德的肯尼亚作家恩古吉所创作的《一粒麦种》(1967年)、非洲西部的加纳籍作家阿尔马所创作的《两千季》(1973年)、马提尼克籍作家格里桑的《我们的小说》(1987年)三部曲等。

---

[1] Brian Richardson, *Unnatural Voices: Extreme Narration in Modern and Contemporary Fiction*, Columbus: Ohio State University Press, 2006, p.59.

女性主义者也采用了第一人称复数"我们"叙事的形式来表达对男权社会的不满，例如美国小说家琼·蔡斯（Joan Chase）的小说《波斯女王朝》（1983 年）、美国作家路易斯·厄德里克（Louise Erdrich）的《痕迹》、多米尼加裔美国作家朱莉亚·阿尔瓦雷斯（Julia Alvarez）的小说《加西亚女孩如何失去了她们的口音》（1991 年）、美国作家杰弗里·尤金尼德斯（Jeffrey Kent Eugenides）的小说《处女自杀》（1993 年）等。另外，近年来的四部小说，即法国新小说派作家萨洛特的《你不喜欢自己》（1989 年）、南非小说家扎克斯·穆达（Zakes Mda）的小说《死法》（1995 年）、美国作家欧茨的小说《蓝调之一文不名的哈特》（1999 年）和哈泽德·亚当斯（Hazard Adams）的小说《许多可爱的玩具》（1999 年）也从不同侧面显示了第一人称复数"我们"叙事的持续性活力和创新空间。

三 其他的第一人称复数"我们"叙事小说

除了上述小说外，还有一些第一人称复数"我们"叙事小说没有得到足够的研究，例如选自桑塔格的短篇小说集《我，及其他》（1978 年）中的小说《宝贝》。这篇小说的叙事形式非常独特，从文意上来看，这篇小说讲述的一对夫妇因孩子问题而跟心理医生展开的一系列谈话，但是从文本话语来看，医生的谈话是缺席的，通篇出现的是夫妇二人的讲述与对医生的提问所做出的回答。在夫妇二人的讲述中，虽然他们表示是轮流、单独跟心理医生进行交流，但是在他们的讲述中却都采用了第一人称复数"我们"的说话口吻，也正因为如此，读者无法分清楚丈夫与妻子究竟是谁在一三五、谁在二四六与医生会谈，个人性的话语被湮没在集体性的言说中。这一叙事形式，不仅暗示出夫妇二人在针对孩子问题而寻找自身原因时有互相推诿的嫌疑，更暗示出孩子的不幸是他们二人共同造就的恶果。

2007 年，美国作家弗里斯创作的小说《曲终人散》出版发行了。这部一经问世就获得多项美国大奖的小说采用了多种叙事人称，其中占据主要篇幅的叙事人称是第一人称复数"我们"。作者用"我们"的口吻讲述了一家广告公司的职员们烦琐而又无聊的办公室生活，将"我们"在经济衰退时期面临裁员危机时的内心恐慌与现实中的荒诞行径刻画得入木三分，揭示出美国白领的生存困境与精神困惑。作者用第一人称复数"我们"叙事的方式揭示出这一主题的普遍性。

通过上面的简单介绍，我们可以发现，西方叙事学界研究第一人称复数"我们"叙事文本的思路有两条：一条思路是在文本分析时挖掘第一人称复数"我们"叙事的功能与特征；另一条思路是在理论建构的过程中针对第一人称复数"我们"叙事的文本进行论证。这两条思路相辅相成，共同促进了第一人称复数"我们"叙事文本的被发现。遗憾的是，西方叙事学家所关注的第一人称复数"我们"叙事小说主要集中在西方英语世界，对东方文学史中的第一人称复数"我们"叙事文本基本没有涉及，这无疑既为我们接下来的研究提供了理论指导，又遗留下广阔的研究空间。

统观本章，我们可以看出，在很长一段时间以来，作为一种非自然的叙事形式，第一人称复数"我们"叙事很少出现在小说文本中，即使一些小说文本中自发性地采用了这一叙事形式，它也不会在该小说中占主导地位。这一文学实践方面的缺失导致了叙事学理论家们在研究叙事人称问题时很少会涉及第一人称复数"我们"的问题。西方20世纪以来逐渐出现的第一人称复数"我们"叙事小说文本在20世纪90年代得到了批评家、理论家的重视，并促成了对第一人称复数"我们"叙事这一形式的基本理论建构与功能性探讨。尤其是非自然叙事学的兴起，为我们研究第一人称复数"我们"叙事提供了一条引导性的思路，深化了对其特殊性的认识。而在中国，对第一人称复数"我们"叙事的研究基本上还处于起步阶段，有一些文学批评家已经注意到了第一人称复数"我们"叙事在小说文本中的存在，并且在感悟式的文学批评中零散闪烁着真知灼见，在西方已有理论的基础上来研究中国的第一人称复数"我们"叙事小说文本，并对之进行理论探讨，进而在理论研究的道路上迈出了蹒跚之步。今天，笔者试图借鉴西方最新学术思想——第一人称复数"我们"叙事理论，在深入挖掘中国小说创作特色的基础上，促成中西小说创作技巧、小说观念的交流与对话。

第二章

非自然的第一人称复数"我们"叙事

在第一章中，笔者分析指出：在很长一段时间内，西方叙事学中的人称理论集中研究的是第一人称叙事和第三人称叙事这两种叙事方式，其研究成果既丰富又深入。20世纪90年代以来，以德国叙事学家弗鲁德尼克为首的一批西方叙事学家对第二人称叙事展开了如火如荼的研究，其研究开阔了我们的理论视野，深化了我们对人称的认识。在种种可能的叙事方式中，唯独第一人称复数"我们"叙事这一特殊的叙事形式受到了西方叙事学理论家们的冷落，其仅有的研究成果零星地散见于人称理论中。直到"自然的"叙事学中，弗鲁德尼克在同交流叙事与异交流叙事的人称理论中，为第一人称复数"我们"叙事找到了一席之地，即属于同交流叙事中的同故事叙事。她认为，在同故事叙事中包含两种不同的第一人称复数"我们"叙事，一种是"我+他/她（们）"，另一种是"我+你（们）"。前者是一种"边缘的同故事叙事（第一人称叙事），（包括只有'我们'的第一人称复数'我们'叙事）"[1]；后者是"叙述者和受述者与故事世界共享存在领域的第一人称复数'我们'叙事"[2]，但是她并没有对第一人称复数"我们"叙事作更进一步的研究。

尚必武指出："随着'非自然叙事学'的兴起，第一人称复数叙述在西方叙事学界迅速升温，成为当下叙事学研究的一个热点。"[3] 在这样一个背景下来研究第一人称复数"我们"叙事的本质、属性与类别将是本章的主要内容。

---

[1] Monika Fludernik, "Second-Person Narrative as a Test Case for Narratology: The Limits of Realism", *Style*, Vol. 28, No. 3, January 1994, p. 447.

[2] Ibid..

[3] 尚必武：《讲述"我们"的故事：第一人称复数叙述的存在样态、指称范畴与意识再现》，《外国语文》2010年第1期。

首先，从语言学中语义学的角度来看，"我们"这一符号的所指对象通常是"我"与他人组合而成的异质群体，因此作为一种集体叙事的主体，即第一人称复数"我们"内在不可避免地具有不稳定性和冲突性，其语义特征也决定了第一人称复数"我们"叙事在人称理论体系中的特殊位置。其次，从非自然叙事学的角度来看，第一人称复数"我们"叙事违背了现实主义还原论的叙事原则，其非自然的叙事形式一方面扩大了小说叙事的多种可能性，另一方面也产生了第一人称复数"我们"叙事的不可靠性。也正是因为这一点，在整个文学史中第一人称复数"我们"叙事并不常见。最后，从类型学的角度来看，虽然第一人称复数"我们"叙事的小说文本并不是很多，但是这些探索性的、先锋性的小说文本依然为我们提供了不同样式的叙事形式，理查森和马库斯的类型学研究为我们深入研究第一人称复数"我们"叙事提供了理论指导。这些研究成果是研究第一人称复数"我们"叙事这一问题的理论前提和基础，一方面笔者将试图廓清这些理论观点；另一方面笔者也将试图运用这些理论成果来研究中国当代小说中出现的第一人称复数"我们"叙事现象。

第一节　第一人称复数"我们"叙事的界定

究竟什么是第一人称复数"我们"叙事呢？循着雅各布森、普林斯的语言学思路来分析人称，我们可以得出如下结论：第一人称复数"我们"叙事指的是故事的叙述者"我们"在讲述一段关于"我们"的故事，其中，"我们"既是故事世界中的人物，也是叙事层面的行为者、施动者，"我们"作为一个具有主体间性的主体共同经历了一些事情，并用第一人称复数"我们"的形式把它讲述出来。以这样一种基本认识为理论前提，马格林、理查森和马库斯等人展开了对第一人称复数"我们"叙事的研究。其中，理论研究的前行者是加拿大学者马格林。他在《集体视角、个人视角和中间的说话者：关于"我们"文学的叙事》《讲述我们的故事：关于"我们"文学的叙事》和《复数的讲述：从语法到意识形态》等论文中，从语言学、叙事学的角度对第一人称复数"我们"叙事进行了研究，其理论成果为后来的理论家理查森、马库斯进一步研究第一人称复数"我们"叙事提供了理论基础和前提。在下面的分析中，笔者将通过对这三人的理论进行梳理和评析来推导出第一人称复数"我们"

叙事的本质与特征，并以此确立第一人称复数"我们"叙事在人称理论体系中的位置。

一 第一人称复数"我们"叙事的特殊性

在我们以往的阅读经验中，小说通常来讲是由第一人称或者第三人称叙事来完成的。在第一人称叙事的小说中，叙述者"我"同时又是故事中的某个人物，"我"在讲述关于自己的故事；而在第三人称叙事的小说中，叙述者是不出现在文本中的"我"，"我"在讲述关于他人的故事。叙事理论家以此为理论依据区分出了叙事人称中的二元对立项，但是这一二元对立项在第一人称复数"我们"叙事的小说文本中遭到了颠覆。当小说采用"我们"的叙事口吻来讲述故事时，该叙事既是第一人称的也是第三人称的，因为在这种叙事中不仅包括了"我"的故事，同时也包括了"我"之外的"他人"的故事。正如理查森指出的那样，第一人称复数"我们"的叙事话语"同时是第一人称和第三人称的话语，并微妙地或公然地超越了斯坦泽尔和热奈特以不同方式提出的基本对立"。① 也正因为如此，第一人称复数"我们"叙事的声音是一种复数声音，而不是像第一人称、第三人称叙事中的单数声音。

复数声音在文本中的回荡意味着第一人称复数"我们"叙事是一种集体性叙事，用兰瑟的话来讲，就是"以字面的'我们'为形式的第一人称复数叙事，各种不同的声音统一发出一个声音"②。由这一论述推断得出，第一人称复数"我们"叙事指的是以第一人称复数"我们"的口吻来讲述故事的叙事形式，这是一种简便的界定方式，其显著的外在标志就是叙述者"我们"这一符号在文本中的出现。"我们"这一叙事主体由不同的个体构成，是我与你（们）或者他（们）的结合，在这个结合的过程中，"我们"形成了同一化的行动，并具有一致的情感体验与认知，在文本中呈现为一个同一的声音。用马格林的话来讲就是，"这个集合必须作为一个复数的主体或者我们—群体来行动，有能力形成共享的群体意

---

① Brian Richardson, *Unnatural Voices: Extreme Narration in Modern and Contemporary Fiction*, Columbus: Ohio State University Press, 2006, p. 60.
② [美] 苏珊·S. 兰瑟:《虚构的权威：女性作家与叙述声音》，黄必康译，北京大学出版社 2002 年版，第 291 页。

图并共同按照它们来行事"①。在小说叙事的过程中，第一人称复数"我们"叙述者作为一个整体来讲述故事，该叙事反映了"我们"共同的行动、共同的意志和情感体验。从这个意义上来讲，第一人称复数"我们"叙述者是被作为一个具有同质性的集体来加以看待的，杨少衡的小说《蓝筹股》中的"我们"就是这样一个群体。在该小说中"我们说他是'毛'有病"②"我们为贺亚江捏了把汗"③"但是我们对他表示理解"④"我们不免感到一种凉意，一种同僚之伤"⑤等话语从不同层面反映了"我们"这个群体在行动、认知、心理感受、情感体验等方面存在的一致性，进而凸显了第一人称复数"我们"叙事的集体性这一特征。

在《非自然的声音：现当代小说中的极端叙事》一书中，理查森梳理了西方第一人称复数"我们"叙事小说的历史演变，并从三个方面对第一人称复数"我们"叙事的集体性特征进行了说明。首先，第一人称复数"我们"叙事的小说文本强调集体身份的建构。他说："'我们'叙事是一个灵活的技巧，它具有持续长达一个世纪以上的历史并在为数可观的文本中持续被使用，尤其是那些强调建构和维护一个强有力的集体身份的文本，其中包括女性主义和后殖民主义的作品。"⑥ 其次，第一人称复数"我们"叙事善于表达集体意识。第一人称、第三人称叙事善于表现个人意识这一点是被我们所熟知并广泛接受了的基本观念，理查森认为，第一人称复数"我们"叙事与之相反，它"是表达集体意识的极好的媒介"⑦。最后，第一人称复数"我们"叙事善于提供某个集体成员的共享感觉。理查森指出，"这种形式也非常善于提供表达许多不同集体的共享感觉"⑧，这些集体例如康拉德的水手们、拉沃和西隆尼的偏僻的乡下社区、恩古吉和阿尔马的革命者圈子等。兰瑟纵然不像理查森表述得这么明确，但是她在《虚构的权威：女性作家与叙述声音》一书中也表达了类

---

① Uri Margolin, "Telling in the Plural: From Grammar to Ideology", *Poetics Today*, Vol. 21, No. 3, September 2000, p. 591.
② 杨少衡：《蓝筹股》，《清明》2005 年第 5 期。
③ 同上。
④ 同上。
⑤ 同上。
⑥ Brian Richardson, *Unnatural Voices: Extreme Narration in Modern and Contemporary Fiction*, Columbus: Ohio State University Press, 2006, pp. 55-56.
⑦ Ibid., p. 56.
⑧ Ibid..

似的观念。她"以单言、轮言和共言叙述为模式对或多或少已经现实化的集体型叙述的考察表明，通过叙述形式来形成某种带有政治意味的女性集体的声音是具有多种可能性的"①。其中，共言叙事也被她称为"同时型叙述声音"，即本书的第一人称复数"我们"叙事，这种叙事形式"是这样一种叙事状态，其中叙述声音和叙事视点都是集体型的表达"②。从以上这两位理论家的相关论述来看，第一人称复数"我们"叙事与集体意识的表达之间有着紧密的联系。

二 "我们"的基本特征

法国新小说的著名作家比托尔曾经在谈到复数人称的位移现象时指出，"我""你""他"这三个单数人称是从未分解的复数人称"我们"这一背景中逐渐地显溢出来的，"'我们'是先于'我'存在的，恰恰是'我们'分解为'我'和'你们'，而'你们'分解为'你'和'他们'的，等等"③。马格林也指出，人称代词"'我们'是所有人称代词中最灵活、最异质和最模糊不清的，因为它能够标明全部这三种说话角色而且被单独的或者多重的说话者表达出来"④。这三种说话角色分别指的是说话者、受话者与交流中涉及的对象，在不同情况下，"我们"所指涉的对象可能是这三种角色的不同组合。因此，虽然第一人称复数"我们"叙事是一种集体叙事，但是这并不意味着第一人称复数"我们"叙事在小说全文中所揭示的是同一个集体的意识。

在某一个文本中，作为一个群体而言，"我们"的指涉对象是暧昧不清的，而且当"我们"在文本中首次出现时，作者对其指涉对象往往也不会加以解释。在理查森看来，这也是第一人称复数"我们"叙事的惯例。他说："没有哪一个第一人称复数叙事会在一开始时就公开它的成员，当读者判断这个'我们'究竟是谁时总是会有一些剧情。"⑤ 他的意

---

① [美] 苏珊·S. 兰瑟：《虚构的权威：女性作家与叙述声音》，黄必康译，北京大学出版社 2002 年版，第 23 页。

② 同上书，第 292 页。

③ [法] 米歇尔·比托尔：《小说中人称代词的运用》，林青译，《小说评论》1987 年第 4 期。

④ Uri Margolin, "Telling Our Story: On 'We' Literary Narratives", *Language and Literature*, Vol. 5, No. 2, May 1996, p. 119.

⑤ Brian Richardson, *Unnatural Voices: Extreme Narration in Modern and Contemporary Fiction*, Columbus: Ohio State University Press, 2006, p. 38.

思是说，读者必须依靠故事情节或者上下文语境来判断文中的"我们"究竟指的是谁。同样以《蓝筹股》为例，在该小说的一开始，"我们"就已经出现了，但是读者并不知道"我们"指的是谁。随着阅读的深入，根据文意读者可推断得出"我们"应该是对故事人物贺亚江相当了解的一群人，直到后面的句子"我们对贺亚江有一种挺特别的感情。彼此同僚，都是一定级别的干部，有点身份和来历，公务私务往来，自然会产生这样那样的感情"① 出现时，我们才得知，这里的"我们"应该指的是跟贺亚江有公私往来的国家干部，这些干部中并不包括文中实名出现的那些官员，仿佛是隐匿在其周围的一个旁观式的群体。这个群体"我们"的指涉范围在小说的叙事进程中似乎没有发生变化。

实际上，在更多的第一人称复数"我们"叙事的小说文本中，"我们"这一代词的暧昧性指涉对象不是固定不变的，而是会随着具体故事情节的变化形成不同的指涉对象。马格林在对阿尔马的小说《两千季》中的"我们"进行实例分析时指出，在这部小说中"至少有六个以上的相关群体可以被区别开来，这些群体具有包含的复合关系或者局部重叠的关系。这些群体包括非洲的作家和政治活动家（这种方式的人们）；积极反抗殖民主义的所有非洲人；拥有非洲身份或自觉意识的那些人；所有当代非洲人；特殊的过去的一代非洲人，例如奴隶制度的第一代牺牲品；最后一种，过去一千年中（两千个季节）的所有非洲人"②。理查森赞同马格林的观点，他也指出："'我们'是易变的，以一种不同的方式，它能够增长或者收缩以便适应大小不等的群体……"③ 这种易变性不仅仅反映在群体的大小方面，而且"'我们'能够在身份、范围、大小和时间点等方面发生变化"④。之后，马库斯在分析第一人称复数"我们"叙事的特点时也指出："可能，代词'我们'在小说叙事中最显著的性质是它的

---

① 杨少衡：《蓝筹股》，《清明》2005 年第 5 期。
② Uri Margolin, "Telling Our Story: On 'We' Literary Narratives", *Language and Literature*, Vol. 5, No. 2, May 1996, pp. 120-121.
③ Brian Richardson, *Unnatural Voices: Extreme Narration in Modern and Contemporary Fiction*, Columbus: Ohio State University Press, 2006, p. 14.
④ Brian Richardson, "Plural Focalization, Singular Voices: Wandering Perspectives in 'We'-Narration", in Peter Hühn, Wolf Schmid and Jörg Schöner, eds. *Point of View, Perspective, and Focalization: Modeling Mediation in Narrative*, Berlin and New York: Walter de Gruyter, 2009, p. 147.

语义的易变性。"[1] 下面，笔者以王安忆的小说《叔叔的故事》为例，来分析"我们"的这一易变性。

小说中的"我们"是暧昧的，小说中作者从头到尾都没有明确"我们"的所指对象，读者只能够在上下文语境中来推测得知其所指对象发生的种种变化。从人物身份上来看，在小说的开头部分，作者写道："有一天，在我们这些靠讲故事度日的人中间，开始传播他最近的警句。"[2] "我们"在小说的多处地方指的是这些从事小说创作的人，从下文"他的苦难经历深深吸引了像我们这样的青年，正像我们以我们插队的经历去吸引下一批青年"[3] 中的描述可以推测出，"我们"是一些曾经历过下乡插队的知青。当小说中的"我们"与"他们"相对来讲时，"我们"与"他们"指的是两代人："他们"是经历了"文化大革命"岁月的"右派"，而"我们"则是一代下乡插队的知青。这两代人之间关系颇为复杂，用文中的话来讲，就是"我们这两代人在当面互相夸赞之后，是互相的藐视，这妨碍了我们的交流和互助"[4]。此处的"我们"与上述例证中的"我们"相比，在范围上发生了变化，不仅包括"我们"这一代知青作家，也包括上一代即叔叔这一辈的作家们。甚至，有的时候"我们"还包括作者假想中的小说对面的读者。

由于该小说采用了元小说叙事，所以作者在叙事进程中不断在拆解文章前面的故事。在自我解构的过程中，作者向她的读者提出了倡议。"在那灾难的日子里，想到死是很自然的事情，所以我们不应当排斥叔叔是想过自杀这一桩事的。"[5] 这句话表明，下文中对叔叔曾经想过自杀这一情节的虚构是作者和读者的共谋，此处的"我们"是故事的叙述者"我"和故事的受述者"你"的结合。由此可以看出，在这里"我们"不仅身份上是不一样的，而且所包含的范围也不一样，这些不同的"我们"在同一部小说中轮番出现，使文本的含义变幻莫测，故事极具张力，此举不仅使表面一致的文学叙事背后暗含了错位与断裂，为读者的阅读增添了难度，促使读者需要在曲折多变的迷宫中穿梭去追寻文本真正的含义；也使

---

[1] Amit Marcus, "We are You: The Plural and The Dual in 'We' Fictional Narratives", *Journal of Literary Semantics*, Vol. 37, Issue. 1, April 2008, p. 2.
[2] 王安忆：《叔叔的故事》，载《王安忆自选集》，天地出版社2017年版，第139页。
[3] 同上书，第140页。
[4] 同上书，第161页。
[5] 同上书，第158页。

小说的叙事摆脱了个人性的自我回忆与呓语，上升为一代人的普遍记忆与普遍的生存经验。

总之，第一人称复数"我们"叙事中的"我们"具有两个特征，即语义的暧昧不定与矛盾冲突，马格林将这二者视为第一人称复数"我们"固有的（两个）属性，这一结论实际上是援引了雅各布森的观点。这两个特征的形成原因，马格林认为可能来自三方面，即"因为它可能包括了群体的大多数，而不是全部成员，因为它可能包括或者不包括说话者，因为它的指涉群体在不同使用场合下可能是由群体中具有些微不同的子集合构成的"①。相比较而言，作为言说的主体"我"，必然会有一个与之相对应的、独一无二的指涉对象，而作为言说者的"我们"，其指涉对象则是模糊的，因为在这里的说话者"我们"经常是隶属于这个群体的"我"在同时代表他人来言说，而他人的身份是模糊不定的，其包含的范围并非始终不变。

由此可见，在第一人称复数"我们"叙事中，通过使用"我们"将"我"与"他/你"或者"他们/你们"综合在一起，此举颠覆了传统意义上这二者之间的对立，将个体的聚合转变为一个共同体，并建构了一种共同体的同一性，但是同时"我们"构成元素的灵活多变又使得诸多"我们"共同体之间不可避免地具有矛盾冲突。

三　第一人称复数"我们"叙事在人称理论中的定位

法国著名新小说家比托尔在《小说中人称代词的运用》一文中还曾指出，复数的第一人称绝对不是相应的单数人称的纯粹增加，而是变化多端的复杂组合，"'我们'不是一个重复多次的'我'，而是三个人称的组合"②。马格林延续了这一观点，他首先批判了一种错误的认识，即"'我们'有可能被理解为一个简单的对'我'的乘法运算、复制或扩张"③。这种认识的错误之处在于把"我们"中的成员相等同，而忽视了成员彼

---

① Uri Margolin, "Telling Our Story: On 'We' Literary Narratives", Language and Literature, Vol. 5, No. 2, May 1996, p. 132.
② ［法］米歇尔·比托尔：《小说中人称代词的运用》，林青译，《小说评论》1987年第4期。
③ Uri Margolin, "Collective Perspective, Individual Perspective, and the Speaker in Between: On 'We' Literary Narratives", in Willie Van Peer and Seymour Chatman, eds. *New Perspectives on Narrative Perspective*, Albany: State University of New York Press, 2001, p. 242.

此之间的差异。马格林赞同"我们"等于自我+某人(们)的观点,认为第一人称复数"我们"叙事中的叙述者是"我"与"你(们)"或者"他(们)"的组合。他在《集体视角、个人视角和中间的说话者:关于"我们"文学的叙事》一文中指出,"我们"从定义上来讲,"必须至少是由两个个体组合而成,最起码其中之一是'我们'这个当前标记的言说者,因此我们=我+别人(们),或者说话者+增大"①。当"我们"这个群体在不同的情况下被分解为"我"和"你"或者"我"和"他人"时,第一人称复数"我们"叙事将呈现为同故事叙事与异故事叙事的统一,因此,"我们"叙事可以"在不改变说话者的情况下交替出现同故事叙述者(关于说话者)和异故事叙述者(关于别人)"②。因此,马格林并不认为第一人称复数"我们"叙事是第一人称叙事或者同故事叙事的变体,而是一个不稳定的叙事形式。单纯地从同故事叙事的角度来研究第一人称复数"我们"叙事,而忽视第一人称复数"我们"叙事中的异故事叙事的成分,将不利于揭示它的本质。

马格林认为,在整个人称理论的体系中,第一人称复数"我们"叙事处于第一人称叙事、第二人称叙事和第三人称叙事之间,居于一个不稳定的位置之上;"'我们'实际上占据了发送者角色(我)和那些第二人称和第三人称(非我)之间的中间位置"③,即"说话者必然以他或者她自己的名义以及另一个人的名义来说话"④。理查森也认为,第一人称复数"我们"叙事作为反模仿或非模仿小说中最重要、最普遍也是最让人不安的叙事形式之一,当一个文本用第一人称复数"我们"来讲述他人的思想时,同故事的人物叙述者感知到了由外在的异故事叙述者所能感知到的思想,因此这一叙事既是同故事话语也是异故事话语,"它以一种很

---

① Uri Margolin, "Collective Perspective, Individual Perspective, and the Speaker in Between: On 'We' Literary Narratives", in Willie Van Peer and Seymour Chatman, eds. *New Perspectives on Narrative Perspective*, Albany: State University of New York Press, 2001, p. 242.

② Uri Margolin, "Telling Our Story: On 'We' Literary Narratives", *Language and Literature*, Vol. 5, No. 2, May 1996, p. 121.

③ Uri Margolin, "Collective Perspective, Individual Perspective, and the Speaker in Between: On 'We' Literary Narratives", in Willie Van Peer and Seymour Chatman, eds. *New Perspectives on Narrative Perspective*, Albany: State University of New York Press, 2001, p. 242.

④ Brian Richardson, *Unnatural Voices: Extreme Narration in Modern and Contemporary Fiction*, Columbus: Ohio State University Press, 2006, p. 38.

微妙的方式抵制了经典叙事学中第一人称和第三人称这一基本的二分体"①。

理查森指出,以传统的二元对立的人称理论为基础来看,第一人称复数"我们"叙事超越了这一对立,"当大多数第二人称叙事在这两个位置之间摇摆不定时,第一人称复数叙事则同时占据了这两个位置"②。马库斯也持相类似的观点,他在《我们是你们:"我们"小说叙事中的复数和双数》一文中指出:"第一人称复数叙事是一个混合形式,从它是由不同的成分组合而成这个意义上来讲,从定义上来看,代词'我们'是一个'我'与第二人称或者一个第三人称(单数或者复数)的组合。"③ 从这些具体论述可以看出,虽然这三位理论家对第一人称复数"我们"叙事在人称理论中的定位的说法不一,但是不论是不稳定的位置或是混合性的形式还是占据了两个位置的说法,都从不同程度上颠覆了经典叙事学中第一人称、第三人称的绝对区分,这些研究成果共同促进了对人称理论的重新思考,并促使理论家们试图去重新建构人称理论的体系。

除了上述理论性探讨之外,罗伦松在分析非洲作家阿尔马的作品《两千季》时也曾指出,该小说中出现的第一人称复数"我们"叙事同时兼具同故事叙事与异故事叙事。他说,在小说的一开始,虽然叙述者是以"我们"来指称其自身的,但是它是以通常意义上的第三人称视角、异故事—故事外叙事的形式来叙事的,这里的"我们"似乎是非洲人的同义词,至少是叙述者所属的部落中最早的那些成员;到了小说的后半部分,"我们"似乎是这一千年来为自由而战的这群人中的成员,叙述者并不仅仅是将自己视为这些为自由而战的战士们的后裔,"我们"就是为自由而战的人群中的一员,因此在这里的叙事是同故事叙事,我们作为其中的角色参与了这个故事。

基于这两种叙事情形,罗伦松总结道:"在《两千季》中,阿尔马的叙述者不但是一个故事外—同故事叙述者,而且在他的第一人称复数声音

---

① Brian Richardson, *Unnatural Voices: Extreme Narration in Modern and Contemporary Fiction*, Columbus: Ohio State University Press, 2006, p. 14.
② Ibid., p. 60.
③ Amit Marcus, "We are You: The Plural and The Dual in 'We' Fictional Narratives", *Journal of Literary Semantics*, Vol. 37, Issue. 1, April 2008, p. 1.

中还是一个传统的故事外—异故事叙述者。"① 这个站在故事之外且兼具同故事叙事与异故事叙事的叙述者,授予自身以一种非凡的特权,它以全知的零聚焦来观照故事世界。它不仅可以知道故事的结局,还可以预叙后来发生的故事,甚至还可以知道别的人物的思想,而这一点是可靠的、讲述自我故事的叙述者所不可能实现的事。罗伦松虽然在这里借用了热奈特的术语来理解第一人称复数"我们"叙事的特殊性,但是他认为第一人称复数"我们"叙述者不符合热奈特的任何一种叙事图式,因此第一人称复数"我们"叙事值得批评家们、理论家们投入更多的关注。

四 第一人称复数"我们"叙事中的视角或聚焦

同一个故事,由不同的叙述者来讲述会产生不同的阅读效果;同样,从不同的视角出发来讲述同一个故事,也会产生不同的阅读效果。因此,对于一篇小说而言,从人称的角度来分析叙述者的身份固然重要,与之相比,叙事视角也同等重要,且这二者经常是联系在一起的。热奈特就曾经指出,在他之前的很多理论家对视角或者视点问题的探讨往往是把"谁看"和"谁说"的问题混淆在一起来加以讨论的,这些讨论虽然也取得了卓越的理论成果,但是其论述的混乱性也是显而易见的。

为了剔除这些理论中的含混性,热奈特在克林斯·布鲁克斯(Clenth Brooks)和罗伯特·潘·沃伦(Robert Penn Warren)的叙事焦点四分法、斯坦泽尔的叙事情境三分法、诺尔曼·弗里德曼(Nor-man Friedman)的八项分类法、贝蒂尔·龙伯格(Bertil Rom-berg)的四分法等视角理论进行综合考量的基础上,以更为抽象的"聚焦"这一术语取代了过于专门的视觉术语"视角""视点"等,提出了聚焦类型的三分法,即零聚焦、内聚焦和外聚焦。上述理论探讨针对的基本上是第一人称叙事和第三人称叙事的文本,几乎没有涉及第一人称复数"我们"叙事的文本,所以这些结论是否完全适用于第一人称复数"我们"叙事的小说文本,还有待于进一步的论证。

在西方叙事学界,美国叙事学家兰瑟比较早地论述了第一人称复数"我们"叙事中的视点问题,并在《虚构的权威:女性作家与叙述声音》一书中举例说明了这一叙事视点的不合理性。兰瑟认为,萨拉·奥恩·朱伊特(Sarah Orne Jewett)的小说《尖冷杉之邦》中的叙事人称经历了一

---

① Lief Lorentzon, "Ayi Kwei Armah's Epic We-Narrator", *Critique: Studies in Contemporary Fiction*, Vol. 38, Issue. 3, Spring 1997, p. 227.

个我—我们—我的转换过程,该小说的叙述者在由个人向社群转变的过程中,其叙事视点也发生了相应的变化,即由个体视点转换为一种集体性视点。当个体的"我"融入邓尼郎丁社群的各种生活图景中并将自己内化为这个社群中的一员时,叙述者"我们"就具备了一种公共性的眼光,它表现为一种复数"我们"的视点聚焦般的意识。"我们站在那儿……我们向大海深处眺望,指点着远处的岛屿,这些树似乎静静地向大海开进……我们正凝视着,突然,一缕金色的夕阳光闪射在远处的岛屿上,一派景象灿烂无遗,直逼我们的眼帘。"[①] 在这一段叙事中,小说叙述者"我们"即"我"和托德夫人给读者描述了她们眼中这个岛屿的景象以及当时她们共有的所思所想。

在兰瑟看来,这一写法是一种违规操作,"这些看上去也许无关紧要的复数代词组成多元的感觉意识,破坏了叙事务求逼真的小说叙事常规"[②]。因为按照叙事常规来讲,"我"能够讲述自己的一切言行活动包括内在活动,也能够讲述他人的具有外在表现的活动,但不能讲述他人的内在意识活动。然而在这里,叙述者却告诉我们托德夫人觉得这些树看上去似乎静静地向大海开进或者岛屿上的美景灿烂夺目等,这一做法"等于剥夺了托德太太可能会向叙述者讲述她的思绪这样的叙事机会,或者也等于把自己的想法强加给托德太太。这两种情况都造成叙述者占用托德太太视觉能力的结果"[③]。这一叙事明显违背了现实主义还原论的原则,用理查森的话来讲就是"非自然叙事"。虽然兰瑟看到了第一人称复数"我们"叙事中存在的这一违规性的叙事形式,但是并没有对这一叙事形式给予正面的评价,且对其存在的合理性缺乏探究。

之后,美国叙事学家理查森在《复数的聚焦、单数的声音:"我们"叙事中的漂移视角》一文中对第一人称复数"我们"叙事中的视角/聚焦的特征用"漂移视角/聚焦"这一术语进行了理论概括,并论证了第一人称复数"我们"叙事中视角/聚焦的合理性。他指出,第一人称叙事和第三人称叙事中的视角都是一种人为性的视角。在第三人称叙事中,叙述者要揭示出外在于其自身的、他人的思想与精神活动,这一点在现实生活中

---

① [美]萨拉·奥恩·朱伊特:《尖冷杉之邦》,转引自 [美]苏珊·S. 兰瑟《虚构的权威:女性作家与叙述声音》,黄必康译,北京大学出版社2002年版,第282—283页。

② [美]苏珊·S. 兰瑟:《虚构的权威:女性作家与叙述声音》,黄必康译,北京大学出版社2002年版,第283页。

③ 同上。

是不可能实现的,所以这一视角是叙事规约赋予它的一种能力;而在第一人称叙事中,旁观者叙述者的叙事越界与主人公内心独白的展示都表明其叙事视角是一种建构的产物,而不是自然而然生成的。作为横跨了第一人称叙事和第三人称叙事两种叙事形式的第一人称复数"我们"叙事,其在讲述故事或者揭示人物精神活动时,叙事视角必然也是一种人为视角,它整合了第一人称叙事和第三人称叙事的视角特征,"作为一个同故事人物叙述者揭示了只有依靠异故事叙事的智力才能够知道的事情"[1]。这一叙事视角虽然也不合乎常理,但是在理查森看来,它并"不是一种内在具有缺陷的、有问题的或者可耻的技巧,我们—聚焦相反是一种极度灵活的策略,它能够精确地运作是因为其多变的指涉对象……'我们'滑行在个别的主体性和集体的全知之间,一个严密的和松散的意义之间,和全部的、部分的或者最低限度共享的精神体验之间"[2]。也正因为如此,他将这种叙事视角命名为"漂移视角"。同时也由于其叙事的视点不受人物和时间段的限制,可以在不同的个体之间来回运动,理查森又将这种叙事视角看作一种辩证的视角。

综合来看,在兰瑟和理查森的研究中,虽然他们使用的术语并不一致,但是他们所探讨的问题是相近似的,都关注的是"谁在看"的问题,所以我们可以把这二者放在一起来研究。兰瑟从热奈特"违规叙事"的理论出发来界定第一人称复数"我们"叙事中视点的特殊性,而理查森的研究则更推进了一步,他不仅看到了第一人称复数"我们"叙事中的视角/聚焦的非自然性特征,还从视角/聚焦的人为性这一点上论证了其存在的合法性依据。这两人的研究成果具有一定的开拓性意义,在他们之前,第一人称复数"我们"叙事中的聚焦问题基本上还没有被理论家们研究过,所以其研究成果为我们进一步研究第一人称复数"我们"叙事中"谁在看"这一问题奠定了一个基调。其不足在于所采用的不同术语在我们整合其理论时带来了诸多的不便,而且这两人的理论还有待于进一步的推进,如第一人称复数"我们"叙事的聚焦如何游移、这一聚焦的游移具有什么作用等问题还没有得到充分的研究。

---

[1] Brian Richardson, "Plural Focalization, Singular Voices: Wandering Perspectives in 'We'-Narration", in Peter Hühn, Wolf Schmid and Jörg Schöner, eds. *Point of View, Perspective, and Focalization: Modeling Mediation in Narrative*, Berlin and New York: Walter de Gruyter, 2009, p. 154.

[2] Ibid., p. 152.

第二节 第一人称复数"我们"叙事的不同类型

虽然目前我们看到的第一人称复数"我们"叙事的小说文本从总量上来看并不多，且这一叙事方式的历史也还比较短暂，但是这并不意味着第一人称复数"我们"叙事就是一种单一的、不值得我们分类研究的叙事方式。细致分析第一人称复数"我们"叙事的具体用法，可以分出不同种类的第一人称复数"我们"叙事来。在已有的理论成果中，美国叙事学家理查森和德国学者马库斯对第一人称复数"我们"叙事所进行的类型化研究相对比较成熟，这些类型化研究的成果可以帮助我们深化对第一人称复数"我们"叙事的认识，进而更深入地把握第一人称复数"我们"叙事的独特属性。下文将重点分析这两人的类型学理论，并对其观点作进一步的研究。

一　布莱恩·理查森的类别划分

正如前文所述，理查森认为第一人称复数"我们"叙事的非自然性是其区别于现实主义人称叙事的主要特征，体现了第一人称复数"我们"叙事的独特性，所以从其非自然性入手来分析第一人称复数"我们"叙事的不同类别，既能抓住第一人称复数"我们"叙事的基本特性，又能考察第一人称复数"我们"叙事在不同情况下的具体表现。从这个角度来看，在《非自然的声音：现当代小说中的极端叙事》一书中，理查森根据第一人称复数"我们"叙事对现实主义诗学的偏离程度进行类型划分的做法是值得肯定的。

理查森认为，最显著的第一人称复数"我们"叙事形式主要包括三种。第一种是他称为标准型的第一人称复数"我们"叙事，这是迄今为止最为普通的一种第一人称复数"我们"叙事的类型，其创立者从西隆尼和塞吉到尤金尼德斯和欧茨。这种叙事类型"大体上来看是现实主义的叙事，然而在关键点上延伸了逼真性，尤其是当叙述者揭露一个群体内部的思想、感知或者感情时，例如，在琼·蔡斯的小说中，分享体验的我们—声音和对每个女孩的个人行动所作的第三人称解释从实际上来讲不能被视为是一致的"①。在蔡斯的小说《波斯女王朝》中，第一人称复数"我们"叙述者指的是由四个女孩安妮、凯蒂、西莉亚和珍妮组成的一个小群体，"她们各自的情绪和感受，甚至她们直接的思想和直接的语言表达都被写入'我们'这个代称"②，"我们"叙事的这一部分是"内在聚焦且表现了一个由三四个个体所共享的单一感知或情感"③。但是当写到每一个女孩个体时，作者则采用了零聚焦的第三人称来叙事，这就意味着"叙事的写作者必然会在某处（错误地）用第三人称来指称她自己及其行动，在现实主义再现中通常是不会这样做的"④。因为在现实主义的再现中，叙事的写作者必然是以第一人称单数"我"来指称其自身。由此可见，由四人构成的第一人称复数"我们"叙事作为一个同故事叙事与每个女孩的异故事叙事之间出现了不一致，呈现为一种非自然的叙事状态。另外，尤金尼德斯的小说《处女自杀》展示了标准的第一人称复数"我们"叙事在文本中如何有规律地来自反性地检查自身。理查森认为，小说中"我们"的现实体验实际上是作者叙事实践的一个类比物，而其叙事实践则游荡在现实主义再现的界限之外。

第二种是非现实主义型的第一人称复数"我们"叙事，这种类型"有更为明目张胆的对现实主义再现参数的违背"⑤。理查森以穆达的小说《死法》为例对其特征进行了说明。他指出，在该小说中，作者以一种好玩的方式揭示了"我们"叙述者所具有的、在模仿的叙事框架内不可能具有的种种聚焦的可能性。穆达在其小说中写道："我们知道所有人的所有事。我们甚至知道我们不在场时发生的事情、午夜紧闭的门背后发生的事。我们是村子里流言的全视之眼。在我们的口述文学中故事的讲述者开始讲故事时，'他们说事情一旦发生……'我们就是这个'他们'。"⑥ 从

---

① Brian Richardson, "Plural Focalization, Singular Voices: Wandering Perspectives in 'We'-Narration", in Peter Hühn, Wolf Schmid and Jörg Schöner, eds. *Point of View, Perspective, and Focalization: Modeling Mediation in Narrative*, Berlin and New York: Walter de Gruyter, 2009, p. 148.
② ［美］苏珊·S. 兰瑟：《虚构的权威：女性作家与叙述声音》，黄必康译，北京大学出版社 2002 年版，第 295 页。
③ Brian Richardson, "Plural Focalization, Singular Voices: Wandering Perspectives in 'We'-Narration", in Peter Hühn, Wolf Schmid and Jörg Schöner, eds. *Point of View, Perspective, and Focalization: Modeling Mediation in Narrative*, Berlin and New York: Walter de Gruyter, 2009, p. 148.
④ Ibid..
⑤ Ibid., pp. 148-149.
⑥ Zakes Mda, *Ways of Dying*, New York: Farrar, Straus, and Giroux, 1995, p. 12.

他的这一段话中我们可以看出：第一人称复数"我们"叙述者打破了现实主义模仿论原则对第一人称复数"我们"叙述者聚焦的限制，即讲述自我故事的过程中通常要遵循的内视角原则，穆达小说中的"我们"不仅可以知道自身发生的故事，还可以了解到他人的故事，且不用考虑当他人的故事发生时"我们"是否在场。"我们"之所以可以成为一个全知的叙述者，其信息的来源是村子里不可靠的传言。为了说明这一叙事的合理性，穆达将其叙事与传统的口头文学之源联系到了一起。穆达认为，在口头文学的传统中，任何故事都是属于整个共同体的，而不是属于某个个人的，所以我们不必证明讲述这个故事的集体声音的合法性。他说："虽然在民间故事的讲故事传统中，集体的声音并不那么常见，这是因为大多数故事是以第三人称来讲述的。但是在一些传奇、神话和历史（在这里其界限经常是模糊不清的）中，有时我们可以发现公共的声音，它取决于故事讲述者与所述事件之间的距离。"[1] 理查森在这里列举穆达的创作实践与理论主张，意图是要来说明第一人称复数"我们"叙事可以获得在严格的模仿框架下所不可知的信息，且站在一个有利的位置上对传统的叙事和聚焦实践进行防守。

第三种是反模仿的第一人称复数"我们"叙事。在这种类型中，作者的叙事"完全避开了现实主义，且代之而运行的是多重话语的实验性建构，该话语能够栖居在一个'我们'中"[2]。理查森认为典型的例证是由法国当代著名的新小说派作家萨洛特所创作的小说《你不喜欢自己》。之所以会得出这样一个结论，是因为该小说"中伤了十九世纪现实主义的惯例——虽然作者（和很多其他人）可能会声称第一人称复数'我们'叙事比起现实主义作品中所看到的能够更准确地再现精神事件"[3]。在19世纪现实主义传统的小说中，作者所描绘的主体"我"具有独立的逻辑思维能力和明确的自我身份，他既可以被他人所认识，也可以自我认识；而在该小说中，作者所描绘的主体却是一个后现代意义上不确定的、分裂为多面的主体，"我"不仅不能认识自我，而且其意识始终处于崩裂的状态，而"我"分裂为你、他、你们、他们等正是这种意识崩裂的表现。

---

[1] Brian Richardson, "Plural Focalization, Singular Voices: Wandering Perspectives in 'We'-Narration", in Peter Hühn, Wolf Schmid and Jörg Schöner, eds. *Point of View, Perspective, and Focalization: Modeling Mediation in Narrative*, Berlin and New York: Walter de Gruyter, 2009, p. 149.

[2] Ibid., p. 150.

[3] Ibid..

在小说中,"我"内心的这些不同的声音就是由这些不同的人称代词之间的对话与潜对话形成,而"不同人称代词的更换更是制造出一场多声部的交响曲,烘托出一个多声的主体,其自我在你、他、你们、他们、我们的声音中消弭、组合、分裂、重组"①,最后"似乎形成一个单一的、多形态的、去中心化的意识。在这里,几乎所有的'我们'叙事所具有的不稳定性都被融合进一个被解构的自我声音中"②,而且这些"不稳定的、不断变化的和总是不完整的'我们'声音为这个多向性的主体提供了一个贴切的肖像"③。与此相似的是亚当斯的小说《许多可爱的玩具》中的第一人称复数"我们"叙事,它所采用的也是一个碎片化的集体叙事,具有反模仿的叙事特征。

除了以上三种类型之外,理查森实际上还提到了另外一种类型,即传统的第一人称复数"我们"叙事,指的是单数的叙述者描述了他与别人共同经历的事情。他认为,这种类型从技术上来讲并不是真正的第一人称复数"我们"叙事,而是包括了他人的第一人称单数叙事。例如美国小说家福克纳的小说《夕阳》,这部小说中的第一人称复数"我们"叙事就是这种情况。小说中承担叙述者功能的人物是"我",包含在"我们"中的"我"之外的兄弟姐妹凯蒂和杰生并没有承担叙事的功能,该叙事的实质是"我"讲述了"我们"的故事,属于第一人称单数叙事的变体。兰瑟在分析女性小说《深港村》和《最蓝的眼睛》中的第一人称复数"我们"叙事时也表达了同样的观点。正是由于这种叙事类型接近于现实主义的叙事方式第一人称叙事,这种类型在后来的《复数的聚焦、单数的声音:"我们"叙事中的漂移视角》一文中被舍去了,他重点分析的是后三种。

总体上来看,理查森抓住了第一人称复数"我们"叙事的非自然性这一特征,从其非自然性的表现程度出发划分出三种不同的第一人称复数"我们"叙事类型,这三种类型的非自然程度是逐步增强的,其界限相对比较灵活。不足之处是他的论述相对简单,只是简明地指出了每种类型的非自然程度,而没有说明各类第一人称复数"我们"叙事在

---

① 王晓侠:《萨洛特〈你不喜欢自己〉的主体评析》,《外国文学评论》2011 年第 4 期。

② Brian Richardson, "Plural Focalization, Singular Voices: Wandering Perspectives in 'We'-Narration", in Peter Hühn, Wolf Schmid and Jörg Schöner, eds. *Point of View*, *Perspective*, *and Focalization*: *Modeling Mediation in Narrative*, Berlin and New York: Walter de Gruyter, 2009, p. 150.

③ Ibid.

其他方面的表现，以及形成这种非自然性的原因等，其中例证的分析也稍显简单。

二　阿米特·马库斯的类别划分

作为一种集体叙事形式，虽然第一人称复数"我们"叙事要求构成"我们"这一群体的个体成员们必须作为一个集体或群体来行动，其行动不再被视为是自主的、独特的、个人的；但是实际上，大多数的第一人称复数"我们"叙事并没有严格遵守这一叙事要求，"在某种程度上来讲，他们倾向于挑战这种有倾向力嫌疑的叙事形式并且展示了其潜在的断裂、分歧和离心力"[1]。究其原因是构成"我们"这一群体的个体成员具有其独特的自我意识和思维能力，他们之间形成的共同体验必然会具有内在的差异，进而导致了"我们"这一集体的不稳定性。美国学者大卫·卡尔（David Carr）在其著作中也表达了相似的观点，他说："在具有自我意识和独立思维的个人之间所形成的共同体验总是包含潜在的冲突，共同体的确立显而易见是对冲突的克服，即使冲突的永久可能性这一认知是被保留下来的。"[2] 也正是因为如此，叙述者"我们"的内部并不是完全同一的，个体"我"与群体"我们"以及这个群体与"他人们"之间充满了复杂的关系。正是从这一关系的复杂性入手，德国学者马库斯对第一人称复数"我们"叙事的叙事话语进行了类型学的研究。

马库斯在《"我们"小说叙事中的对话与权威性：一种巴赫金的方法》一文中指出，按照个体"我"与群体"我们"以及这个群体与"他人们"之间关系的不同，将第一人称复数"我们"叙事的话语类型划分为权威性的话语、迷惑性的话语和复调性的话语三种，其类型的划分"开始于最单一的且结束于最对话性的"[3]。在具体的分析中，马库斯借鉴

---

[1] Amit Marcus, "Dialogue and Authoritativeness in 'We' Fictional Narratives: A Bakhtinian Approach", *Partial Answers: Journal of Literature and the History of Ideas*, Vol. 6, No. 1, January 2008, p. 137.

[2] David Carr, *Time, Narrative, and History*, Bloomington: Indiana University Press, 1986, pp. 146-147.

[3] Amit Marcus, "Dialogue and Authoritativeness in 'We' Fictional Narratives: A Bakhtinian Approach", *Partial Answers: Journal of Literature and the History of Ideas*, Vol. 6, No. 1, January 2008, p. 138.

了苏联小说理论家巴赫金的小说话语理论，重点分析了这三种类型所呈现出来的不同的话语特征。

第一人称复数"我们"叙事中的第一种话语类型是权威性和伪权威性的话语。在巴赫金的话语理论中，权威性话语是与内部具有说服力的话语相对而言的。在权威性话语中，说话者的话语与其他人的话语之间壁垒分明，前者的语义结构是最终的、确定的、无创造性的，其话语含义不会随着结构它的语境或者他人话语含义的改变而发生变化，而是以不可变更的绝对真理的形式来自居的。马库斯认为，第一人称复数"我们"叙事中也具有权威性和伪权威性的话语。在这种类型的话语中，并不存在单独的"我"，个体成员的独特性和相异性被拒之门外，"我"被完全归入"我们"这一群体之中；而"我们"这一群体与"他人们"的关系被认为是一种二元对立，二者之间不能发生过渡或者转移，即使发生了，也会被解释为是一种诡计或者欺骗的结果。

例如，阿尔马所创作的小说《两千季》，该小说中的第一人称复数"我们"的叙事话语就是权威性话语，第一人称复数"我们"叙述者包含过去一千年间所有的非洲人，既包括了过去备受欺凌的黑人奴隶，也包括了现代社会积极反抗殖民主义的非洲人；他们既贯穿了时间的长河，又跨越了地域的限制。在这个群体性的记忆中，小说中个人角色的生平传记、心理特征和外在表现等并不重要，只有在为重建其"道路"而共同拼搏的过程中才能显现出其价值。"我"完全隶属于"我们"这个群体。而小说中"我们"群体与"他人们"的群体，即黑人群体与白人群体之间的关系是二元对立的，黑人群体的行为与特征是积极的、建构性的，如他们崇尚互惠主义、强调再生、纪念过去、和睦相处等，而相对立的白人群体则是消极的和破坏性的，他们只讲求索取而不付出、崇尚暴力却招来了死亡，这二者之间很明显是不可通约的。在该小说中，他人的话语是被拒绝的，"我"被完全包含在"我们"之下，"我们"的话语作为权威性的话语在小说中起到主导性的作用。

第一人称复数"我们"叙事中的第二种话语类型是迷惑性的话语，这一概念"将被用来解释第一人称复数'我们'叙事的亚种群中不稳定和具有破坏性潜能的对话"①。这种话语类型具有异质的、隐蔽的、临界的、不循规蹈矩的特征,它"破坏并挑战了(在某种无意的情况下)一个群体的根基,有时揭示了他们的偶然性,或者换句话说,揭示了其所有成员共享的内在特征的缺乏"②。也就是说,在这种话语类型中,叙述者"我们"并不是非常稳固的一个群体,有时它会随着时间或者环境的变化而变化,因此这一群体的结成具有一定的偶然性,或者说是因为这个共同体缺乏一种能够凝聚诸个个体的内在固有属性,所以导致了"我们"群体的不稳固。其中,在以非专属的迷惑性话语为特征的第一人称复数"我们"叙事中,"任何属于'我们'群体的个人,都很容易从这个群体中分离出来,变得隐蔽起来,并暗中破坏这个共同体的基础。因此,这种迷惑性的话语类型清楚地说出了'我们'群体分裂的危险"③。

在这种情况下,虽然群体"我们"看起来是不可渗透的、不可分裂的,但是实际上具有自主性、自反性的"我"对"我们"群体的团结一致与凝聚力形成严重的威胁。而在以专属性的迷惑性话语为特征的"我们"叙事中,"只有'我们'群体中的唯一一个成员有勇气、鲁莽或者天真地去违反群体的标准。这个成员的颠覆性的迷惑性话语在这个共同体内产生了矛盾的情感——崇敬与敌意、迷恋与厌恶、钦佩与蔑视"④。因此,"我们"这一群体的根基虽然也是坚固的,但是实际上有一个人在从内部暗自破坏这种同一性,其离心力就表现在这个人的语言意识中。例如,在卡夫卡的小说《女歌手约瑟芬或耗子民族》中,女歌手约瑟芬相对于耗子民族"我们"而言,既是内在的,也是外在的。说她外在于这个"我们"群体,是因为她的言行或者思想跟"我们"显示出非常大的不同;说她是内在于这个"我们"群体,是因为她能够使"我们"聚集在一起,并且团结在一起。也正是因为如此,约瑟芬在这个群体中具有一个二元对立性的角色功能:作为保护者,她使"我们"团结在一起,并精力旺盛地去从事各种活动;作为破坏者,她使"我们"这一群体更容易受到攻击。因此,在这种叙事类型中的"我们"是不稳定的,其话语之间不是

---

① Amit Marcus, "Dialogue and Authoritativeness in 'We' Fictional Narratives: A Bakhtinian Approach", *Partial Answers: Journal of Literature and the History of Ideas*, Vol. 6, No. 1, January 2008, p. 135.
② Ibid., p. 146.
③ Ibid., p. 148.
④ Ibid..

完全一致的，而是具有对话性。

第一人称复数"我们"叙事中的第三种话语类型是复调语与异质语。在巴赫金的话语理论中，他将复调小说中出现的话语称为"内部具有说服力的话语"。在这种话语中，并不存在作者最终的、决定性的判断，主人公的声音跟作者的声音具有一样的价值，它作为一个自由的、不确定的、未完成的意识存在于小说文本中，与作者的意识之间形成一种对话。马库斯认为："从原则上讲，'我们'小说的叙事与巴赫金的复调小说这一概念是相一致的：代词'我们'可以表示'我'和'你'之间的联系，在这种联系中，每一个个体和每一句话语，以及自我对他人的回应，都被保留了下来。"[①] 在第一人称复数"我们"叙事中，意识形态的多样性并没有被减少为一种统一的声音，因为其内在不同个体或者群体所发出的不同声音使之具有复调性的特征。但是，这并不是说第一人称复数"我们"叙事小说中具有完全成熟的复调语，在他看来"所取得的是一种异质语的类型，在这种类型中代词'我们''我'和'他们'表现了不同的声音，它们的边界线是流动的和由上下文绑定的"[②]。

在不同的上下文语境中，相同的人称代词所指涉的对象并不相同。以约书亚的小说《人力资源部男人的使命》为例，该小说采用了多重叙事的方式，小说主体部分采用的是第三人称单数叙事，而第一人称复数"我们"叙事的段落则分布在叙事的各处，"它的'我们'叙事和全知叙事之间从来不会彼此相互叠加；它们不会以任何方式相互影响或者相互回应，除非在文本的序列中被缠绕在一起时"[③]。而且，每一段中的第一人称复数"我们"叙述者的指涉范围在大小、宗教信仰、职业等方面是不一样的，他们以其各自不同的立场来讲述这个名叫茱莉亚的俄国移民女子的故事，这些第一人称复数"我们"叙事之间也是彼此隔绝的，所以它们之间不会构成对话性关系。因此，该小说中的叙事话语并不是复调式的，而是异质性的，这些异质性的话语只有在读者的阅读过程中才能被整合在一起，形成一种对话性，在文本自身中并不具有这一属性，所以马库斯才说"只有读者才能够把这些不同的声音连接起来并创建他或者她自

---

① Amit Marcus, "Dialogue and Authoritativeness in 'We' Fictional Narratives: A Bakhtinian Approach", *Partial Answers: Journal of Literature and the History of Ideas*, Vol. 6, No. 1, January 2008, p. 154.

② Ibid..

③ Ibid., p. 155.

己的完形"①。

总体上看，马库斯所讨论的第一人称复数"我们"叙述者不仅仅是一个内在具有凝聚力和同一性的群体，同时还是一个具有离心力和不一致的群体，"我们"这一群体"与其说是一个和谐的、和平的和协作性的合作社，还不如说它是一个充满了（内部的或者/和外部的）冲突和矛盾的共同体"②。在第一人称复数"我们"叙事的小说中，有两种相对立的力量在同时发挥作用，一种是一致的、和谐的和稳定的力量；另外一种是瓦解的、不和的和不稳定的力量。在这两种力量中，马库斯更关注后者，他认为后者的力量使"'我们'小说中的叙事不仅能够是对话式的，而且它们还经常挑战被群体不加批评地接受了的规范和价值，且颠覆了它们公共—声音叙述者的权威性"③。

三　"我们"作为主人公与旁观者的差异性研究

在以上这两种类型学研究中，理查森的研究重点强调了第一人称复数"我们"叙事对现实主义模仿论的不同程度上的违背和超越，深入研究了第一人称复数"我们"叙事的非自然性；而马库斯的观点则着重体现了第一人称复数"我们"叙事中作为叙述者的"我们"与"我"以及他人群体之间的不同关系，体现了各种不同的个人或者群体之间的对话性关系。很明显，这两种分类方式相差甚远，其结论也大相径庭，但在各自的立场上都深入揭示了第一人称复数"我们"叙事的特点。由此表明，第一人称复数"我们"叙事是一种相对复杂的叙事方式，其广阔的研究空间值得我们去进一步的探索。

如果根据热奈特对同故事叙事的类型学研究来看待小说中的第一人称复数"我们"叙事的话，我们可以作如下推断。同故事叙事可以细分为两种类型：一种是小说主人公作为叙述者的叙事；另一种是作为观察者和见证人角色的叙述者，这两种叙述者对故事的介入程度不同。而在第一人称复数"我们"叙事中，有一部分作品可以被归入这两种类型。例如杨

---

① Amit Marcus, "Dialogue and Authoritativeness in 'We' Fictional Narratives: A Bakhtinian Approach", *Partial Answers: Journal of Literature and the History of Ideas*, Vol. 6, No. 1, January 2008, p. 155.

② Ibid., p. 158.

③ Ibid., p. 157.

少衡的《蓝筹股》，叙述者"我们"并没有参与或者推进抑或阻碍小说故事的发展，"我们"外在于其讲述的故事，站在一个旁观者的立场上给读者讲述了贺亚江如何从一个县文明办副主任被免职到了偏远之乡做副乡长，又是如何升为县长，最终因车祸案获罪入狱的故事。在这一则叙事中，"我们"充当了事件的记录者或见证人，并在一些重要的段落中表达了"我们"对事件及对贺亚江的看法与评断。而"80后"小说家手指的小说《寻找建新》则大体上可以被看作一个自身故事，故事的叙述者即小说的主人公，叙事主体"我们"以一种过来人的口吻回忆了经验主体"我们"在过去的一段生活，并对那段逝去的青涩岁月表达了自己的感想。在小说中，经验主体"我们"似乎是一群到张城读书的乡下人，在这里"我们"重逢了多年前的中学英语老师"建新"，"建新"为"我们"打开了认识城市生活的一扇窗，"我们"从"建新"的身上体会到了都市生活所引发的羡慕、沮丧、自卑、迷茫、忧伤以及渺茫的希望。叙事主体"我们"在回忆的基础上对这段往事以及当下的现实生活进行了评价，体现了叙述者的评价功能。

除了这两种类型之外，还有更多的第一人称复数"我们"叙事小说，其叙述者在小说主人公与见证者这两个角色之间游移。例如王安忆的小说《叔叔的故事》，该小说讲述的既是叔叔的故事，也是"我们"的故事，"我们"这一代人与"叔叔"那一代人的故事交织在一起，反映了两代知识分子不同的人生际遇与精神诉求。叙述者"我们"既是叔叔的故事的见证者或者虚构性的记录者，同时也是"我们"自身故事的亲身经历者和记录者；当小说故事处于第一种情境中时，其叙事是旁观者的第一人称复数"我们"叙事；当小说故事处于第二种情境中时，其叙事者是主人公的第一人称复数"我们"叙事。由于叔叔的故事与"我们"的故事交织在一起，所以叙述者根据具体的叙事情境在旁观者和主人公这两者之间不断地游移。

当代文学批评家张新颖在评论魏微的小说《大老郑的女人》时也指出了这一点。他说，该小说主要描写了一个小城20世纪80年代以来社会风气的变迁，其中"人情世故、人心冷暖，人事和背景是不分前后主次的，你可以说小说的主角是大老郑和他的女人，也可以说是'我们'，更可以说是这个小城"①。从张新颖的这段话中我们可以发现，当小说的主角是大老郑和他的女人时，该小说属于同故事叙事中的旁观者或见证人式的叙事；当小说的主人公是"我们"时，该小说属于同故事叙事中的主人公叙事。因此，在第一人称复数"我们"叙事的小说文本中，非要在这两种叙事种类之间作明确的区分，实际上是不合适的，因为它同时兼顾了这两种叙事种类的叙事特征，其复杂性要远远胜于热奈特所说的同故事叙事。所以，笔者认为，如果以叙述者在文本中充当的角色来对其叙事进行分类的话，第一人称复数"我们"叙事的文本应该分为三类，分别是主人公—叙述者的叙事、旁观者—叙述者的叙事和主人公与旁观者交替作为叙述者的叙事，其中第三种叙事类型更能反映第一人称复数"我们"叙事的复杂性和灵活性。

上述分析可以得出这样一个结论，即第一人称复数"我们"叙事作为一种颠覆了以往叙事人称理论的新的叙事方式，它不仅颠覆了第一人称叙事与第三人称叙事之间的二元对立，而且还颠覆了同故事叙事中旁观者叙事与主人公叙事的二元对立。它以一种兼容并蓄的形式综合了这些对立形式，使其具有非常大的灵活性，并为小说文本中的多重叙事提供了可能性。同时，这种叙事方式的巨大包容力也使其叙事特征具有复杂性，因此不适合简单地运用二元对立的思维方式来对之进行研究，我们应该结合第一人称复数"我们"叙事小说文本的具体情况来具体研究。

第三节　第一人称复数"我们"叙事的特殊性

第一人称复数"我们"叙事是一种非自然的叙事方式，非自然叙事学理论的领军人物理查森在《非自然的声音：现当代小说中的极端叙事》和《复数的聚焦、单数的声音："我们"叙事中的漂移视角》中对此作了深入的研究。他指出，相比较于另一种非自然的叙事形式——第二人称叙事而言，第一人称复数叙事并非从一开始就是一种非自然的叙事形式。"第一人称复数的文本通常指向一个更为广阔的受众并且不会立即让人注意到其自身作为一个人工构造可能只出现在文学中。然而，我们将看到文学的'我们'叙事经常性（有时勉强能感知到）地会使它们自己变得奇

---

① 张新颖：《小说精神的源头·生活世界·现代汉语创作传统——林建法编〈2003 中国最佳短篇小说〉序》，《当代作家评论》2004 年第 2 期。

怪并且产生了不大可能或者不太会发生的讲述类型。"[1] 也正是由于这种叙事现象的非自然性具有隐蔽性,所以虽然这种叙事形式存在的历史已经超过了百年,但是一直以来都没有得到应有的重视。文学界对这种叙事形式的研究直到 20 世纪 90 年代之后才开始出现,而对其非自然性的研究出现得更晚,该问题目前依然还处于探讨的阶段。除了理查森的探讨之外,近来出现的"关于'我们'叙事的批评与理论经常明确地抵制现实主义的参数"[2],而布里顿的《爱德华·格利桑三部小说中的集体叙事声音》、沃勒的《第一人称复数:农场安全管理纪录片中大众的声音》、富尔顿的《"我们的小说":第一人称复数与马提尼克的集体认同》等文中的相关论述,也或多或少地探讨了第一人称复数"我们"叙事的非自然性。下文将以前人的研究成果为基础,进一步分析第一人称复数"我们"叙事的非自然性,并进一步指出由第一人称复数"我们"叙事的非自然性所引发的不可靠的第一人称复数"我们"叙事,最后指出正是由于这一形式的非自然性,所以在文学史上这一叙事形式相当稀少。

一 非自然的第一人称复数"我们"叙事

在非自然叙事学兴起之前,理论家或者批评家在谈及第一人称复数"我们"叙事时,常常是以一种否定的批判态度来分析小说中的这一非自然叙事的。他们认为,这种写作方式不符合现实主义的认知理论,我们可以从对赖特的《一千两百万黑人的呼声》中第一人称复数"我们"叙事的分析中看到这一思想倾向。非裔美籍的批评家 J. 桑德斯·雷丁(J. Saunders Redding) 对赖特在《一千两百万黑人的呼声》中的"我们"叙事进行了攻击,并否定了任何集体声音的有效性。他认为,一个人没有权利代表他人言说,因为"当某人假定代表我来言说时,他必须如此准确地反映我的思想,以至于我找不到任何不赞同他的来源。要做到这一点,他必须或者是一个没有头脑的鹦鹉或者是上帝"[3]。很显然,个体的"我"既不可能完全等同于他人,也不可能像全知全能的上帝那样完全了

---

[1] Brian Richardson, *Unnatural Voices: Extreme Narration in Modern and Contemporary Fiction*, Columbus: Ohio State University Press, 2006, p. 37.

[2] Ibid., p. 146.

[3] J. Saunders Redding, *On Being Negro in America*, Indianapolis and New York: Bobbs-Merrillr Co., 1951, p. 9.

解他人，因此在他看来，赖特的叙事是一种傲慢自大的表现，具有不真实性。威廉·斯科特（William Stott）在《记录式的表达与三十年代的美国》一书中也认为，赖特在《一千两百万黑人的呼声》中所采用的合唱式的叙事是不诚实的、操纵的、煽情的和宣传性的。尼古拉斯·纳坦松（Nicholas Natanson）在《新政中的黑人形象》一书中也认为赖特的研究结果缺乏可信性，"我们"声音的使用具有很大的问题，不论是从其使用情况来看还是从其本质上来看，其文本中的"我们"是有缺陷的。以上这些论述并没有直面这些非自然的或者说是常理上认为不合理的叙事现象，而仅仅是直接将之视为一种错误的做法。在笔者看来，这种论调不仅不能认识到第一人称复数"我们"叙事的独特效果，而且还会使我们无法贴近作家的创作意旨，并对之产生误解，因此关于第一人称复数"我们"叙事的这种理解方式是不可取的。

反过来讲，完全肯定这种叙事人称而忽视它的非自然性的做法也是不可取的。这种思路主要体现在中国学界对第一人称复数"我们"叙事的认识上。以文学批评家张新颖撰写的相关论述来看，他并没有从语言学或者心理学的角度来揭示第一人称复数"我们"叙事的不真实性，也没有具体分析这一特殊的叙事形式在王安忆小说中的具体使用情况，只是笼统地概括了第一人称复数"我们"叙事的独特功效，进而肯定了这一叙事形式的合理性。他指出：王安忆从 20 世纪 90 年代下半期以来，在《姐妹们》《蚌埠》《文工团》《隐居的时代》等中短篇小说中呈现出一种独特的写作形式，"在这一类型的写作中，叙述者是复数，是复数第一人称'我们'。据此可以把这一时期这一类型的写作称为王安忆的复数写作"[①]。这一写作形式与新时期其他小说的写作形成了明显的不同，它舍弃了"矫揉造作的叙事者，或洋洋得意，或顾影自怜，或故作冷漠"[②] 的极度张扬的自我，严锋将之称为新时期文学中恶性膨胀的叙事主体——我，转而采用了"我们"这一主体间的叙述者，从而摆脱了个人化的主体极度膨胀之后带来的种种弊端。张新颖指出："《文工团》没有这样的卖弄，

[①] 张新颖：《王安忆的复数写作》，载《默读的声音》，广东教育出版社 2004 年版，第 125 页。

[②] 张新颖：《"我们"的叙事——王安忆在九十年代后半期的写作》，载《打开我们的文学理解》，山东文艺出版社 2005 年版，第 45 页。

这一定程度上也得力于一个亲切的名之曰'我们'的复数的叙事者。"①张新颖认为，在王安忆的小说中，之所以会出现第一人称复数"我们"叙事，原因在于她在作品中所反映的不仅仅是其一个人的精神问题，而是一代人或者几代人的精神问题，单数的叙事主体"我"以其个人之力来背负这沉重的时代精神问题是难堪大任、步履维艰的，所以从"我"到"我们"的转变是其创作使命导致的必然结果，此举意味着文本中的这种生活体验和感受既属于这一代人共有又具有充分个体化的色彩，"'我'并非消失了，而是隐退到'我们'之中"②。张新颖的这一番论述指明了王安忆小说中第一人称复数"我们"叙事的特殊意义，但是并没有结合具体的文本来分析其叙事的具体操作过程，所以没有看到其小说中的"我们"所存在的断裂与不一致。

  总体上来看，在以上提到的两种分析中，前者否定了第一人称复数"我们"叙事这一叙事方式的真实性，而后者则在对这一叙事形式的肯定中忽视了其叙事的非自然性，这两种思路各走一个极端，都有弊端。在笔者看来，要想真正认识这种奇特的叙事方式，应该从非自然叙事学的研究思路出发来进行，因为非自然叙事学的研究宗旨就是要正视小说文本中不合乎常理的叙事现象，并对这种现象作出适当的解释，所以从非自然叙事学的思路出发来研究第一人称复数"我们"叙事，是一条可行之路。第一人称复数"我们"叙事的非自然性正是它不同于其他人称叙事的根本所在。正如前文所介绍的那样，非自然叙事学中对"非自然的"这一术语的含义解释，多数是从对现实主义原则的违背或者小说模仿原则的否定这一角度来进行的。在此背景之下来探讨第一人称复数"我们"叙事的非自然性，必然也得要从对现实主义原则的叛离或者小说模仿原则的否定这一角度来进行。

  非自然叙事学的领军人物理查森指出，"我们"叙述者不同于现实主义类型的第一人称叙述者，而是更接近于后现代主义的第一人称叙述者，因为它不会受到现实主义认识论原则的束缚，叙述者"我们"不仅可以知道"我们"的所思所想，而且还可以不受限制地知道"我们"之外的

---

① 张新颖:《王安忆的复数写作》，载《默读的声音》，广东教育出版社2004年版，第125页。
② 张新颖:《"我们"的叙事——王安忆在九十年代后半期的写作》，载《打开我们的文学理解》，山东文艺出版社2005年版，第45页。

其他人的所思所想。他通过分析指出，在《"水仙号"的黑水手》一书中有很多处的第一人称复数"我们"叙事违背了现实主义还原的原则。例如，康拉德写道："我们呻吟着把手指插下去，受了重伤，只要挥挥手，就有一颗颗钉子和一滴滴的鲜血洒落下来。"① 这一段话表明"我们"是作为一个人物叙述者而存在于小说文本中的，按照现实主义认识论的原则来讲，这个人物叙述者不能知道自己之外的其他人的心理活动或者他不在场时发生的事情，但是该小说中的这个人物叙述者却违背了这一原则，第一人称复数"我们"叙述者进入了别人的意识，并对之进行了反映。例如在这段话中，"我们航海穿的长筒靴，我们的油布雨衣，我们装得满满的旅行箱，都是引起他愁思苦想的原因；这些东西他一样都没有，而且他自然觉得一旦需要时，谁也不会分点儿余润给他共同享受的"②。从这两段话的矛盾之处可以看出，第一人称复数"我们"叙事违背了现实主义还原论的叙事规约，"我们"进入了"他"的意识之中，并感知到"他"的内心想法，此举兼顾了第一人称和第三人称全知叙事的特征，是一种非自然的叙事方式。

如果说，理查森是从叙述者"我们"与他人意识的角度来分析第一人称复数"我们"叙事的非自然性的话，那么，马库斯则是从叙述者"我们"的内部构成方面来分析其非自然性的。他在《第一人称复数叙事小说的语境观》一文中指出："在克里斯多夫的《恶童日记》中所使用的集体言说——更确切地讲，'双胞胎的言说'是一种非现实主义的叙事技巧。双胞胎用一种声音来叙述他们的故事，似乎他们拥有单一的故事和一个一致的、统一的身份，他们在与其他人物的对话中总是在同一时刻说着同样的事情。在西方文学传统中，至少，这种言语表达不能被看作是现实主义的。"③ 因为他认为，即使是在现实生活中，双胞胎也不可能同时跟他人言说同一件事情。

综上所述，第一人称复数"我们"叙事是一种非自然的叙事方式，是"颠覆已确立的叙事形式和叙事惯例的一种方法"④，对第一人称复数

---

① [英]约瑟夫·康拉德：《康拉德小说选》，袁家骅等译，上海译文出版社1985年版，第228页。
② 同上书，第204页。
③ Amit Marcus, "A Contextual View of Narrative Fiction in the First Person Plural", *Narrative*, Vol. 16, No. 1, January 2008, p. 52.
④ Ibid., p. 48.

"我们"叙事的研究有助于我们对人称这一基本范畴进行重新概念化,进而修正我们对人称理论的认识。

二 不可靠的第一人称复数"我们"叙事

作为一种主观性非常明显的叙事形式,第一人称复数"我们"叙事不可避免地会涉及不可靠叙事的问题,而且其不可靠性问题与它的非自然性有着非常密切的关系。很多理论家对第一人称复数"我们"叙事的不可靠性问题的思考是从其非自然性的属性延伸出来的,其中理查森和马库斯对这一问题作了初步的研究。

理查森曾指出,在"我们航海穿的长筒靴,我们的油布雨衣,我们装得满满的旅行箱,都是引起他愁思苦想的原因;这些东西他一样都没有,而且他自然觉得一旦需要时,谁也不会分点儿余润给他共同享受的"①这句话中,叙述者"我们"并不包括水手唐金,但是"我们"却讲出了唐金内心的精神活动。这一叙事是不可靠的,原因在于没有人能够进入别人的精神世界并把它逼真地揭示出来,由此他推断得出"'我们'叙述者极有可能对事物获得一种主体间的感觉或者他们能够产生一种不可靠的叙事,这种叙事受到他们所属的这个群体的认知局限的束缚"②。在这里,理查森所理解的不可靠叙事,并不是从修辞学的意义上来理解的,并不是说叙述者的叙事违背了隐含作者的规范,而是从认知(建构)叙事学的意义上来理解的,借用阿格萨·纽宁(Ansgar Nünning)的话来讲,就是"对读者而言,叙述者话语的内部矛盾或者叙述者的视角与读者自己的看法之间的冲突意味着叙述者的不可靠"③。

理查森认为这里的"我们"叙事明显违背了限知叙事的文类规约,超出了"我们"这个群体的认知局限,所以是不可靠叙事。此外,他还对其他第一人称复数"我们"叙事文本中的不可靠叙事进行了概括,"西隆尼、拉沃、赖特和(多数情况下)的康拉德等人的'我们'叙述者是完全可信的,当限制在他们自己的体验范围内时。尤金尼德斯和欧茨的

---

① [英]约瑟夫·康拉德:《康拉德小说选》,袁家骅等译,上海译文出版社1985年版,第204页。

② Brian Richardson, *Unnatural Voices: Extreme Narration in Modern and Contemporary Fiction*, Columbus: Ohio State University Press, 2006, p. 40.

③ Ansgar Nünning, "Unreliable, Compared to What?",转引自申丹《何为"不可靠叙述"?》,《外国文学评论》2006年第4期。

'我们'叙述者是完全不可靠的,而格里桑和穆达则有意识地为他们的叙述者提供了权威性的知识,通常来讲他们是不能够拥有的"[1]。这些论述表明在第一人称复数"我们"叙事的小说中,不可靠叙事的形式是复杂多样的。

理查森不仅指出第一人称复数"我们"叙事文本中的不可靠叙事现象,并且还从理论的高度对这种现象的独特性进行了分析。他指出,第一人称复数"我们"叙事"在它是一个主观性形式的范围之内,陷入了可靠性和不一致的问题中,但是这些问题与第一人称单数叙事中的那些问题具有潜在上的不同,因为它们可能包含了更精确的主体间的信念和公共的隐匿或者甚至是大众的错觉"[2]。虽然理查森对此没有进一步的解释,但是我们可以根据第一人称单数叙事中的不可靠叙事来作一番推断。相比较而言,在第一人称单数叙事中,每一个"我"都很明显地能够直接通向自己的感知、行动及精神状态,其不可靠叙事主要来自叙述者"我"的某种缺陷或者错误。詹姆斯·费伦(James Phelan)对此归纳了三个轴心六种类型,即以事实/事件为轴中心所形成的"错误报道"和"不充分报道"、以价值/判断为轴中心所形成的"错误判断"和"不充分判断"和以知识/感知为轴中心所形成的"错误解读"和"不充分解读"。而在第一人称复数"我们"叙事中,任何一个第一人称复数"我们"叙述者都必然是我和其他人的组合,至少是由两个人,更多的情况下是由三个人以上构成的一个整体。这些成员之间形成了大体上一致的行动、认知或判断,所以第一人称复数叙事中的不可靠叙事并不是来自个体的某种缺陷或者错误,而是来自主体间的某种缺陷或者错误;或者是由于主体间的信念而导致的错误判断或不充分判断;或者是由于公共隐匿而导致的错误报道或不充分报道;或者是因为大众错觉而造成的错误感知或不充分感知。

马库斯也探讨了第一人称复数"我们"叙事的小说文本中不可靠叙事形成的原因。他在《我们是你们:"我们"小说叙事中的复数和双数》一文中指出:"像第一人称单数叙事一样,'我们'叙事建立在个人的经验基础之上,因此它限于人类知识的范围(与全知叙事相反)。'我们'

---

[1] Brian Richardson, *Unnatural Voices: Extreme Narration in Modern and Contemporary Fiction*, Columbus: Ohio State University Press, 2006, p.58.

[2] Ibid., p.38.

叙事缺乏通常来说被归为第三人称叙事所具有的客观性、可靠性和真实性。"①不同于理查森的地方是，他不是从叙述者主体"我们"自身的缺陷或者错误入手来分析原因，而是从构成叙述者"我们"的个体成员之间的对立关系入手来分析原因。马库斯认为，从认识论的角度来看，当很多人卷入同一件事中时，要想知道每一个人的思想、情感等精神事件和相信他人与自己有着同样的思想和情感，这是两件有着质的区别的事情。在第一人称复数"我们"叙事的文本中，前者是可能实现的，后者则是不可靠的。因为第一人称复数"我们"叙事中的叙述者并不能直接接触到"我们"群体中每一个独立个体的感知、行动与精神状态，所以它不得不将他或者她自己的内在感知状态与知识信念结合在一起，根据理性的推论来获得其他个体成员的内在状态。

用马格林的话来讲，就是"我们"这个说话者对他人的认识是间接的，是建立在对他人行为的推断基础之上的；"我们觉得""我们想起"等声明是建立在"个人说话者他或者她自身心智的直觉知识上，也建立在由这个'我们'说话者所形成的关于他或者她的共同代理者的（可作废的）假定上"②，所以第一人称复数"我们"叙事更多体现的是一种主体间的叙事，"它在个体人物之间创建了一种特殊的主体间关系的表征，并暗示人类最私密的情感是共同体所知道的"③。但是，"'我们'群体越大，可靠地察觉每一个彼此独立的成员的精神状态就越难"④。双数的"我们"小说与复数（三个成员以上的"我们"）的"我们"小说相比较而言，后者的不可靠性更强，因为"一个要知道一个大群体的思想和信念的个性化叙述者比起声称仅仅只要知道另一个人的思想和信念的个性化叙述者来讲，更易于不可靠"⑤。马库斯认为，不论是双数的第一人称复数"我们"叙事还是多数的"我们"叙事都有可能会出现不可靠叙事

---

① Amit Marcus, "We are You: The Plural and The Dual in 'We' Fictional Narratives", *Journal of Literary Semantics*, Vol. 37, Issue. 1, April 2008, pp. 1-2.

② Uri Margolin, "Telling Our Story: On 'We' Literary Narratives", *Language and Literature*, Vol. 5, No. 2, May 1996, p. 121.

③ Celia Britton, "Collective Narrative Voice in Three Novels by Edouard Glissant", in Sam Haigh ed. *An Introduction to Caribbean Francophone Writing: Guadeloupe and Martinique*, Oxford and New York: Berg Publishers, 1999, p. 142.

④ Amit Marcus, "We are You: The Plural and The Dual in 'We' Fictional Narratives", *Journal of Literary Semantics*, Vol. 37, Issue. 1, April 2008, p. 14.

⑤ Ibid..

的情况，二者只是程度上的不同而已，不存在质的差别。

总之，在第一人称复数"我们"叙事的文本中，不可靠叙事是一个很重要的问题。我们应该谨慎对待第一人称复数"我们"叙事中可能存在的不可靠叙事，按照不同的阅读情况来决定使用修辞性的不可靠叙事理论或者认知（建构）式的不可靠叙事理论，"让其并行共存，各司其职"①，进而使我们对这一叙事策略所具有的各种功能有一个较为全面的了解。

三　不常见的第一人称复数"我们"叙事

在日常生活中，以"我们"的口吻进行叙事，并不是一件很稀奇的事情，它常常发生在我们的口语互动中，弗鲁德尼克指出："第一人称复数'我们'叙事在口语互动中是相当普遍的：夫妇、士兵、运动员、学生、童子军——他们都一起体验令人激动的事件并且用第一人称复数的方式对这些事件给予他们的解释。"② 日常会话中的这种普遍情况并没有以同等的频率出现在小说文本中。综观中西方小说史可以发现，第一人称复数"我们"叙事与第一人称叙事、第三人称叙事相比，它所占的比重很小，即使是和同样少见的叙事方式——第二人称叙事相比，它同样属于少数。虽然理查森指出这种叙事类型的小说在西方已经有了上百年的历史，且在当代小说中正在蓬勃发展，但是其总量与庞大的小说总量相比而言还是非常少的；而在中国的小说创作中，虽然也有一些作家尝试性地采用了这一叙事方式，且当代女作家王安忆比较多地运用了这种叙事方式，但是从总体上来看这种叙事方式同样也很少见。那么，为什么在小说文本中第一人称复数"我们"叙事会如此少见呢？

马格林从三个方面进行了原因分析，分别是："雅各布森所谓的语义上的不稳定性和内在冲突，第一人称复数的（两个）内在属性"③ "在'我们'叙事中精神的进入问题天生无法解决"④ "集体主体的强烈感觉……比起在描绘事件的过程和情境中的体现而言，在抒情式或者沉思式

---

① 申丹：《何为"不可靠叙述"？》，《外国文学评论》2006年第4期。

② Monika Fludernik, *An Introduction to Narratology*, London and New York: Routledge, 2009, p. 31.

③ Uri Margolin, "Telling Our Story: On 'We' Literary Narratives", *Language and Literature*, Vol. 5, No. 2, May 1996, p. 132.

④ Ibid..

的文本中可能更容易直接传达"①，这三方面的缺陷之间具有内在的联系。由于"我们"是由至少两个以上的成员构成的一个群体，所以在不同的情境下，第一人称复数"我们"的指涉对象是模糊不清的，"我们"或者指的是全部成员或者是部分成员或者是"我"与其他人构成的另一个群体，这些不同的所指含义之间存在的内在矛盾使得小说人物之间出现了变异、文本故事发生了断裂，进而颠覆了传统小说中人物与故事具有一致性和连续性的叙事规约。因为"我们"是由"我"与他人相结合而成的，所以第一人称复数"我们"叙事不可避免地表现为第一人称"我"的直接感知与第二人称或者第三人称的推断性感知的相结合；也由于"我"无法直接进入别人的意识和情感，所以这一叙事的可靠性与否是值得推敲的。也正是因为如此，马格林认为，"我们"这一集体性主体更适合于出现在抒情性或者沉思性的文本中，而不是讲述某件事情的过程或者情境。

　　正是因为这三方面的原因，运用第一人称复数"我们"来进行叙事并不是一件具有天然合理性的事情，由此他得出了"第一人称叙事非常稀少"这一结论。他还认为这三方面的问题都很难得到解决，而且也不值得我们为之花费太多的心力去解决它们，因为"这些缺点超过了这种形式的特殊潜能"②。对于马格林的这一结论，理查森和马库斯提出了不同的见解。虽然他们对马格林的批评立场是一致的，但是具体的批评方法具有差异性。用马库斯的话来讲，就是"布莱恩·理查森的批评强调了'我们'叙事超越了一种现实主义的或者模仿的再现；而我的批评则强调在一个模仿的框架内理解和描绘意识的可供选择的方法"③。

　　关于马格林提出来的第一个原因——"我们"语义上的不确定，理查森不仅没有将之视为是一种缺陷，反而认为这是第一人称复数"我们"叙事的优势所在，"'我们'最有趣、最有戏剧性、最迷人的属性之一就是它的确切身份的歧义性和波动，而且对于摒弃固定本质的时代而言（它）是最贴切的"④。在这个崇尚不连贯、不一致和含糊其辞的时代，与

---

① Uri Margolin, "Telling Our Story: On 'We' Literary Narratives", *Language and Literature*, Vol. 5, No. 2, May 1996, p. 132.

② Ibid..

③ Amit Marcus, "A Contextual View of Narrative Fiction in the First Person Plural", *Narrative*, Vol. 16, No. 1, January 2008, p. 61.

④ Brian Richardson, *Unnatural Voices: Extreme Narration in Modern and Contemporary Fiction*, Columbus: Ohio State University Press, 2006, p. 56.

其他的叙事人称相比，第一人称复数"我们"叙事更符合这一时代的精神宗旨，"我们"叙述者在不同叙事情境下指涉对象的不一致，暗示了其表面上统一连贯的叙事背后潜藏着的断裂的、零散的叙事这一实质。马库斯也认为："在现代主义和后现代主义的文学虚构中，稳定性（不论是内容上的还是形式上的）已被证明是最被贬值的价值之一。"① 由此，"我们"语义上的不稳定性不仅不应该受到人们的诟病，反而应该得到肯定和赞扬，因为第一人称复数"我们"叙事作为一种新的叙事方式颠覆了已建立的叙事形式与叙事成规，具有开创性的作用。

  关于第二个原因，即叙述者能否进入别人的意识世界这一问题，马格林"试图提供一个模拟的框架来解释这些现象"②，这一点正是理查森所反对的。他认为："没有必要坚持这个框架；如果作者忽视这些参数，像康拉德那样，或者给它们一个后现代主义的贬眼，像穆达喜欢的那样，那么这个问题就消失了。"③ 也就是说，理查森认为，我们应该从非自然叙事学的角度来看待第一人称复数"我们"叙事中的意识表达问题，而不应该拘泥在现实主义的习俗观念基础上。我们所应该关注的不是这种现实的不可能性，而是这种非自然现象所反映出来的独特效果。

  而马库斯则从西格蒙德·弗洛伊德（Sigmund Freud）的心理学与路德维希·约瑟夫·约翰·维特根斯坦（Ludwig Josef Johann Wittgenstein）的语言哲学这两个角度对马格林的观点进行了批判。他首先指出，弗洛伊德的心理学认为，在人的精神世界中起决定性作用的是人的无意识，而不是意识，主体对自身精神世界的感知也同样依赖于推断，而不能直接感知得到，这一点类似于"我"对他人精神世界的推断，其推断的基础是人的言行。既然对自我的推断从来不会被认为是不真实的或者不可靠的，那么"我"对他人意识的推断就也不应该被认为是不真实的。其次，维特根斯坦认为并不存在"私人的语言"，"我们用词语学习到

---

  ① Amit Marcus, "A Contextual View of Narrative Fiction in the First Person Plural", *Narrative*, Vol. 16, No. 1, January 2008, p. 48.
  ② Brian Richardson, "Plural Focalization, Singular Voices: Wandering Perspectives in 'We'-Narration", in Peter Hühn, Wolf Schmid and Jörg Schöner, eds. *Point of View, Perspective, and Focalization: Modeling Mediation in Narrative*, Berlin and New York: Walter de Gruyter, 2009, p. 153.
  ③ Ibid..

的与表达出来的任何事物，包括人自身的精神状态，都建立在外在表现和特定活动中对词语的正确运用的基础上"[1]，所以当我们说"我们感到羞愧"或者"我们处于极大的悲痛中"中时，其陈述的可靠性不能被自动理解为一种猜测，因为从语言学的基础上来讲它是具有合理性的。

关于马格林的第三个原因，理查森与马库斯都认为不仅仅是在抒情性或者沉思性的文本中可以出现"我们"主体，在叙事性的文本中同样可以出现"我们"主体，马格林提出的第一人称复数叙事非常稀少的结论并不可靠。理查森从历时性的立场出发来研究这一问题，他梳理了第一人称复数"我们"叙事在小说史上逐渐显现的发展过程，并且指出自20世纪、21世纪以来有很多作家运用这一叙事方式来"强调对一个强有力的集体身份的建构与维持"[2]，而且在未来的小说发展中这一种叙事方式将会因时代语境的要求而蓬勃发展。很明显，理查森非常重视历史语境对这一叙事方式的影响。马库斯批判了马格林对第一人称复数叙事非常稀少这一结论的机械性和永恒性，肯定了历史语境对第一人称复数"我们"叙事的运用所起到的重要作用。他明确指出："马格林的共时性分析建立在经典结构主义者的假定和方法的基础之上，而且就这一点而论，（他）并没有考虑哲学的、社会政治学的和文学的规约，这些因素决定了从某个代词到另一个代词的偏好。"[3]

总体上来看，这二人与马格林最大的不同就在于，他们不是仅仅从语言学或者认识论的角度来分析第一人称复数"我们"叙事，而是更侧重于从历史语境的角度来分析它，这一做法不仅符合后现代叙事学的研究宗旨，还在更大程度上避免了理论研究的自闭与刻板，更符合第一人称复数"我们"叙事的实际创作情况。在已有的小说文本中，不论是以马格林的观点来衡量，还是以理查森的立场来考虑，采用第一人称复数"我们"叙事的形式进行写作的比例是非常小的。在马格林看来，第一人称复数

---

[1] Amit Marcus, "A Contextual View of Narrative Fiction in the First Person Plural", *Narrative*, Vol. 16, No. 1, January 2008, p. 49.

[2] Brian Richardson, "Plural Focalization, Singular Voices: Wandering Perspectives in 'We' - Narration", in Peter Hühn, Wolf Schmid and Jörg Schöner, eds. *Point of View, Perspective, and Focalization: Modeling Mediation in Narrative*, Berlin and New York: Walter de Gruyter, 2009, p. 151.

[3] Amit Marcus, "A Contextual View of Narrative Fiction in the First Person Plural", *Narrative*, Vol. 16, No. 1, January 2008, p. 47.

"我们"叙事的文本指的是一部小说的全部或者绝大多数情况采用"我们"这一人称来讲故事的情况,这种小说文本非常稀少;而理查森对第一人称复数"我们"叙事的界定则更有弹性,他认为一部小说中叙事人称在"我们"与其他叙事人称之间转换的情况也属于第一人称复数"我们"叙事的范围,不必完全是或者大部分是第一人称复数"我们"叙事,一些其他人称叙事的小说中所包含的第一人称复数"我们"叙事的段落也是他的研究对象。在这里,笔者赞同的是理查森的观点,因为在笔者看来,通篇采用"我们"来写就的小说,固然能够集中体现第一人称复数"我们"叙事的特征;但是在人称转换的文本中,通过比较第一人称复数"我们"叙事与其他人称叙事之间的不同,更能反映出第一人称复数"我们"叙事的特殊性,所以这是研究第一人称复数"我们"叙事的两种不同思路,应该受到我们的同等重视,而不应该顾此失彼。

综上所述,第一人称复数"我们"叙事与其他的叙事人称相比,是一种复数性的、集体性的叙事形式。作为叙述者的"我们"虽然是由不同的个体组合而成,但是他们具有相近的或者相似的行动体验与情感体验等,所以"我们"在叙事的过程中既可能表达内在一致的观点或者反映相近或相同的意识观念,也可能在群体"我们"中分裂出不同的意识观念。作为兼顾了第一人称和第三人称叙事特征的第一人称复数"我们"叙事,既可以从内部视角出发来揭示主体自身的内在情感体验与精神活动,也可以从外在视角出发来描绘他人的行动与思想,其视角在叙事中处于不断游移、转换的过程中。这种叙事形式的出现,彻底打破了传统观念中对人称的固有认知,且在非自然叙事学的研究背景之下,第一人称复数"我们"叙事的非自然性得到了前所未有的关注。理查森从第一人称复数"我们"叙事对现实主义诗学的偏离程度出发重点分析了第一人称复数"我们"叙事的非自然性,还对由此而引发的不可靠性、不常见性等问题进行了研究,而马库斯从个体"我"与群体"我们"以及这个群体与"他人们"之间的复杂关系入手,研究了第一人称复数"我们"叙事内部所具有的矛盾性和对话性。这些既有理论为笔者所做的第一人称复数"我们"叙事的研究奠定了基础,并为后来的第一人称复数"我们"叙事小说文本的鉴赏评析提供了理论指导。

第三章

第一人称复数"我们"叙事何以可能

在上文中论及"不常见的第一人称复数'我们'叙事"这一问题时，笔者曾经谈道：第一人称复数"我们"叙事研究的先行者马格林指出，"我们"语义上的不稳定和内在的矛盾冲突、构成"我们"集体的成员间无法进入别人的精神、"我们"的心理感觉不善于在事件的过程及情境中加以体现这三点，决定了第一人称复数"我们"叙事的难以实现；而理查森则认为我们可以用叙事的非自然性来理解"我们"的不稳定与对他人精神的认知这两点，第一人称复数"我们"叙事小说在后现代语境下的蓬勃发展也意味着第三个原因不是问题；马库斯则以后现代语境对不稳定性的肯定、弗洛伊德的精神分析学与维特根斯坦的语言学和社会历史语境对第一人称复数"我们"叙事的召唤这三点回应了马格林提出的第一人称复数"我们"叙事难以实现的三个原因。对于上述三人的观点，笔者同意理查森和马库斯所提出的第一人称复数"我们"叙事在未来具有广阔的发展前景这一结论，但是对他们关于马格林提出来的三点疑问的解答不甚满意，对此笔者将提出自己的看法。

在本章中，笔者要解决的是"第一人称复数'我们'叙事何以可能"这一问题。首先笔者将从"我们"的社会学哲学内涵、我们—意图与集体意向性的特点两方面来辨析论证马格林提出的第一人称复数"我们"叙事小说之所以稀少的前两个原因，并证明在第一人称复数"我们"叙事中的叙事主体——"我们"与集体意识的呈现是具有哲学上的理论依据的；其次将从历史生成、社会运动的感召和作家的有意识选择三方面来分析第一人称复数"我们"叙事这一小说形式得以产生的文化原因；最后指明我们—话语不仅可以出现在抒情性或者沉思性的文本中，小说中同样可以出现第一人称复数"我们"叙事的话语。

第一节 "我们"的哲学内涵

自勒内·笛卡儿（Rene Descartes）以来，西方哲学古典的主观唯心主义哲学家认为，主体只能是单独的个体，即单独的自我。个人之所以能够认识世界，是因为它所拥有的大脑具有意识的功能，能够对外在世界进行感知与反映。这一思想观念在今天已经成为一种常识，所以研究第一人称复数"我们"叙事的理论家们从这一观念入手否定了第一人称复数"我们"叙事得以存在的可能性。不过，在笔者看来，弗兰克的哲学理论为第一人称复数"我们"叙事的存在提供了一种哲学上的可能性。

一 第一人称复数"我们"叙事理论中的"我们"

马格林首先确定了第一人称复数"我们"叙事中"我们"的本质。他指出："一般来讲，研究'我们'话语的本质性出发点是考察'我们'或者第一人称复数代词关于其功能与指涉的本质。"[1] 在他看来，"我们"不是无数个"我"的简单叠加，它至少由两个个体组成，"至少其中之一是说出'我们'这一当前标志的人，因此我们＝我+他人（们），或者说话者+扩张。但是这些附属的人们不可能是当前语篇——口语或者书面语——的共同发出者，而且甚至不可能是沟通事务进行中的参与者"[2]。由此可见，马格林所说的"我们"并不是一个整体，而是一个构成某集体的两个不同的子集，其中一个子集充当了说话人，另一个子集被他视为受话人或者某话题的实体。因此，说话人"我们"不是在代表他所属的那个集体而发言，只是在言说关于这个集体的事情。在不同的语境下，这个"我们"的指涉对象会在范围上发生变化，由此导致了第一人称复数"我们"叙事在全文中的不稳定性和矛盾性。他的这一理论基础来自雅各布森对"我们"这一词语的语法意义的分析，由此出发他认为，第一人称复数"我们"叙事的小说会很罕见。

兰瑟在论述同时型集体叙事即第一人称复数"我们"叙事时，没有

---

[1] Uri Margolin, "Collective Perspective, Individual Perspective, and the Speaker in Between: On 'We' Literary Narratives", in Willie Van Peer and Seymour Chatman, eds. *New Perspectives on Narrative Perspective*, Albany: State University of New York Press, 2001, p. 241.

[2] Ibid., p. 242.

从哲学基础上来否定"我们"作为一个言说者或者聚焦者的整体性存在,而只是把它作为一种非常规的叙事现象来加以看待。兰瑟认为,在西方小说中,意识属于某个单一的个体这是一个常规观念,第一人称复数"我们"叙事的反常规性就表现在将个人的喜怒哀乐、思想感情表现为某个群体的一致或共享的喜怒哀乐与思想感情。她所谓的"反常规"这一说法表明,在她看来第一人称复数"我们"叙事的形式是不合常理的。她还进一步指出:"叙事常规不是解释小说中缺少同时性叙述声音的唯一理由。对于一种不能区分出群体中具体成员的叙事方法,人们完全有理由采取谨慎的态度。"[1]"我们"这一说法,不仅仅意味着一种多样性的统一,它还"冒了在相似性的假定掩盖下否定差异性的风险"[2]。在兰瑟看来,之所以会有这一风险,是因为"我们"消解了他者与自我之间的二元对立,甚至它还具有将每一个他者简约为一种外在或者内在常规的危险。

理查森和马库斯没有对"我们"的本质作过多的论述,而是接受了马格林的看法,不过他们得出的结论却与马格林相反。他们虽然看到了第一人称复数"我们"叙事中由于"我们"指涉的不稳定性而导致的叙事断裂,但是对此并不像马格林那样感到忧虑,而是认为此类叙事迎合了后现代主义语境下对连贯性、稳定性的扬弃态度,且恰恰体现了这种叙事形式的迷人之处。不过,从理查森和马库斯将之作为一种非自然的叙事形式来加以接受这一点来看,由于非自然性即为对现实主义认识论原则的违背,所以其理论基础很明显还是来自传统哲学中个人作为意识主体的这一基本观念。虽然他们都承认第一人称复数"我们"叙事是一种集体叙事,但是"我们"何以能够作为一个集体来叙事的哲学根基并没有得到充分的研究。

总体上来看,马格林将"我们"说话人视为"我们"群体中的一员,而兰瑟、理查森和马库斯等人虽然将第一人称复数"我们"叙事视为一种集体叙事,但是前者却将整体的"我们"视为一个单一的整体,后两位学者却缺乏对"我们"的集体本质的论证。笔者认为,第一人称复数"我们"叙事中的"我们"虽然是由"我"与"他人"构成的,但是,一旦形成"我们",它就是一个有机的统一体,可以以一个整体的身份来

---

[1] [美]苏珊·S. 兰瑟:《虚构的权威:女性作家与叙述声音》,黄必康译,北京大学出版社2002年版,第297页。

[2] 同上。

充当小说的说话人。第一人称复数"我们"叙事作为一种集体叙事,其哲学基础就来自"我们"主体的存在。

二 C. 谢·弗兰克论"我们"主体的存在

弗兰克(1877—1950),俄国宗教哲学家,被西方评论家誉为19世纪末到20世纪上半叶最具影响力的俄国思想家。他在1930年出版的著作《社会的精神基础》一书中指出,社会生活是一种精神存在,这种存在没有具体的客观形式,而是存在于我们的内心之中,与我们融为一体并被我们感知,它是一种会同性的存在。用他的话来讲,"社会统一并非表现为一个特殊的'社会'意识主体,而是表现为互相适应,表现为那些共同组成真实的行为统一体的个人意识之间的相互联系。如果把这种看法简化为公式,则可以说:社会有别于个体的生物,是一个'我们'的而不是'我'的会同性统一体,社会统一体作为共同意识、作为存在于每一个成员中的理念'我们'而存在并产生作用"[1]。为了说明社会这个统一体的本质论特征,他对"我们"这个概念进行了辨析性的说明。

弗兰克采用先破后立的思路论证这一问题。他首先指出,自从法国哲学家笛卡儿提出"我思故我在"的思想以来,西方现代哲学就把"我"这个个人意识的体现者视为第一性的、他物无法与之相提并论的存在,这种观点尤其是在主观唯心论的哲学家那里达到了顶峰。在这一派哲学思想看来,只有个人意识才是可靠的,其他一切事物都是值得怀疑的。作为"我"的对立物,一切"非我"都是等待"我"来照明的认知客体,它们只能作为"我"的感知内容、"我"的心像而存在。当"我"作为唯一的、绝对的认知主体这一方出现时,"……集合体'我们'完全是一种派生的、外在的事物,在这里,'我们'可以仅仅指(根据一般的语法规则,'我们'是'我'的复数。)被主观认知的许多单个主体,无数个'我'的集合或者总和,它不同于'我',不再是'主体',不是一种第一性的及为自己而存在的,而只是每个单独的'我'的意识内容"[2]。这一结论在他看来是错误的,因为其理论前提本身内在具有无法解决的矛盾。其矛盾主要体现在如下三方面。

---

[1] [俄] C. 谢·弗兰克:《社会的精神基础》,王永译,生活·读书·新知三联书店2003年版,第51页。

[2] 同上书,第52页。

首先，在弗兰克看来，认知主体是"我"这一点是成立的；但是反过来讲，将"我"直接等同于认知者主体这一点是错误的。因为纯粹的认知主体相当于普遍人类的认知能力的外化，它似乎是一个无个性的、无性质的、静止的点；而"我"本身则是有生命的、有独特性的、充满生命力的东西，将"我"抽象化为认知者意味着"我"之生命力的丧失。如果"我"就直接等同于这个抽象的认知能力，那么"我"与"他我"之间就不会有意识方面的差异，"我"与"他我"就不会形成思想上的辩驳，但是这一点与我们的经验现实恰恰相反，由此证明将"我"直接等同于认知主体是错误的。

其次，将"我"视为第一性、"他我"视为派生性是错误的。当"我"作为第一性时，"我"之外的一切"非我"只能作为其感知的对象而存在，"我"可以感知到"他我"的样貌、声音等，但是"我"无法感知到"他我"的意识。因为"他我"的意识的形成需要"他我"作为第一性的认知主体而存在，只有这样，"他我"才有可能对外在于"他我"的世界进行感知，进而形成"他我"的意识，也只有在这种情况下，"我"才能感知到"他我"的意识。因此，将"他我"视为派生性产物的观点是不正确的，不论是"类比推理法"还是西奥多·利普斯（Theodor Lipps）的"感悟"理论都不能正确说明"他我"的意识。

最后，"我"和"他我"意识的交流无法实现。从意识交流的角度来看，"他我"不仅是"我"之认识的客体和对象，同时也是认识"我"的主体。在"我"与"他我"进行交流的过程中，"他我"被表述为"你"。在交流的过程中，彼此会互相意识到："你"是"我"要认识的人，"我"是你所认为的要认识"你"的人；进一步讲，"你"是"我"所认为的认识"我"的人，"我"是"你"所认为的"我"要认识"你"的人。这两种意识会不断地相遇，但是却永远无法实现交流。

因此，笛卡儿以来的将"我"视为第一性、"非我"视为第二性的二元对立思维方式是不正确的。"他我"，确切地讲，对于"我"来说是"你"，"应该不是从外部为我'所有'，对我来说不是我的意识所感知并'从外部'认识的'客体'，而是与生俱来的，'从内部'为我所固有"①。也就是说，"他"或者"你"，并不是作为外在于"我"的客体对象而存

---

① ［俄］C. 谢·弗兰克：《社会的精神基础》，王永译，生活·读书·新知三联书店 2003 年版，第 55 页。

在的,"他"或者"你"与"我"之间具有一种内在的统一性,是这种内在的统一性使得这两个个体成为彼此互相对立的"我"和"你"。没有独立的"你"存在,"我"将永远不会存在。"'我'本身是由把某种融合的第一性的精神统一体变为'我'与'你'之间相互关系的分析行为确定的。"①

把"我"和"你"关联在一起的某种初始的第一性的统一,究竟是什么呢?弗兰克认为,用语法来表述的话,指的就是"我们"。虽然从语法意义上来看,"我们"是"我"的复数,但是这并不意味着"我们"是许多"我"的简单叠加,因为"我"根本不可能有复数,"我"始终是唯一的、独特的,多个我只可能是多个"他我"。当"我"与一个"他我"交流时,形成的是"我"与"你"的统一体;当"我"与多个"他我"交流时,形成的是"我"与"你们"的统一体。因此,弗兰克说道:"'我们'不是第一人称的复数,不是'多个我',而是第一人称与第二人称统一体——'我'与'你'(你们)统一体——的复数,这就是'我们'这一范畴的突出特点。"② 其中,"我"和"你"是相互对立、各自独立的两个完全不同的个体存在,"我"与"你"之间的差异、对立是从"我们"这一统一体中分解而产生出来的。

虽然"我"是从"我们"统一体中分解而产生出来的,但这并不意味着"我们"就是绝对第一性的范畴,也不意味着"我"是它的派生物。弗兰克认为:"'我们'与'我'一样——不多也不少——是第一性的,它不是从'我'派生而来,不是许多'我'之相加或总和,而是存在的固有形式,是相对的'我';它是某个与'我'本身同样直接的、不可分离的统一体,是与我们的'我'同样第一性的存在的本体论根源。"③"我"和"我们"之间的关系是互为前提的,"我"必然是"我们"中的一员;"我们"也只能是"我"和"你"的统一体。在现实生活中,"我们"可以是有局限性的小团体,如一个家庭、一个阶层、一个教会等,这些小团体都有一个不被包含于其中且与之相对立的物体;"我们"也可以是没有局限的,即在更高的、更绝对的意义上来看,"我们"可以包罗

---

① [俄] C. 谢·弗兰克:《社会的精神基础》,王永译,生活·读书·新知三联书店 2003 年版,第 55 页。
② 同上书,第 56 页。
③ 同上书,第 58 页。

万象，不仅是人，万物都可以成为构成"我们"的一个部分，如"我们，人类""我们，世界"等。作为一种社会存在的"我们"，"它是多性本身的原始统一体，单个个体的多性本身只能作为包容并贯穿这一多性的统一体的自我表露而存在并起作用"①。也就是说，虽然现实生活中存在着许多的个体，但是这许多个个体只能作为统一体"我们"中的成员而存在，而不可能是单个个体的简单联合，这一点就好像是"一片叶子只能是一棵树上的一片叶子或如亚里士多德所说的至理名言：手或脚只能在整个身体构造中作为它的器官而存在"②，因此"我们"本身就是一个完整的实在，而不是无数个个体通过联合而派生出来的。

  虽然从经验主义或者现实主义的倾向来看，我们往往注意到的是"我"和"你"之间的独立性与对立性，而不是"我们"统一体，由此可能会导致某些人反对上述观点。但是在弗兰克看来，这种反对的观点仅仅只是揭示了社会生活的外层表现所具有的特征；从社会的内部层次来看，内部统一性才是社会存在的基础。他认为，人类存在的普遍本质具有双重性：一方面，从内部看，个体的人是他内心自我感受所直接意识到的自我，是植根于整个存在中的活生生的内心世界——在这种情况下，人是"内部直觉上的、真实的，在这里，人与存在融为一体并在内心感觉到存在"③；另一方面，从外部看，个体的人是具有独立肉体的"灵魂"，它把整个世界当作外部客体对象来加以认知——在这种情况下，人是"外部肉体上的，同时又是具体的、唯理的"④，由此二重性导致了社会生活的两个层次，即会同性与外部社会性。

  在弗兰克看来，社会性是外部的、机械式的社会生活，它只能建立在有生命的、内部的、有机的社会统一体即会同性的基础之上。他说："在任何人与人的联合体之间的那种机械的外部关系中隐含着会同性、内部的人之统一体的力量并通过这种关系起作用。"⑤ 以军队为例，如果战士们的内心不能意识到爱国主义精神、不能意识到保家卫国是其神圣的职责，那么即使纪律再严酷都不可能让他们冒着流血牺牲的危险去冲锋陷阵。由

---

  ① ［俄］C. 谢·弗兰克：《社会的精神基础》，王永译，生活·读书·新知三联书店 2003 年版，第 58 页。
  ② 同上书，第 60 页。
  ③ 同上书，第 62 页。
  ④ 同上。
  ⑤ 同上书，第 65 页。

此可见，正是这种全体精神的存在，一支军队凝聚为一个统一体。

会同性即以各种各样的人际交往、人的社会联合为基础而形成的内部有机统一体在社会生活中有多种表现形式。最初级的、最基本的形式是婚姻家庭统一体，这一统一体是由个人生理上的内部统一滋生出来的，即男女通过一种生理关系创造了他们的孩子，由此血缘关系决定了这一基本群体的内在统一性。会同性的第二种生活形式是宗教生活，宗教所产生的共属感与神秘感使信徒摆脱了灵魂的封闭与孤立而从内部将之联合起来，使人与神（作为圣父的神）之间具有了一种类似于血缘的关系。会同性的第三种形式是联合在一起共同生活并担负着共同命运的任何一个群体。当一个群体在一起共同生活、共同劳动且承担了共同的命运时，这些生活经历会在这个群体生活的参与者心中产生一种彼此亲近的感情，并在他们的心中打下内在统一的烙印。这种建立在共同命运基础上的会同性能够把参与者的心灵从内部连接为一个精神的统一体，他们吸取同样的精神养分，用相同的生活内容来充实自己。这种精神统一体，并不是个体存在于其中的外部环境，作为一种精神食粮，它就存在于个体人的心中。由此可见，在由会同性形成的"我们"这个统一体中，不仅"我"包含在"我们"之中，反过来讲，统一体"我们"也存在于每一个个体的心中，构成了个人生活的内在基础，因此"我们"与构成这个统一体的无数个个体之间存在着内在的互通性。

简言之，弗兰克认为，"我们"不是多个"我"，而是"我"与"你"或者"他我"组成的统一体。这个统一体不是多个个体的简单联合，而是由会同性构成的一种内在统一体。这种内在统一体不是个体生存的外在环境，而是存在于个体的心中，维护并丰富着他的生活。以这种哲学观点为依据可以作如下理解，即作为第一人称复数"我们"叙事中的"我们"，当它一旦作为一个集体出现时就是一个有机的统一体，既不会内在地分裂为"我"和他人，也不会被简约化为一个扁平的整体，构成"我们"集体的各个成员之间既相互区别又能够相互沟通，是一个宛如生物生命体般的存在。

第二节 我们—意图与集体意向性

前文指出，马格林认为第一人称复数"我们"叙事罕见的第二个原因是第一人称复数"我们"叙事中存在的精神进入的问题无法解决。在第一人称复数"我们"叙事中，由"我们"所分裂出来的叙述者只能对自身的感知或者精神有所把握，无法进入叙述者之外的"我们"群体中的其他成员的精神意识中，所以"我们看见""我们听见""我们想"等声明都是不可靠的。具体来讲，"'我们看见'或'我们注意到'等类型的集体观察声明又是一个混合物，是'我们'言说者自己的直觉体验和建立在他们共同的行动和声明基础之上的、被言说者归因于共同聚焦者的假定性体验的混合物"[①]。很明显，属于他人的假定性体验其真实性是有待于商榷的。同样地，"不像'我们奔跑'或者'我们发现我们自己'等，在第一人称复数'我们'叙事中，任何'我们觉得''我们想''我们突然想到'等声明，内在地是异故事叙事的，因为它被建立在个人言说者对他/她自己灵魂的直接认知和'我们'言说者对他/她伙伴的（可作废）的假设上"[②]，而这一假设是无法考证的。简言之，马格林认为所有涉及精神性因素的第一人称复数"我们"叙事，其实现主要来自叙事主体的假定与推断，实际上这都是不可能的。下面，笔者将以近年来西方哲学界对集体意向性的研究成果来说明马格林的观点所存在的问题。

一 "集体意向性"研究的缘起

自从德国哲学家弗兰兹·克莱门·布伦塔诺（Franz Clemens Brentano）在《从经验观点看心理学》中将"意向性"问题引入现代哲学以来，"意向性"就成为西方现代哲学中非常重要的一个概念，其重要性正如美国当代哲学塞尔所指出的那样，"整个哲学运动都是围绕有关意向性的各种理论建立起来的"[③]。分析哲学和现象学作为现代哲学中的两大显学，虽然被很多人误认为是相对立的哲学体系，但是英国哲学家迈克尔·达米特（Michael Dummett）在《分析哲学的起源》一书中指出，分析哲学和现象学产生的根源是相同的，他们都对布伦塔诺引入的"意向性"问题进行了不同程度的借鉴和发展。正如中国学者张志林指出的那

[①] Uri Margolin, "Collective Perspective, Individual Perspective, and the Speaker in Between: On 'We' Literary Narratives", in Willie Van Peer and Seymour Chatman, eds. *New Perspectives on Narrative Perspective*, Albany: State University of New York Press, 2001, p. 246.

[②] Ibid..

[③] ［美］约翰·R. 塞尔：《意向性：论心灵哲学》，刘叶涛译，上海世纪出版集团2007年版，导言第3页。

样,"分析哲学和现象学面对意向性这样一个相同的主题,以不同的概念架构和研究方法展示了不同的风格"。[①] 据中国学者李晓进的分析,在他们的发展中,意向性问题形成了埃德蒙德·古斯塔夫·阿尔布雷特·胡塞尔(Edmund Gustav Albrecht Husserl)的"意识意向性"、马丁·海德格尔(Martin Heidegger)的"此在意向性"、莫里斯·梅洛-庞蒂(Maurice Merleau-Ponty)的"身体意向性"、分析哲学中的语言意向性、心灵意向性和集体意向性。这里主要探讨的是集体意向性的问题。

从布伦塔诺以来,意向性概念的基本含义指的是人的心理状态所独有的一种特性,这种特性是我们的心理状态能够指向或者涉及外在世界中的某个事物或事态的性质。具有意向性的心理状态包括有意向、信念、愿望、恐惧、爱、恨、感动等所有涉及或者关联外在世界的心理状态。在20世纪80年代之前的意向性理论中,理论家们所探讨的意向性活动的主体或者承担者是个体的"自我",其意向内容可以表述为"我意图……""我相信……""我希望……"等。

从社会学的角度来看,"自我"除了会作为一个个体行动之外,有时还会以一种集体的身份行动,在这个过程中会出现所谓的集体意向性的问题,或者又被称为共享意向性、我们—意向性。集体意向性指出了两个或者两个以上的个体共同从事一项任务时所具有的特征,例如在生活中我们常常听到的"我们听了他的故事后都感动得流下泪来""我们相信共产主义事业一定会成功"等语句中体现出来的就是集体意向性,这种集体意向性在文学作品中就表现为马格林指出的在第一人称复数"我们"叙事小说中出现的叙述者进入他人意识的现象。与个体意向性的意向内容相比较,集体意向性的意向内容呈现为"我们希望……""我们意图……""我们相信……"等。这种客观存在的集体意向性现象促使欧美许多哲学家将自己的研究重心转向了集体意向性问题。20世纪80年代以后,一些欧美的哲学家开始从集体的角度来研究人类行为,对集体行动、集体意向的研究开始成为一个备受瞩目的研究话题,自1998年以来,关于集体意向性的国际研讨会已经召开了七八次之多,这些研究活动使得集体意向性问题成为意向性理论研究中的前沿课题。

那么,究竟该如何理解集体意向性呢?文学平指出,在西方学界主要

[①] 张志林:《分析哲学中的意向性问题》,《学术月刊》2006年第6期。

存在三种解释方式：第一种是比拟性解释，认为集体意向性是一种纯粹的虚构，是在比喻义层面上的一种使用；第二种是还原性解释，认为集体意向性的实质是个体意向性的累加；第三种是非还原性的解释，承认了集体意向性的独特存在。第一种解释的缺陷在于否定了现实生活中的集体行动的真实存在及语言表达中的"我们意图……"的表达；第二种解释的缺陷在于将集体意向性等同于具有相同内容的个体态度的叠加进而有消除集体意向性的嫌疑；第三种解释是目前学术界大多数集体意向性研究者所持的立场，但是他们对集体意向性的实质与主体等问题的看法并不一致。大体上来讲，有两种思路：一种思路是从个体主义的立场出发，认为集体意向性是通过个人表现出来的，代表理论家有R.图梅勒（R. Tuomala）、米歇尔·布拉特曼（Michael Bratman）等；另一种思路是从整体主义的立场出发，认为集体意向性的主体是集体，集体可能具有各种意向性，而这种意向性不能被还原为个体意向性，其代表理论家有吉尔伯特、集体心灵理论家等。

芬兰哲学家图梅勒是学界公认的最早论述集体意向性或者"我们—意图"的哲学家，他在《我们—意图与社会行动》（1985）、《我们—意图》（1988）、《我们—意图再研究》（2005）等论文中用"我们—意向"这一概念来说明个人所具有的与集体行动相关的意向。虽然我们将之称为集体意向，但是它实际上指的是一种特殊的个人意向，即不是与他人存在无关的个人意向，而是需要面向他者的意向。他试图从个体的立场出发去解释集体行动中的意向性结构。由于个人意向只能直接导致个人的行动，所以在集体行动中，个人意图完成的仅仅是集体行动中的某一部分。在这种情况下，作为主体的个人必须具有两种信念：相信通过合作有能力完成这项集体行动；相信集体中的其他成员也相信通过合作可以完成集体任务，由此，集体中的个体成员在集体行动中遂产生了集体意向。由此可见，图梅勒是用信念和基于信念之上的个人意向来解释集体意向的本质的，此种解释很明显具有个人主义的色彩，"这种解释典型地是在试图将集体意向消减为个人意向加上信念"[1]。

相比较而言，美国哲学家布拉特曼在论述集体意向性问题时，虽然所坚持的也是一种个体主义的路线，但是其"共享意向"的说法留有一定

---

[1] John R. Searle, *Consciousness and Language*, Cambridge: Cambridge University Press, 2002, p. 93.

的整体主义的意味。他用"共享意向"来说明集体意向的特征,在他看来,集体意向是由成员的意向状态与他们之间的内在联系共同决定的,它是由个人态度组合而成的一种态度复合体,因此集体意向不等于多元主体的意向,也不等于个人意向的简单累加。作为集体成员的每个个人,其个人意向之间必然会存在某种内在联系,否则便无法成为一个集体。那么不同个人之间如何形成一种互相合作的意向呢?在此,他提出了"共享意向"的说法。他指出,我们—意图的形成,首先意味着我—意图和他—意图的存在,且我们互相意识到对方的意图;其次我—意图与他—意图中的个人计划彼此间可以相容;最后这两方面的意图在我们之间是一种公开性的知识。由此,集体意向或者共享意向可以协调"我们"的意向性行动、协调参与者的个人计划进而保证"我们"行动的顺利进行、提供了可供我们在此之下进行协商的背景框架。通过这三种功能,共享意向可以引导集体成员去共同实现集体的目标。简言之,布拉特曼立足于个人态度,避开集体心灵,用公共知识、互相配合和彼此尊重三个因素来揭示集体意向,此举使得他理论中的意向主体——个人与意向内容——集体行动之间产生了一种内在的矛盾。

与上述两位理论家的研究思路不同,接下来的这些理论家舍弃了个人主义的立场,而采用集体主义的观点来解释集体意向性。美国哲学家吉尔伯特在1990年发表了《一道散步:一种典型的社会现象》一文,在该文中她集中探讨了集体行动中的两个参与者如何在承诺、权利和义务等因素的共同作用下结成"多元主体"或者"复数主体"这一问题。之后,其在《论社会现实》《一起生活:合理性、社会性与义务》《政治义务理论:成员、承诺和社会约束》等著作中将"多元主体"的思想引入政治理论、社会学理论的探讨中,进而在学界产生了重要的影响。

作为吉尔伯特思想的核心概念,"多元主体"指的是一些个体通过某种方式结合成的"一种特殊的事物,一种独特的综合体"[1]。多元主体之所以能够形成,原因在于集体中的个体成员之间达成了某种共同承诺。这一共同承诺具有一定的规范性功能,它既保证了集体成员有义务去遵守自己的承诺,同时也赋予集体成员要求其他成员遵守他们承诺的权利和谴责其不遵守共同承诺的权利。一旦共同约定形成,集体成员就能够各司其

---

[1] Margaret Gilbert, *Living Together*, Maryland: Rowman & Littlefield Publishers, 1996, p. 268.

职，做好分内之事，进而使得集体能够像个体的人那样行动。

由此可见，吉尔伯特所谓的"多元主体"是作为一个整体而存在的，而不是单个主体的叠加或者聚合。它作为集体意向性的合法主体，决定了集体意向性是由"多元主体"形成并为"多元主体"这一集体自身所具有的。如果说，吉尔伯特的"多元主体"理论是一种弱整体主义的话，那么西方集体心灵理论则是一种强整体主义，该理论的观点显得更为激进和彻底。这种理论认为集体可以具备意向性状态，甚至存在着本体论意义上的集体心灵。

众所周知，心灵是个体的人所独具有的一种智能属性，A. 克拉克（A. Clark）和 D. 查莫斯（D. Chalmers）却积极论证了外在心灵的存在。他们认为外部环境中的一些事物具有类似于人脑一样的功能，例如电脑、计算器等，因此它们也应该属于人类认知能力的一个组成部分。这些事物与人相互作用，建构起了一个工作良好的认知系统，他们称之为"成对系统"。D. 托芙森（D. Tollefsen）则进一步指出，不仅是这些包含信息的事物可以和人之间构成成对系统，人和人之间同样也可以构成类似的集体系统。按照克拉克等人的观点，既然心灵的边界可以扩展到非生物性的人工物品的身上，那么就没有理由否定心灵可以扩展到集体系统的身上。所以在集体心灵理论中，他们并不满足于吉尔伯特把集体比喻为一个人的做法，而是更进一步地试图论证集体跟人一样具有完整的心灵和完全的心智能力。

统观以上分析，可以发现：从个体主义的立场出发来研究集体意向性，易于用个人意向性取代集体意向性；而用整体主义的思路来理解集体意向性，又易于在个人心灵之外生成一个集体心灵。这两种思路在探索性的研究中，虽然深化了我们对集体意向性的认识，但是其理论的缺陷也是很明显的。塞尔对这两种思路进行了大胆的批判，他指出："简言之，看来我们必须要么选择还原论，要么选择一种漂浮在个体心灵之上的超级心灵。相反，我要指出，这种论证包含着错误，而且这种二中择一也是错误的。"[①]

首先，他对个人主义立场上的集体意向性进行了批判。他说："我认为，企图把集体的意向性还原为个体的意向性以及互为信念的全部立场都

---

① ［美］约翰·R. 塞尔：《社会实在的建构》，李步楼译，上海世纪出版集团 2008 年版，第 23 页。

是混乱不堪的。"① 塞尔指出，在个体主义思路之下的集体意向性理论中，理论家们往往是将"'我们的意向性'归结为'我的意向性'加上另外某种东西，通常是相互信赖"②。这种观念意味着，当我意图做某事时相信某人也意图做某事，某人相信我相信他也意图做某事，这个往返性的彼此相信恰恰说明它没有达到集体性的意义。任何"我意图"都不会因为加入了信念就变成"我们意图"，因为"在集体意向性中关键的因素是共同做（需要、相信）某件事情的意义，而每个人具有的个性的意向性则是从他们共同具有的集体的意向性中产生的"③。个体主义的意向性理论的论证颠倒了个人意向性与集体意向性的先后顺序，塞尔认为，在集体行动中集体意向性是先在于个人意向性的，集体意向性产生了行动中的个人意向性。以管弦乐队的乐器合奏为例，乐队这个集体中成员的意图及行动是由整个乐队的集体意向与集体行动来决定的，而不是相反。这些哲学家之所以否认集体意向性的存在、将集体意向性归结为个体意向性，其原因在于他们接受了一种表面正确实则大谬的论点，即一切意向性都存在于个人的头脑中，因此所有意向性的形式就只能够涉及头脑中存在着意向性的那些个人。

在塞尔看来，"我"所有的精神活动并不必然就得用"我"的单数的话语形式来表达，"个人主体可以在其个体的头脑中具有'我们意图''我们希望'等形式的意向性……并不存在什么东西妨碍我们在我们个体的头脑中具有'我们相信''我们意图'等形式的意向性"④。同时，他对整体主义的集体意向性进行了批判。这种集体意向性理论的缺陷在于，"如果你认为集体的意向性是不可还原的，那么你似乎就不得不假设某种集体的心理实体，某种无所不包的黑格尔主义的世界精神，某种神秘地漂浮于我们这些众多个体之上的'我们'，而我们作为个体只是它的表现"⑤。这种虚无缥缈的集体心灵在塞尔看来同样是不可靠的，集体意向

---

① [美] 约翰·塞尔：《心灵、语言和社会——实在世界中的哲学》，李步楼译，上海译文出版社2001年版，第114页。

② [美] 约翰·R. 塞尔：《社会实在的建构》，李步楼译，上海世纪出版集团2008年版，第22页。

③ 同上书，第22页。

④ [美] 约翰·塞尔：《心灵、语言和社会——实在世界中的哲学》，李步楼译，上海译文出版社2001年版，第114页。

⑤ 同上书，第113页。

性不可能存在于游离于"我"之外的某个精神实体"我们"中,它只能存在于现实存在着的"我"的头脑中。在他看来,集体意向性是一种原初的意向性,它"是生物学上的基本现象,不可能归结为什么别的东西,也不可能由别的什么东西代替"①。

正是由于看到了个体主义和整体主义集体意向性理论各自所具有的弊端,塞尔在构建自己的集体意向性理论时,试图在拒绝还原集体意向性的同时力避集体心灵,进而摆脱个体主义与集体主义之争的窠臼,走出一条基于生物学自然主义观的集体意向性理论之路。

二 约翰·R. 塞尔论"集体意向性"

塞尔不仅是美国当代著名哲学家,还是牛津日常语言学派的传人。他的哲学思想涵盖了分析哲学、语言哲学、心灵哲学等,并在这些领域中有突出的建树,意向性理论是其思想中很重要的一个方面。早在20世纪80年代,他就出版了极具影响力的著作《意向性:论心灵哲学》一书,该著作主要研究的是个体意向性的问题。其中,他并没有对意向性研究的传统作过多的介绍,而是大胆地、极有创见地建构了自己的意向性理论。他指出:"作为一种预备性的表述,我可以说:意向性是为许多心理状态和事件所具有的这样一种性质,即这些心理状态或事件通过它而指向或关于或涉及世界上的对象和事态。"② 在这里,用指向性或者关涉性来说明意向性的这种做法遵循了意向性理论的研究传统,其理论对于传统的发展体现在对集体意向性的分析上。1990年,塞尔在其经典论文《集体意图与行动》中集中论述了集体意向性的问题,并在之后的《社会实在的建构》《心灵、语言和社会——实在世界中的哲学》等著作中对此问题作了进一步的说明。这些论述奠定了他在集体意向性理论谱系中的地位。

塞尔关于集体意向性的讨论可以用他在《集体意图与行动》一文中的四个命题来论述概括。第一个命题,集体意向性行为在社会生活中是客观存在的。他说:"在实际生活中,集体的意向性对于我们的存在本身是

---

① [美]约翰·R. 塞尔:《社会实在的建构》,李步楼译,上海世纪出版集团2008年版,第22页。
② [美]约翰·R. 塞尔:《意向性:论心灵哲学》,刘叶涛译,上海世纪出版集团2007年版,第1页。

非常常见的、实用的而且确实是本质性的。"① 不论是一场政党间的集会，还是一场音乐会或者足球赛，我们都可以看到集体意向性在其中起作用。需要谨慎的是，我们应该注意集体行为与集体行动间的差异，下雨天一群人跑到凉亭下面避雨与一群芭蕾舞演员正在跳《天鹅湖》这二者是不一样的。前者是集体行为，其中每一个成员都具有"我意图去避雨"的意向性行为，但是它们彼此之间互不关涉，因此将这些个体意向性加在一起并不能生成集体意向性；后者是集体行动，虽然他们的具体动作不一定完全一致，但是为了完成共同目标，他们彼此之间需要分工合作，在这个过程中形成的是一种集体意向性行动。在塞尔看来，只要有合作，就必然会有集体的意向性；只要想让人们共享他们的思想、感情等，就必然会有集体意向性在起作用，所以，"集体的意向性是一切社会活动的基础"②。

第二个命题，我们—意图不能被看作诸多我—意图的叠加，也不能被视为我—意图加上信念或者互信念，互信念指的是两个人或者多个人之间关于信念的信念之循环往复。塞尔给出的理由是"我们—意图的概念、集体意向性的概念，暗示了合作的概念"③，而在我—意图完成的目标且这一目标被集体其他成员相信的这一情况并不能保证会出现完成这一目标的合作意图。集体成员之间的合作意味着集体成员们不能只顾自己的个人意图而罔顾他人的意图，集体成员们的个人意图究竟是什么归根结底是由集体意图来决定的，用塞尔的话来讲就是"诸个体的'我意图'是从'我们意图'中派生出来的"④。例如一场足球赛中，作为集体的足球队想要打赢一场比赛，这一集体意图决定了足球队中的前锋要甩开对手，奋勇进球；同时也决定了守门员要紧盯住对方足球的运行轨迹，防止对方射门。在这个例子中，"我们意图赢球"这一集体意图派生出"前锋想要进球"和"守门员不想让对方进球"这两个个人意图，个人意图很显然不同于集体意图，所以将集体意图还原为个人意图是错误的做法。

第三个命题，我们—意图是意向性的一种原初形式。塞尔认为，有一

---

① [美] 约翰·塞尔：《心灵、语言和社会——实在世界中的哲学》，李步楼译，上海译文出版社2001年版，第115页。

② 同上。

③ John R. Searle, *Consciousness and Language*, Cambridge：Cambridge University Press, 2002, p. 95.

④ Ibid., p. 92.

个事实是毋庸置疑的，即社会的构成因素除了个人之外别无他物。他讲道，"既然社会完全是由个人组成的，那么就不可能存在一个集体心灵或者集体意识。所有的意识都在个人的心灵中，在个人的头脑中"①。因此，集体意向性不能被归结为某个超越于个体之上的集体心灵，也不能还原为个人意向性的叠加，唯一的解决途径便是将集体意向性看作一种与个人意向性一样的原初性形式，集体行动中的每一个参与者的头脑中都可以有一个集体意向性。"尽管它是在我这个个体的头脑之中，但它具有'我们意图'这种形式。如果我在事实上得以与你成功地合作，那么，在你的头脑中的东西也将具有'我们意图'的形式。"② 在集体性活动中，"我们"的集体意向性直接就可以存在于个体的头脑中，个体只要具有意向性的能力，就必然能够产生集体意向性。用塞尔的话来讲，就是"一个物种一旦能够具有意识和意向性，那么并不需要迈太大的一步就能达到集体的意向性"③。为什么能实现从个人意向性到集体意向性的跨越？塞尔用生物自然主义的观点对此作了解释。

塞尔在其论著中多次提到意向性的生物属性，作为意向性的一种形式——集体意向性同样也是生物学上的原初形式，我们从动物界的两只小鸟一起筑巢、狼群一起去觅食等行为中可以看出集体意向性的端倪。他说："我推测，所有有意识的、有意向性的动物都具有某种形式的集体的意向性，但是我对生态学和动物学的知识还不足以使我的看法超出推测的范围"④。中国学者文学平认为西方神经生理学家的理论为集体意向性在头脑中如何形成的运作机制提供了理论依据。他说道："正如神经生理学家所说：'无论是在经历第一人称的动作和情感，还是在经历第三人称的动作和情感，大脑的特定部位都同样被激活，这是人类大脑得天独厚的结构……通过这种激活方式，就在我们自己与他人之间建立起了一座共通的桥梁。'这座相互直接映射的神经桥梁在一定程度上消弭了人我之别，达到了共通的'我们性'。这种神经系统的独特机制和功能，一方面保证了作为集体意向性的'我们性'不能被还原为作为个体意向性的'我性'

---

① John R. Searle, *Consciousness and Language*, Cambridge: Cambridge University Press, 2002, p. 96.

② [美] 约翰·塞尔：《心灵、语言和社会——实在世界中的哲学》，李步楼译，上海译文出版社2001年版，第114页。

③ 同上书，第128页。

④ 同上。

(I-ness),集体意向性是自成一类的独特的心灵状态……另一方面,镜像神经系统的独特机制,尤其是'观察—执行等同机制'和'自动模拟机制',保证了集体意向性在内容上的一致性……镜像神经系统的'情感共鸣机制'直接就是情感类型的集体意向性的完美机制。"① 由这一段论述可以看出:集体意向性的产生是人的大脑所自然存在的一种能力,集体意向性就存在于个人的大脑中,无须还原也无须外在化,它跟个体意向性一样是意向性的一种原初形式。

第四个命题,"集体意向性预设了把他人当作可能的合作对象的背景意识,这种背景意识不只是把他人当作有意识的主体,而是把他人当作实际的或者潜在的合作对象"②。这句话的意思是说,一个集体行动想要成为现实,其预设性的背景是集体行动中的其他参与者——"他我"——具有与"我"相类似的意识,且这种意识被熔铸进了潜在的或现实的集体主体"我们感"之中。在塞尔看来,"我们感"之所以会形成,不是依赖于集体信念,也不是依赖于集体参与者之间的交流,而是依赖于一种"背景预设"。他说:"集体意向性确定无疑地证明了作为合作主体的他人之感,但是没有任何集体意向性,这种他人之感仍然存在,并且更有趣的是,在集体意向性起作用之前,它似乎预先设定了某种层面的共同感。"③ "我们共同感"作为一种背景预设能够"通过为意向状态的运作提供一个起动条件集而因果地发挥作用"④,使意向内容得以按其应有的方式顺利运行。例如,当我走在路上帮助一个陌生人推车时,"背景"预设了"我们"每一个推车人都有能力、有意愿成为集体行动的参与者、"我们"懂得如何去推车、"我们"有力气去推车等,这些预设性条件的集合共同形成了"我们"集体行动的前因,进而促使"我们"意图推车这一集体意向行动的实现。

塞尔的集体意向性理论可以归纳为,集体意向性是现实存在的,它既不等于个体意向性的叠加或附加上信念,也不是超越于个人之上的集体心

---

① 文学平:《论集体意向性及其在社会生活中的地位》,《浙江大学学报》(人文社会科学版) 2012 年第 3 期。
② John R. Searle, *Consciousness and Language*, Cambridge: Cambridge University Press, 2002, p. 104.
③ Ibid., p. 103.
④ [美] 约翰·R·塞尔:《意向性:论心灵哲学》,刘叶涛译,上海世纪出版集团 2007 年版,第 161 页。

灵的特有属性，而是存在于个人头脑中的一种意向性的原初形式，这是一种生物学上的原初现象。在社会生活中，合作中的集体行动参与者在"背景预设"形成的"我们感"的引导下使集体意向性行动成为现实。

从图梅勒、布拉特曼、吉尔伯特、托芙森、塞尔等人的集体意向性理论中，我们可以发现：集体意向性是存在的，不论是我们的日常语言中还是我们的社会现实中，上述理论家都赞同这一点。虽然他们对集体意向性形成的运作机制所作的阐释是不一样的，甚至还各有所欠缺，但是这些探索性的论争毕竟为我们认识集体意向性提供了多种途径。当我们在第一人称复数"我们"叙事小说中，遇到第一人称复数"我们"叙事话语在表达集体"我们"的心理状态或者精神意识时，我们就可以以这种哲学思想作为依据来对之进行解释，而不是像马格林那样认为它是不合理的，或者像理查森那样直接将之等同为一种非自然的叙事现象。由此可见，集体意向性的理论对我们认识第一人称复数"我们"叙事小说中的集体意识的表达有着重要的指导意义。

第三节 第一人称复数"我们"叙事的文化成因

在前两节中，笔者从哲学的角度论证了我们—集体与我们—集体意向性存在的合理性依据，这一论证为我们接受、认识第一人称复数"我们"叙事小说中出现的我们—集体行动与我们—集体意识提供了学理上的依据。但是，这些论证并不意味着，只要在哲学上或者社会学领域中存在我们—集体或者我们—集体意向性，在文学中就必然存在第一人称复数"我们"叙事的形式。在笔者看来，文学中之所以会出现第一人称复数"我们"叙事的形式，必然有其特定的文化原因。下文将从第一人称复数"我们"叙事的历史性生成、政治因素和小说家的创新意识三方面来对这一问题作出相应的论述，并在此基础上分析叙述者与作者之间的复杂关系。

一 第一人称复数"我们"叙事的历史性生成

不论是在中国小说界，还是在西方小说界，第一人称复数"我们"叙事的小说文本出现得都比较晚。追究其发展史，我们可以发现：第一人称复数"我们"叙事这一形式技巧的形成不是一蹴而就的，而是一个历史演变的过程。汪曾祺小说中出现的第一人称复数"我们"叙事话语明显具有口述故事的痕迹，王安忆、魏微、鲁敏等人的写作明显又具有汪曾祺写作的影子；阿尔马的《两千季》之所以能够采用第一人称复数"我们"叙事的形式来讲述故事，其动力源来自非洲传统的说书人叙事技巧。这些例证不甚充分地表明第一人称复数"我们"叙事的历史生成性。兰瑟曾经对西方文学史中女性作家的小说发展历程进行了梳理，从她的梳理中我们可以发现：女性小说中出现的集体型叙事声音具有多种形式，18 世纪的女性小说将散居于男性之中的女性聚集起来，由此为"我们"的言说创造了前提条件，但是这一时期的女性集体声音是缄默的；19 世纪中叶到 20 世纪初的女性小说中同样建构了女性生活社群，女性叙述者摆脱了私人化的叙事声音，其集体型叙事是通过单数的"我"来实现的；19 世纪末之后出现的另一种女性小说中的说话者和感受者均为"我们"，是一种同时型的集体叙事声音，即第一人称复数"我们"叙事。下文将以女性主义小说中出现的第一人称复数"我们"叙事小说的演变来证明这一点。

18 世纪的两部女性小说——莎拉·司各特（Sarah Scott）的《千年圣殿》和玛丽·沃斯通克拉夫特（Mary Wollstonecraft）的《女人之冤，玛利亚》中都出现了一个女性聚集地，前者是由一群富孀组成的秩序井然的理想国；后者是饱受虐待、备受折磨的女子所居住的精神庇护所。这两位作家之所以要人为性地构建两个纯女性的生存空间，其原因在于女人在当时的社会条件下无法形成"我们"这一集体意识。正如法国女性主义思想家西蒙娜·德·波伏娃（Simone de Beauvoir）在她的《第二性》中指出的那样："无产者之间称'我们'，黑人之间也是如此。他们把自己视为主体，而把资产者和白人视为'他者'。但女人除非在女权会议上或在类似的正式示威游行中，一般不说'我们'。"[①] 因为"女人不具备具体手段，没有把自己组成一个可以和相关整体相对抗的整体"[②]，女人始终依附于男人，而且这种依附不是一种历史原因或者社会变化而带来的偶然结果，而是一种绝对性的依附，"她们散居在男人中间，由于居住、家务和经济条件及社会地位等原因，而紧紧依附于某个男人——父亲或丈

[①] [法]西蒙娜·德·波伏娃：《第二性》，陶铁柱译，中国书籍出版社 1998 年版，第 14 页。

[②] 同上。

夫，其程度甚至大于对其他女人的依附"①。这样的社会现实抹杀了女性群体生成的可能性。

同样的，也是因为这样的社会环境，女性作家虽然可以在小说中虚构出女性共同体，但是这一共同体却无法自己言说及为自己言说。在《千年圣殿》中的女性群落里，女性间的共同生活只能由一个带着窥淫癖式眼光的"绅士"向公众来言说。她们不愿向别人讲述自己的经历，所以这位绅士所获得的信息来自女性群落中的一员麦纳德夫人。男性叙事与麦纳德夫人的叙事之间形成了一种张力，男性的权威意识形态与女性对男性意识形态权威的颠覆互相抵牾，为女性声音的表达提供了一些可能。而《女人之冤，玛利亚》中的叙事声音具有阶段性的不同表现：即从作者型的叙事声音向个人化的叙事声音转化，独立的私人化的叙事声音又转化为公开的、集体的叙事声音。作者运用集体型叙事声音的目的是为女性的"我们"意识呐喊，企图创建一种女性集体的叙事权威，但是小说中的集体型叙事声音最终被男性统治者压抑了，现实生活中这部小说也很不受欢迎，由此表明沃斯通克拉夫特的企图最终失败了。

19 世纪出现的女性小说的叙事特点是不同于 18 世纪女性小说的。伊丽莎白·克莱格霍恩·盖斯凯尔（Elizabeth Cleghorn Gaskell）的《克兰福德镇》同样营造了一个女性乌托邦，作者创造了一个自称为"我"的女性叙述者，让这个"我"充当了沟通女性乌托邦与外在男性社会之间的桥梁。与《千年圣殿》不同的是，女性叙述者摒弃了男性叙述者的有色眼光，"不仅为这个女性社群说话，而且代表这个社群本身在说话"②，但是这个"我"必须身处在克兰福德镇中时才能成为可能。当叙述者进入克兰福德镇内部时，其话语的主语代词从"她们"变成了"我们"。朱伊特的《尖冷杉之邦》所营造的生存空间是一个相对封闭、与世隔绝的地方，叙述者"我"并不是站在一个旁观者的立场上来向读者介绍这个社会群落的生活，而是积极地融入其中，成为其中的一员。在叙事的过程中，叙述者常常采用一种集体的视点来进行观察，并讲述"我们"的集体行动与集体感知。在这两部小说中，为了避免被误认为是个人性的自我

---

① ［法］西蒙娜·德·波伏娃：《第二性》，陶铁柱译，中国书籍出版社 1998 年版，第 14—15 页。
② ［美］苏珊·S. 兰瑟：《虚构的权威：女性作家与叙述声音》，黄必康译，北京大学出版社 2002 年版，第 275 页。

叙事，叙述者对自己的生活经历避而不谈，把叙事的重心放到女性集体群落的生活描写上，集体型叙事由此而形成。

与之相比，在玛格丽特·奥多斯（M. Audoux）的《玛丽亚·克莱尔工厂》中，叙述者虽然也极力抵制自身故事的叙事声音，但是个人与集体之间的矛盾则始终在文中缠绕。这部小说所营造的不是相对隔绝的女性群落，而是一个在资本主义父权制包围下的女性社群。小说中的人物玛丽·克莱尔在个人性的恋爱结婚与集体性的工厂劳作这两种生活之间犹豫不决，叙述者的叙事也同样在个人型叙事与集体型叙事之间摇摆，最后克莱尔重新回到工厂，意味着对个人化叙事的拒绝。在这三部小说中，作者都试图运用第一人称"我"的叙事形式来讲述集体故事，而不是自我故事。在这里，作为叙述者的单数的"我"表达了一个集体的主体性，"这些'单数的'集体叙述者从同故事叙事的实践中离开，这一离开是微妙而重要的，因为当叙述者保持了'第一人称叙事'的句法时，他们的文本消除了以个人型声音为特征的个人性的标记，从而抗拒将叙述者等同于主人公。甚至，叙述者的身份变成了集体的"①。兰瑟将这种矛盾性的叙事形式称为"单数的集体型叙事声音"或者"集体型的'我'"。

朱伊特的《深港村》与莫里森的《最蓝的眼睛》中的叙述者是由"我"建构出来的"我们"。前者中的叙述者严格来讲是海伦，但是在叙事中海伦却企图将自己建构成一个复数的叙事声音，海伦在讲述她和凯特度假的那个夏季时，将二人的思想情感、欲望与恐惧当作单一的意识整体来加以讲述，以此来形成一种集体型的叙事声音。后者中的叙述者是克劳迪娅，她建构出了"我"和姐姐弗利达构成的"我们"，"我们"具有同样的经历、同样的记忆、同样的情感、同样的思想，"我们"被作为一个共同体来加以叙事。甚至，这个"我们"超出了两姐妹的范围，而暗示着所有受白人欺压的黑人女孩。

与这两部小说不同的是蔡斯所写的小说《波斯女王朝》。该小说中没有以"我"为代称的叙述者，贯穿全文的是"我们"叙述者。在小说中，作为一个共同体，由四个女孩构成的"我们"所具有的情感、思想，甚至连语言都被描绘成一个单一的整体。但是实际上，在不同的上下文语境

---

① Susan S. Lanser, *Fictions of Authority*: *Women Writers and Narrative Voice*, Ithaca: Cornell University Press, 1992, p. 241.

中，"我们"的所指对象经常会少了其中的部分成员。"我们"所指对象的变化并没有损害到"我们"的集体叙事声音，因为"我们"这一语词的连续使用掩盖了其语义上所具有的含混性和灵活性。相比较于前两部小说中由"我"建构出"我们"而言，《波斯女王朝》中的第一人称复数"我们"呈现出一个更为彻底的复数叙事声音。这些小说之所以可以打破波伏娃所说的女人从来不说"我们"这一规律，是因为这些小说中的"我们"是一些少女群体，她们还没有被迫散居在男性的周围。一旦成为成年女性，异性社会的文化传统将不会容忍女性聚居，这也是早期女性作家营构乌托邦式的女性社群之原因。

总之，从女性作家渴望表达集体声音到女性作家用单数"我"的声音来形成一个集体叙事身份，再到女性作家用复数的"我们"来进行集体意识的表达，她们克服了这种叙事形式所具有的非自然性，勇于僭越传统的叙事常规，在不断地探索中形成了第一人称复数"我们"叙事这一叙事策略。由此可见，第一人称复数"我们"叙事的形式是在历史发展中逐渐生成的。其中，以女性小说为例，女性意识的觉醒、对女性生存权利的争取、对父权制社会的抗争等因素是第一人称复数"我们"叙事形式得以生成的外在推动力；创新叙事形式来适应小说主题的表达是第一人称复数"我们"叙事得以产生的内动力。

二 第一人称复数"我们"叙事得以产生的政治因素

从上文中对女性小说中的第一人称复数"我们"叙事的生成史来看，第一人称复数"我们"叙事的产生与女性在社会生活中追求平等权利、抵制男性压迫等政治诉求有着紧密的联系。除了女性小说中的第一人称复数"我们"叙事与现实的政治诉求相关之外，我们可以发现，在寻求民族独立的殖民主义小说中，第一人称复数"我们"叙事形式的采用同样有着政治的原因。

阿尔马于1973年创作了小说《两千季》，加纳一年只有两季，即旱季和雨季，所以"两千季"指的是非洲过去一千年间的历史，即从阿拉伯人侵略以来的历史。小说表面上写的是阿诺人被迫离开古苏丹到处流徙的历程，实际上泛指的是饱受侵略和奴役的非洲人民的千年史，小说到处洋溢着泛非主义的精神。该小说被人称道之处很多，其中最显著的特征是采用了第一人称复数"我们"叙事的形式来书写非洲人的集体记忆。他采用这一形式的原因,在罗伦松看来是阿尔马所面临的文化背景,即"非洲的殖民历史、它的次民族的土著传说的丰富多样、习惯上用次等种族来定义非洲的外来语和一个发展中的文学文化"[1],这一文化背景促使他向口头说故事的民间说书人进行学习。在传统的口头说故事中,说书人和听众都知道,说书人所讲的故事只是过去那段故事中的一个版本,所以在讲故事时强调"我"并没有什么重要意义,只有"这个'我们'是当下的,这个'我们'包括了当下的说书人和听众,以及先前所有听过这个故事的说书人和听众"[2]。从这种民族传统观念中得到启发,阿尔马重新创造了"我们",并用"我们"来讲述他那史诗般的小说。这一叙事形式表明:非洲千余年间的被压迫史并不是一个个人经验,为了寻求民族的独立与解放而进行的民族斗争同样也不是一个个人性行为,叙述者不仅要对这一宏大的历史进行整体叙事,而且它还要参与其中,在这种情况下,唯有第一人称复数"我们"叙事能达到这一叙事效果。由此看来,阿尔马采用这一叙事形式实乃出于非洲反抗殖民统治、寻求民族独立的政治需要。

作家的创作经验显示了第一人称复数"我们"叙事与政治活动之间的紧密关系。关于这一点,第一人称复数"我们"叙事理论家们也多有论及。理查森在对西方文学史中的第一人称复数"我们"叙事小说进行历史梳理的过程中指出,第一人称复数"我们"叙事小说在主题方面具有类型化特征。他说,西方的一些小说家运用第一人称复数"我们"叙事的方式来表现各类群体如共产主义者、女性主义者、殖民与后殖民主义者的共享感觉,对于共产主义者、女性主义者和第三世界的知识分子而言,第一人称复数"我们"叙事作为一种表达集体意识的出色媒介,似乎成为他们"正在努力去推进的新的、更为公共的、更为平等的社会的一个征兆"[3]。第一人称复数"我们"叙事所表达的思想观念、所呈现出来的艺术世界成为他们对理想世界的种种可能性所作的一种展望和探索。

美国学者兰瑟也根据自身的阅读经验发现了这一写作规律,她指出:

---

[1] Lief Lorentzon, "Ayi Kwei Armah's Epic We-Narrator", *Critique: Studies in Contemporary Fiction*, Vol. 38, Issue. 3, Spring 1997, p. 231.

[2] Ibid., p. 229.

[3] Brian Richardson, "Plural Focalization, Singular Voices: Wandering Perspectives in 'We'-Narration", in Peter Hühn, Wolf Schmid and Jörg Schöner, eds. *Point of View, Perspective, and Focalization: Modeling Mediation in Narrative*, Berlin and New York: Walter de Gruyter, 2009, p. 151.

"与作者型声音和个人型声音不同,集体型叙事看来基本上是边缘群体或受压制的群体的叙述现象。我在白人和统治阶级男性作家写的小说中没有发现这种叙述模式。这也许是因为这里的'我'在某种程度上正在用某种带有霸权的'我们'的权威发话。"① 在笔者看来,这段话表达了两方面的含义:首先,它指明了第一人称复数"我们"叙事出现的社会特定群体,即第一人称复数"我们"叙事不会出现在居于社会上层地位或者统治地位的作家笔下,例如白人作家和统治阶级男性作家,因为他们采用我—叙事的时候已经具有足够的权威性;其次,它指明了第一人称复数"我们"叙事具有的政治性功能,即在西方小说中第一人称复数"我们"叙事是边缘群体或者弱势群体为了表达某一社会群体的集体意识而采用的一种叙事策略,目的是发出一种集体声音或者形成一种权威性的话语,进而使其与对立阶层或者更强大的社会群体所发出的声音相抗衡。简言之,第一人称复数"我们"叙事的方式与西方社会弱势群体或边缘群体的政治诉求有关,他们通过对其集体意识的表达来实现某种政治主张或理念。

第一人称复数"我们"叙事小说家的创作实践表明:出于女性生存权利的抗争、出于民族自由、独立的愿望,这些小说家选择了"我们"这一叙事人称来讲述故事、书写集体记忆,第一人称复数"我们"叙事的形式与某群体的政治诉求之间有着紧密的联系。第一人称复数"我们"叙事理论的研究者们也从第一人称复数"我们"叙事的作家身份与写作目的等方面论证了这一点。从这个意义上来讲,第一人称复数"我们"叙事的出现具有一定的政治性原因。但是,这并不是说,所有的第一人称复数"我们"叙事小说的写作都出于政治的原因,例如中国乡土小说中的第一人称复数"我们"叙事。虽然"我们"这一观念承继于20世纪三四十年代诗歌与文论、政论中的"我们",但是乡土小说中的第一人称复数"我们"叙事却与政治关涉不大,它更多地体现为一种创作观念的变化。因此,小说家究竟用不用第一人称复数"我们"叙事的形式进行小说写作,还要看小说家的个人选择。

三 第一人称复数"我们"叙事小说家的创新意识

纵观中西方小说史,我们可以发现:很多作家是不愿意循规蹈矩地去

---

① [美]苏珊·S. 兰瑟:《虚构的权威:女性作家与叙述声音》,黄必康译,北京大学出版社2002年版,第23页。

写小说的，他们总是试图打破写作的成规，寻找更加标新立异的、与众不同的写作技巧来使自己的小说不同于前人。西方后现代派小说家、中国新时期的先锋小说家的创作都体现了这种创作理念。基于这种理念，笔者认为，小说家持续不断的创新意识是第一人称复数"我们"叙事之所以会出现的内在动力。

在以往的小说写作中，小说家惯常使用的是第一人称叙事或者第三人称叙事，但是，"在二十世纪的小说中，当第一人称叙事变得日益反常且全知的第三人称叙事似乎日益不真实时，'我们'叙事作为一个主体间的修正出现了，不过它避免了全知"①。一些小说家意识到，运用第一人称"我"来写小说，固然可以深入人物内心、表达人物内心真实的生活体验，但是这个"我"往往并不是真实而可靠的。这种以自我为中心的叙事形式，常常会片面夸大"我"的重要性，作者的主体色彩严重影响到他对生活的描写，进而使小说叙事变得失去了客观性。20世纪初，苏联作家塞吉运用第一人称复数"我们"叙事的形式写作了小说《我们力量的诞生》。他在谈到小说写作中弃第一人称单数而选用第一人称复数的原因时指出："作为一个对自我的徒劳肯定，单词'我'对于我来讲是令人讨厌的，这个自我包含了很大程度上的幻觉和很大程度上的虚荣心或者不合理的骄傲。"② 这一观点被后来的第一人称复数"我们"叙事小说家所信奉并发扬光大。

实际上，中国学界也有相类似的看法。当代小说评论家严锋在评论王安忆的小说《文工团》时，曾经对新时期第一人称叙事小说家的恶习进行了批判。他指出："新时期是一个追求个性的时代，但是，追求个性在我们的作家那里往往演变成恶性膨胀的叙述主体。在新时期的文学中到处可见一个矫揉造作的叙事者，或洋洋得意，或顾影自怜，或故作冷漠，怎一个'我'字了得。"③ 这个恶性膨胀的叙事主体不能客观地去体察生活，从其变形了的"取景框"之下所反映出来的社会生活，如何还能具有真实的品性？所以，出于对小说真实性的追求，有些作家舍弃了第一人称"我"叙事。

---

① Brian Richardson, *Unnatural Voices*: *Extreme Narration in Modern and Contemporary Fiction*, Columbus: Ohio State University Press, 2006, p. 46.

② Ibid., p. 44.

③ 严锋：《简评》，载陈思和主编《逼近世纪末小说选》（卷五·1997），上海文艺出版社1998年版，第591页。

严锋在这里赞赏的作家正是王安忆。王安忆在《生活的形式》中指出:"小说这东西,难就难在它是现实生活的艺术,所以必须在现实中寻找它的审美性质,也就是寻找生活的形式。现在,我就找到了我们的村庄。"① 在这句话中,王安忆强调小说与现实生活之间的关系,强调现实生活对小说写作的制约性。对于王安忆来讲,要想写好小说就必须在现实生活中寻找养分。从她的相关论述来看,这句话的重点是"农村",她在多处谈到了农村所具有的审美价值、农村对她的创作具有的重大影响。她认为,"农村生活的方式,在我眼里日渐呈现出审美的性质,上升为形式。这取决于它是一种缓慢的,曲折的,委婉的生活,边界比较模糊,伸着一些触角,有着漫流的自由的形态"②;"农村的生活是感性的,更富有人性、更具有审美的性质,就这么简单,是农村影响了我的审美方式"③。

农村生活中所具有的美的特点影响了王安忆乡土小说的叙事节奏与审美情调。但是,对于小说评论家来讲,他们更加关心的是"村庄"的修饰语"我们"。陈思和、严锋、张新颖、季红真等人都曾经对王安忆小说中出现的第一人称复数"我们"叙事作了高度评价,认为这一叙事形式的使用不仅使其小说具有一种空间感、厚重感和时代感,还使其小说在文体探索上向前迈进了一步。而笔者更为关注的是,在王安忆的乡土小说中,第一人称复数"我们"叙事背后所体现出来的作者对农村的聚焦方式。

第一人称复数"我们"叙事的形式表明,叙述者是站在农村的内部来观察农村,这种观察视角使她笔下的农村异地风情具有丰盈感和真实感。不论王安忆是否意识到第一人称复数"我们"叙事所具有的这种独特审美效果,她始终都是中国当代文学史上比较多地采用第一人称复数"我们"叙事的形式来写作小说的作家。她对第一人称复数"我们"叙事形式的多番实践有利于第一人称复数"我们"叙事形式的成长与推广。

总体上来看,第一人称复数"我们"叙事作为一种非自然的、违背了传统叙事常规的创新性形式,其形成既与特定的社会历史语境有关,也与作家的个人追求有关。文学是表达作者政治理想、生活理想的一种手段和媒介,为了能够恰当地表达思想主旨,作者有意识地寻找、探索与之相

---

① 王安忆:《生活的形式》,《上海文学》1999年第5期。
② 同上。
③ 王安忆、王雪瑛:《王安忆注视文坛和乡村》,《作家》2000年第9期。

适应的叙事形式实属必然。因此，第一人称复数"我们"叙事虽然出现得很晚，且在小说中的运用也相对稀少，但其存在是必然的，且小说家对叙事人称之潜能的无尽探索为它的发展提供了源源不断的动力。

综上所述，本章主要论述的是第一人称复数"我们"叙事存在的合理性问题。马格林提出来的第一人称复数"我们"叙事之所以稀少的三大原因，是本章辩论的主要对象。虽然理查森和马库斯对这一问题也作了一些论证，但是笔者认为这一论证还不够充分。笔者认为，西方叙事学理论界之所以会对第一人称复数"我们"叙事存在认知上的误区，完全是由于传统理性主义哲学论的影响。俄国哲学家弗兰克早在20世纪30年代就对这一哲学传统进行了批判，他的哲学思想为我们论证了作为集体的"我们"具有存在的合理性。而20世纪80年代以来，西方哲学界所盛行的集体意向性哲学理论为我们解决了在集体中个人如何能够感知到别人的意识这一难题。小说界越来越多的第一人称复数"我们"叙事小说的出现，自动破除了马格林提出的第三个原因。小说中第一人称复数"我们"叙事这一技巧的出现既是小说家对叙事形式的革新，也是现实生活中集体生活体验对小说家提出的要求。由上述分析可以大胆推断，第一人称复数"我们"叙事作为一种新的叙事策略，虽然目前它还很稚嫩，但是在未来应该具有广阔的发展前景。

第四章

"我们"主体在中国百年
文学场域中的变迁

回顾中国文学近百年来的历史，我们可以发现："我"作为言说的主体是随着五四新文化运动中个人主义思想的传播而出场的，在诗歌、小说、评论性文章中处处皆可见"我"的身影。由于五四运动是将对个人的启蒙与对国家的救亡联系在一起的，所以当民族独立、国家救亡的政治运动高涨之时，个人就被裹挟到集体主义的运动中去了。在这一政治危难面前，"我们"作为言说的主体在诗歌当中大行其道，并一直延续到新中国成立之后。在新中国成立前夕，为了巩固即将建立的无产阶级新政权、在文化领域掌握领导权并统一思想，左翼文艺工作者以《大众文艺丛刊》为阵地，以"我们"为言说的主体开展了一场文学批判，此举对20世纪40年代之后的知识分子产生了重要影响。这一股风气到20世纪80年代以后引起理论家们的反思和批评。在小说界，20世纪30年代展开的是对第一人称叙事小说的批判，转而倾向于第三人称叙事。"我们"作为小说叙述者，虽然在沈从文的《三个男人和一个女人》（1930年）中已经出现，但这种叙事主体非常少见，一直到20世纪90年代之后，才开始在我国小说中渐渐多了起来。

第一节 诗歌领域抒情主体的变迁

一 五四诗歌：自我意识的觉醒与"我"的出场

旅美著名学者叶维廉在《语言的策略与历史的关系》一文中曾经对中国古典诗歌与白话诗歌进行了比较，并指出："文言里，景物自现，在我们眼前演出，清澈、玲珑、活跃、简洁，合乎天趣，合乎自然。白话的写法，戏剧演出没有了，景物的客观性受到侵扰，因为多了个诗人在指点说明。"① 五四时期的白话诗之所以会出现这一特点，是由于白话诗的写作遵循了现代语法形式，抽象的语义逻辑取代了古典诗歌中的情感性形象，景物自现的诗的世界转而处于一种由抒情者发出的解释、说明或者演绎的状态中。由此，白话诗打破了中国古典诗歌"无我"的状态，言说主体——"我"的出场意味着个人化的生命体验占据了诗歌的主场。

在五四时期的新诗中，最富有代表性的三部诗集，分别是初期白话诗代表人物胡适的《尝试集》（1920年出版）、自由诗代表人物郭沫若的《女神》（1921年出版）和新月派代表人物徐志摩的《志摩的诗》（1925年出版）。在这些诗作中，以"我"为抒情者进行写作的诗歌比比皆是。

在胡适的"《尝试集》成熟期的34首诗篇中，抒情者以'我'或'我们'的面目直接出来组织艺术世界的竟有26首之多。其他8首作品的抒情者，则是以'他'（'第三人称'）的面貌出现的"②。在《老鸦》中，"我"化身为清晨站在人家屋角上哑哑地啼的老鸦，以第一人称的口吻倾诉了老鸦的不幸遭遇，并借此来表达诗人的情感与志向。在《希望》中，"我"从山中带回兰花草时的那种情之所钟、一日三顾地殷切期盼着兰花草开花、抱盆回暖房时对兰花草来年盛开的美好祝愿等情感跃然纸上，在情感的跌宕起伏之间体现了诗人独特的人生体验。

在诗集《女神》中，抒情者的人称较为复杂。在《女神之再生》《凤凰涅槃》《心灯》《炉中煤》《地球，我的母亲》《登临》《观海》《巨炮之教训》等诗作中，"我""你""我们""你们""他们"等诸种人称间或出场，在这种充满了戏剧性与对话性的诗歌中呈现出郭沫若蓬勃的生命热情与强劲的力量。在全篇皆以第一人称"我"的口吻进行抒情的诗歌《天狗》中，"我"化身为天狗，吞了日月、宇宙，"我"变成了日月之光、宇宙能量，"我"以一种奔雷闪电般的气势摧毁一切、在剥皮食肉的痛苦中迎来新生。这就是"我"呀，体现着那个时代极度张狂的个性，爆发出五四时期破旧迎新的时代最强音。

在《志摩的诗》所收录的55首诗歌中，诗人以第二人称的口吻进行

---

① 叶维廉：《语言的策略与历史的关系》（节选），《诗探索》1982年第1期。
② 康林：《〈尝试集〉的艺术史价值》，《文学评论》1990年第4期。

写作的诗作有《地中海》《无题》《东山小曲》《青年曲》四篇，以第三人称"她"的口吻写作的诗歌有《婴儿》《她是睡着了》《雷峰塔》三篇，抒情者以"我"的面貌出场的诗作多达 34 篇。在《雪花的快乐》这首诗中，"我"化作雪花，在半空中翩翩潇洒，在飞扬、飞扬、飞扬中体会着自由与欢快，在轻盈地沾住她的衣襟、消融在她柔波似的心胸时体会爱情的甜蜜与美好。在这首纯诗中，诗人将他所追求的爱、自由和美融合在一起，以一种轻快的、明朗的节奏书写出诗人的一种理想化的生存状态。这份发自内心的真挚情感体现了诗人独有的内在性情，体现着一种自然的生命之力，散发着一种徐志摩诗歌所独有的艺术魅力。

这些诗歌中"我"的大量出现，不是一种写作技巧上的偶然，而是历史发展的必然。李大钊曾经说过："由来新文明之诞生，必有新文艺为之先声，而新文艺之勃兴，必尤赖有一二哲人，犯当世之不韪，发挥其理想，振其自我之权威，为自我觉醒之绝叫，而后当时有众之沉梦，赖以惊破。"① 当时由陈独秀、李大钊、胡适等人所倡导的个人主义思想把中国人从几千年来业已根深蒂固的三纲五常、家族本位、三从四德等封建文化中解脱出来。正如郁达夫所言："五四运动的最大成功，第一要算'个人'的发见。从前的人，是为君而存在，为道而存在，为父母而存在的，现在的人才晓得为自我而存在了。"② 这些思想的启蒙者同时也是新文学运动的主将，他们在文学革命的主阵地——《新青年》上执笔撰文，钱玄同、周作人、鲁迅等人也将这种新思想渗透到他们的文学作品中，写出了大量的揭露封建制度的黑暗、批判封建文化思想、追求个人的爱情与婚姻自由的文学作品，以文学这种艺术样式来潜移默化地改造个人，进而改造社会。

在这样一种文化背景下，五四新文化运动中对个人主义思想的高举与诗歌中抒情主体"我"的出场就变得尤为相得益彰。需要注意的是，五四新文化运动不仅担负着思想启蒙的责任，还担负着国家救亡的重担，因此陈独秀、李大钊等人在俄国十月革命胜利之后开始向国内大力介绍马克思主义、俄国革命与社会主义等，这些思想为解决当时中国所面临的人民解放、民族振兴等问题提供了一种思路，个人解放融入了民族解放、人类

---

① 李大钊：《李大钊文集》（上），人民出版社 1984 年版，第 180 页。
② 郁达夫编选：《中国新文学大系·散文二集》，上海良友图书印刷公司 1935 年版，导言第 5 页。

解放中，故而"这一集体意识、阶级意识的觉醒，与由经受革命高潮和革命的挫折所激发的革命文学者的革命热情相结合，促进了处于五四后革命时代主潮的革命文学者文学意识的变化和革命文学主张的提出，新文学运动出现了由文学革命向革命文学转变的潮流，新文学的创作也显现出由揭示人的灵魂、表现个性主义，向反映时代精神、宣扬集体主义意识，由个性解放向阶级解放、民族解放的群体解放的主题转换"[①]。当时中国思想革命和政治革命形势的变化，在诗歌作品中的一个显著体现，就是抒情主体由"我"转向了"我们"。

二 20世纪三四十年代左翼诗歌："我们"是集体主义的歌者

20世纪20年代末至30年代初，由太阳社、后期创造社和中国诗歌会等左翼诗人所创作的左翼诗歌就体现了这一特征，即抒情主体从"我"到"我们"的变更与交替。殷夫与穆木天的诗歌创作很明显地体现了这一点。

殷夫的早期诗歌《给——》《心》《归来》《写给一位姑娘》《别了，哥哥》中，其抒情主体是以"我"的面貌出现的，体现的是诗人的一种私人化情感。虽然在《我们初次见面》中出现了"我们"，但这个"我们"很明显是下文中"我"和"你"的总和。而他后期的诗歌中，抒情主体则变成了"我们"这个不可分离的集体性人称代词，在《五一歌》《我们是青年的布尔什维克》《我们的诗》中，"我们"是一个保持高度一致的群体，表达的是一种集体情感与集体意识。初期象征派诗人穆木天也具有相似的特征。他早年追求"纯诗"的创作旨趣，认为诗歌是诗人内在心灵的折射，所以应该以暗示的方式来传达个人内心深处的隐秘。在早期诗作《黄浦江舟中》《落花》《我愿……》中，诗人以"我"作为抒情主体，利用意象来暗示心灵深处缥缈恍惚的情绪。20世纪30年代后，穆木天受到左翼思潮的影响，他在诗歌会的会刊《新诗歌》上执笔写了发刊诗《我们要唱新的诗歌》。这篇宣言可被视作左联的文艺创作大众化路线在诗歌方面的体现，他在此处采用了"我们"的口吻，表达了中国诗歌会共同的创作主张：抓住现实与提倡"大众歌调"。他们二人诗歌中抒情主体呈现出从"我"到"我们"转变的发展轨迹，这一变化实际上

---

① 刘中树：《"五四精神"与中国新文学》，《社会科学辑刊》2008年第2期。

体现了两种不同的创作理念以及与之相对应的话语形式，展示了"新诗中两种诗学观念和话语形态的冲突，即个体话语和集体话语的冲突"①。

这一冲突的背后，暗藏着特定时代及其时代精神的差异。正如钱理群在《1948：天地玄黄》中指出："'五四'时期是一个高扬'我'的时代，'我'作为抹杀个体的封建伦理的历史对立物，具有强大的吸引力……但几乎在同时，就开始了对'我'（与之相联系的个性主义思潮）的怀疑，处在绝望中的自我开始四处寻找新的力量源泉。于是，当20年代末诗人殷夫高唱'我融入一个声音的洪流，我们是伟大的一个心灵'时，他传达的是一个新的时代的信息。'我们'代表的不仅是一种集体的、多数的力量，更是真理、信仰，具有道德的崇高性。"②

在左联诗歌创作主张的影响下，20世纪30年代出现了大量以"我们"为抒情主体的诗歌。例如，蒲风的《农夫阿三》、王亚平的《塘沽盐歌》、洪绍秉的《遥远的太阳和星星》中都选择"我们"作为抒情主体。"我们"是贫穷的无产者，备受压迫和剥削，所以"我们"要团结起来，控诉和揭露这个不公道的社会，通过集体斗争的形式实现"我们"对自由、平等的追求。柳倩的《救亡歌》、蒲风的《六月流火》、温流的《青纱帐》中同样选择"我们"作为抒情主体，在这些诗作中的"我们"正处在国难当头、民族危亡之际，"我们"视保家卫国、驱逐敌寇为己任，倚仗着正义和勇敢对敌人发起进攻，谱写了一曲曲热血高亢的救亡篇章。

在这些作品中，作为抒情主体的"我们"在不同的历史时期所指涉的对象不同，以不同的"我们"发出了集体的、时代的、民族的呼声，进而在当时的社会中发挥了巨大的战斗作用，召唤一批又一批的群众投入民族的、阶级的斗争洪流中。左翼诗人所采用的这种以"我们"来取代"我"进行抒情的做法，明显将诗人的独特个性淡化甚至泯灭，五四时期所弘扬的独特个性被合并到集体的强音中，所以在这类型诗歌中，"作为诗歌的'主体'的，却并非诗人自己，而是奉行战斗集体主义的群体（革命队伍及领导者革命政党）"③。由此可见，诗歌中抒情主体从个人主义的"小我"转变为集体主义的"大我"体现的是无产阶级文学的一种

---

① 张桃洲：《现代汉语的诗性空间——新诗话语研究》，北京大学出版社2005年版，第77页。
② 钱理群：《1948：天地玄黄》，山东教育出版社1998年版，第29页。
③ 钱理群、温儒敏、吴福辉：《中国现代文学三十年》，北京大学出版社1998年版，第273页。

特质。蒋光慈为这类诗人下了这样一个贴切的判断,即"他们都是集体主义者,在他们的作品里,我们只看见'我们'而很少看见这个'我'来。他们是集体主义的歌者"①。

"我们"抒情主体在20世纪40年代盛大的诗歌运动——朗诵诗中得到了充分的展现。1937年卢沟桥事变以后,随着京津失陷、沪宁沦落,地处中枢的武汉一度成为当时的文化中心。以穆木天、高兰、蒋锡金为首的东北流亡作家群成立了"时调社",积极开展诗歌朗诵活动。1937年从日本回国的柯仲平途经武汉,参加了当地的朗诵会并将这一活动之风带到延安,在当地掀起了运动的高潮。1943年,闻一多在西南联大的课堂上朗诵田间的诗,并号召学生成立了"新诗社"。在闻一多、朱自清、李广田等人的带领下,诗朗诵成为当时昆明的一大文化盛景。

在这一段历史时期,此起彼伏的朗诵诗运动成为一场声势浩大的诗歌运动。朱自清指出,这场运动最鲜明的特色就是"政治性"和"群众性"。朗诵诗运动随着抗日战争的全面爆发应运而生,诗人们创作诗歌是为抗战作动员,在公开场合向群众朗诵就是为了激起群众的爱国之情以及对敌人的仇恨之感,并激励群众行动起来,投身到革命的洪流中,所以"政治性"与"群众性"是紧密结合在一起的。

为了更好地接近民众,并与之产生情感上的共鸣,很多诗人在写作的时候选取"我们"作为抒情主体。例如,在武汉、重庆获得"朗诵诗人"之美誉的高兰,他在《是时候了,我的同胞!》《起来吧!中华民族的儿女》《十年》《我们的祭礼》等多部诗歌中用"我们"作为抒情主体来抒发为祖国战斗的壮烈情怀以及祖国遭受不幸时的悲痛心情;延安朗诵诗运动的代表人物田间在其代表作《假使我们不去打仗》《假使敌人来进攻边区》等诗歌中同样采用了"我们"抒情者,这些诗作以一种短小精悍的诗歌形式表达了一种强劲的斗争精神;昆明朗诵诗的代表人物何达也有多首"我们"抒情的诗作,例如《我们的心》《我们开会》《我们不是诗人》《我们的话》等。

朱自清先生曾经对朗诵诗中出现的抒情主体"我们"作过深入分析。他在分析何达的朗诵诗时赞同何达提出的观点,即新诗的特点就应该是

---

① 蒋光慈:《蒋光慈文集》(第四卷),上海文艺出版社1988年版,第124页。

"发展这个'我们'而扬弃那个'我'"①，并指出，"传统诗的中心是'我'，朗诵诗没有'我'，有'我们'，没有中心，有集团"②。传统诗与朗诵诗的差别不仅体现在抒情人称"我"与"我们"的不同上，还体现出"我"的语言与"我们"的语言之间的差别上。朱自清指出："传统的诗人要创造自己的语言，用奇幻的联想创造比喻或形象，用复杂而曲折的组织传达情意……现在的诗的语言第一是要回到朴素，回到自然。这却并不是回到传统的民间形式，那往往是落后的贫乏而浮夸的语言。这只是回到自己口头的语言，自己的集团里的说话。"③ 为了能够在集会中更好地从政治上教育广大群众，写作者要用广大群众所能接受、所乐于接受的形式去抒发诗人与群众一致的生活感受，因此"写作者虽然是个人，可是他的出发点是群众，他只是群众的代言人"④。在集会中、在听众的紧张氛围中成长起来的朗诵诗"沉着痛快地说出大家要说的话，听的是有话要说的一群人"⑤，当"我们……"的言说形式在紧张的集会氛围中响起时，说者与听者在对话过程中形成了一种身份认同与情感共鸣，并产生了一种政治宣传、鼓励革命、实施行动的效果，群众在听诗的过程中得到教育，而朗诵诗在群众的听觉中实现了它的价值。

从上述分析可以看出：朗诵诗中抒情人称"我们"的出现暗示着在民族革命浪潮中诗人的政治立场以及身份认同。在这样一个到处弥漫着战火、革命洪流席卷全国的政治背景下，诗人发自内心的政治使命感与责任感使他们不仅投身于"我们"这样一个社会共同体中，而且还化身为一个召唤者将更多的听者、读者吸纳到"我们"中来，以共同的苦难与共同的承担来熔铸集体主义的"大我"。

三 新中国成立后政治抒情诗："我"是"我们"的代言者

20世纪40年代，中国新诗出现了多种艺术流向，形成多种诗歌流派，例如以艾青为代表的"七月派"诗人、以"写实""大众化"为特征的朗诵诗与街头诗、具有"现代主义"倾向的"九叶派"诗人等。这

---

① 朱自清：《今天的诗——介绍何达的诗集〈我们开会〉》，载《朱自清序跋书评集》，生活·读书·新知三联书店1983年版，第289页。
② 同上。
③ 同上书，第292页。
④ 朱自清：《论朗诵诗》，载《论雅俗共赏》，北京出版社2005年版，第52页。
⑤ 同上书，第51页。

些诗人的诗歌创作从表达时代声音、抒发现代人的生存体验等方面开拓出更大的诗歌表现空间，推动诗歌进入新诗的成熟季节。这时，新中国成立这一重大的政治事件，深刻影响了当代诗歌的发展，新诗的历史价值被重新评估与定位。20世纪40年代诗歌的多种路向发展被统一在新型的"人民文艺"这一诗歌的当代想象之下。

面对当代诗歌发展的新规范，在过去的诗歌创作中已经形成艺术风格的"老诗人们"对之作出了不同的应对，在自己的诗歌追求与政治要求的矛盾之间进行不同程度的调整。例如"努力更新自己，调适与当代写作要求和审美规范的矛盾；意识到矛盾的难以协调，逐渐停止新诗创作；在适应中对原先的艺术信念有所坚持，因而受到批评指责"①。

正当这些"老诗人们"在这一矛盾困境中挣扎前行时，作为政治与文学的特殊关系的产物，政治抒情诗在贺敬之等人的手中应运而生了。诗人们满怀热情地关注当时的社会运动、政治事件，以诗歌的形式表现宏大的政治主题。在社会政治局势与个人政治热情的双重作用下，写作者不顾业已显露的诗歌艺术与政治观念之间的矛盾与冲突，而坚持认为"按照诗的规律来写和按照人民利益来写相一致。诗人的'自我'跟阶级、跟人民的'大我'相结合"②，所以在"政治抒情诗中，'诗人'会以'阶级'（或'人民'）的代言者的身份出现，来表达对当代重要政治事件、社会思潮的评说和情感反应。这种评述和反应，一般来说不可能出现多种视角和声音，因为其精神上的'资源'，来自当时对现实历史所作的统一叙述"③。由于感性个体生命已经完全融入了人民这个整体中，所以诗人对政治生活所产生的情感就不再仅属于某个个人，而是"我们"所共有的。这可能就是一些政治抒情诗采用"我们"作为抒情主体的由来。何其芳的《我们最伟大的节日》、邵燕祥的《我们爱我们的土地》、冯至的《我们的感谢》、贺敬之的《放声歌唱》、郭小川的《致青年公民》等诗都采用了这一抒情主体。

不过，在处理诗人的"小我"与人民这个"大我/我们"之间的关系时，不同的诗人有不同的表现。以时代的鼓手、当代政治抒情诗的典范贺

---

① 洪子诚、刘登翰：《中国当代新诗史》，北京出版社2005年版，第30页。
② 贺敬之：《战士的心永远跳动——〈郭小川诗选〉英文本序》，载郭小川《郭小川诗选》（续集），河北人民出版社1980年版，第3页。
③ 洪子诚：《中国当代文学史》，北京大学出版社1999年版，第75页。

敬之和郭小川为例，贺敬之在《放声歌唱》中写道："呵，我/永远属于/'我们'：/这伟大的/革命集体！"①"我"就像一滴水融入大海那样融入"我们"这个集体，在个人与"我们"之间不存在裂痕或者冲突，有限的个体生命"我"已经本质化了，于是"'我'凌驾于万事万物之上，'我'是人民，是党，是集体，是'我们'。'我'在这些角色与价值的定位时获得力量与表达的激情，这个'我'也在一种归依感中获得存在的意义。因此，'我'可以作为'我们'的喉声而放声歌唱，'我'的歌因此而具有普遍性"②。

而郭小川在《致青年公民》组诗中曾用了第一人称"我"的形式来抒情，此举被批评为是要"突出自己"。为此，郭小川曾辩解称："我所用的'我'，只不过是一个代名词，类如小说中的第一人称，实在不是真的我，诗中所表述的、关于'我'的经历、'我'的思想和情绪，也决不完全是我自己的。"③诗中所采用的"我号召……"的句式也遭到批评。20世纪60年代，据华中师范学院中国文学系编写的《中国当代文学史稿》显示：有人认为，在"我要号召你们/凭着一个普通的战士的良心：/以百倍的/勇气和毅力/向困难进军"④的诗句中，郭小川用"我"代替了阶级和集体，用抽象的"良心"代替了无产阶级的党性。他笔下的"我"凌驾于阶级集体之上。这种不应该出现的批评与指责，源自一种对个人情感与人民情感之关系的错误理解上，即"'抒人民之情'的口号，作为社会主义诗歌的一个创作原则，这个口号对于促使诗人深入生活和接近群众，引导诗人扩大生活视野和提高思想境界，鼓励诗人以自己的创作反映人民群众的思想、感情、利益和愿望，都起过良好的作用……在'左'倾思潮的影响下，有些人更是把在诗歌创作中抒人民之情和表现诗人的个人感情当作是互相排斥的绝对对立的关系"⑤。在这种风气的影响下，郭小川20世纪50年代末所创作的《一个和八个》《望星空》等诗歌受到了激烈的非议，诗人不去书写"现成的流行的政治语言的翻版，而

---

① 贺敬之：《贺敬之诗选》，山东人民出版社1979年版，第291页。
② 高秀芹：《从〈放声歌唱〉看政治抒情诗的程式化意义》，《艺术广角》1998年第3期。
③ 郭小川：《致青年公民》，作家出版社1957年版，第129—130页。
④ 同上书，第59页。
⑤ 吴欢章：《新时代歌手——论贺敬之、郭小川、闻捷的诗》，宁夏人民出版社1987年版，第10—11页。

应当是作者的创见"①。这一诗歌探索不得不中止了。

四 20世纪60年代地下诗歌及之后的诗歌："我"的复归

20世纪60年代，由于"文化大革命"的爆发，各类文艺期刊相继停刊，除了少数公开发表的诗歌之外，地下诗歌以私人性的方式在小范围内传播着。这是一种处于秘密、半秘密状态中的"异端"性诗歌，它们以小圈子传看、传抄的方式进行阅读和传播。这类诗歌的写作者们虽然身处"黑暗"当中，但他们秉持独立思考和反抗精神，采用诗歌这种"表达具有'异端'性质的情感和艺术经验的较合适的样式"②来劈开"黑暗"，照亮人心。当时影响最大的诗人食指在《这是四点零八分的北京》这首离别诗中，抒发了"我"在离开北京的一刹那间内心闪动的困惑、眷恋、痛苦与恐惧。这一独特的个人化声音体现出诗人远离政治、回归内心之后的一种独立思考。

20世纪60年代中后期，诗坛值得注意的是以黄翔、路茫、哑默等为代表的贵州诗人群，这是"一批最先通过具有'非法'色彩的阅读与思考而获得了某种怀疑精神的青年人"③，他们在那个时代，开始独立思考，用诗歌来表达自我的独立意志。黄翔的诗歌《独唱》《野兽》《我看见一场战争》《长城的自白》等均采用了第一人称"我"作为抒情者，他以一种倔强的、批判的、内省的"我"的姿态对那个时代发出呐喊。20世纪70年代后出现的"白洋淀诗歌群落"以多多、芒克、根子等为代表，"他们以自己的诗歌写作据守了这个时代理性精神的高度，展示了……他们对人生对世界的自由理解和独立思考"④。芒克在《云》《垦荒者》《土地》《黄昏》等诗中化身为自然之子，将他看到的、感受到的、想象到的自然世界写进诗里，真实的"我"所感受到的真实世界与那个狂躁的时代形成明显的对照，个体的"我"从那个时代的"大我"或者"我们"中脱身出来，重新回到独立的个体——"我"。

1978年在北京创办的《今天》杂志是当时诗人发表其诗作的主要阵

---

① 郭小川：《〈月下集〉权当序言》，载《郭小川全集5》，广西师范大学出版社2000年版，第395页。

② 洪子诚：《中国当代文学史》，北京大学出版社1999年版，第211页。

③ 张清华：《黑夜深处的火光：六七十年代地下诗歌的启蒙主题》，《当代作家评论》2000年第3期。

④ 同上。

地。作为一份中国当代最早出现的诗歌"民刊",《今天》出现在青年人的心灵正在发生危机的时刻,诗人北岛、芒克、食指、舒婷、江河、杨炼等人所写的诗歌"发出最早的光芒。这光芒帮助了陷入短暂激情真空的青年迅速形成一种新的激情压力方式和反应方式,它包括对'自我'的召唤、反抗与创造、超级浪漫理想及新英雄幻觉"①。

1979—1980年,各类诗刊上开始大量发表《今天》诗人的诗作,这些作品开始在诗坛上引起诗人、诗论家的关注,并引发了关于"新诗潮"的激烈争论。老牌诗人艾青对"朦胧诗"的批判恰恰指出了"朦胧诗"对"自我"的回归,他说:朦胧诗的"理论的核心,就是以'我'作为创作的中心,每个人手拿一面镜子只照自己"②,并"排除了表现'自我'以外的东西,把'我'扩大到了遮掩整个世界"③。虽然囿于时代的局限,这些批评的声音言辞激烈,但"朦胧诗"在写作上对"个体"精神价值的强调却已经成为共识。

1983年之后,随着"朦胧诗"新锐势头的减退,对"纯文学""纯诗"的想象构成了文学界进行文学创新的集中着力点。在诗歌界就表现为"'回到'诗歌'自身','回到'语言,回到个体的'生命意识',这些意义含混的口号"④ 上,体现在"他们文学社""非非主义""莽汉主义"等"第三代诗"的诗歌创作理念中。由韩东、于坚等人创办的"他们文学社"所关心的是"作为个人深入到这个世界中去的感受、体会和经验"⑤,诞生于上海的"海上诗群"的诗"更趋于个体生命与生存环境所发生的冲撞和矛盾"⑥。"第三代诗人"将对个体生命的关注与个体经验的表达作为诗歌写作的核心内容,独立的抒情者"我"再次回到诗坛,并占据主场,抒情主体"我们"甚少出现。固然在韩东的《有关大雁塔》、于坚的《尚义街六号》中出现了抒情主体"我们",但是这个"我们"并不是集体主义式的代言人,而是在口语化表述的过程中体现为一个游离于大多数群众之外的小众群体。

---

① 柏桦:《左连——毛泽东时代的抒情诗人》,转引自洪子诚、刘登翰《中国当代新诗史》,北京大学出版社2005年版,第176页。
② 艾青:《从朦胧诗谈起》,《文汇报》(上海)1981年5月12日第3版。
③ 同上。
④ 洪子诚、刘登翰:《中国当代新诗史》,北京大学出版社2005年版,第209页。
⑤ 同上书,第217页。
⑥ 洪子诚:《中国当代文学史》,北京大学出版社1999年版,第306页。

从上述对中国现当代诗歌史的简要回溯中可以看出：抒情主体"我"是伴随着五四时期个人意识的觉醒而在白话诗中出场的，由于中国民族革命的形势发展，抒情主体"我们"开始大量出现，个体的"我"或自愿或被迫逐渐向政治共同体"我们"靠拢，到20世纪五六十年代的政治抒情诗中实现了个人与政治统一体"我们"的融合。当"我们"共同体的神话破灭之后，诗歌率先表达了个体的独特感受与个性情感，并将个体的生命体验作为诗歌写作的出发点，从此以后抒情主体"我"再一次成为诗歌的"主人公"。

第二节 文学评论中言说主体的变迁

在中国文学蓬勃发展的同时，作家、评论家对文学的热情关注催生了同样繁荣的文学评论。在这些评论性文章中，我们同样可以发现言说者"我"与"我们"的踪迹，它们在不同的历史时期或者独占鳌头，或者同时出现，显示出复杂的内在关系。在言说主体"我"与"我们"的复杂关系背后，隐含着评论家在特定社会背景下个体意志与寻求社会认同之间的矛盾纠葛。

一 "我"在立说

五四时期的中国正处于新旧更迭的年代，面对百年贫弱、备受欺凌的祖国，先进的知识分子在西方思想的启发下，开始反思中国封建文化的弊端，从思想文化上来启蒙大众、教育青年。陈独秀在《青年杂志》的发刊词——《敬告青年》中将"我"与听命于他人的奴隶相对比，赋予了个人以独立、自主的人格精神。他在《一九一六年》中对儒家三纲之说的批判也源自这种思想。他说："君为臣纲，则民于君为附属品，而无独立自主之人格矣；父为子纲，则子于父为附属品，而无独立自主之人格矣；夫为妻纲，则妻于夫为附属品，而无独立自主之人格矣。"[1] 1916年的新青年们应该打破封建三纲五常对人的束缚，具备"尊重个人独立自主之人格，勿为他人之附属品"[2]的精神品格。高一涵在《共和国家与青年之自觉》一文中也指出："人之所以为人，即恃此自主、自用之资格。

---

[1] 陈独秀：《一九一六年》，《青年杂志》1916年1月15日第1卷第5号。
[2] 同上。

惟具有此资格也,故能发表独立之意见。"① 他不仅阐述了自主独立的精神对个体而言所具有的重要性,而且还谈到个体精神对社会发展的重要性。他指出,西方社会的发展就源自于对个体的尊重,个人得以发挥自己之才;而"吾国数千年文明停滞之大原因,即在此小己主义(注:个人主义的另一种译法)之不发达一点"②。鲁迅也曾在《我们现在怎样做父亲》一文中指出,应该交给子女以自立的能力,使之成为一个独立的人。新文化运动的先驱们正是在对"个人"的发现与解放的过程中产生出了"自我"的概念,并在新文学运动中从理论批评的层面对文学实践提出了诸多独立之意见。

有些文章,虽然其思想内容是作者独立的真知灼见,但是在行文中为了秉持客观的态度,写作者采用了第三人称的口吻;也有些文章突出了"我"的言说地位。比如在白话文运动中,胡适以《文学改良刍议》一文激发了文学革命的兴起。他说:"吾以为今日而言文学改良,须从八事入手。八事者何?一曰,须言之有物。二曰,不摹仿古人。三曰,须讲求文法。四曰,不作无病之呻吟。五曰,务去烂调套语。六曰,不用典。七曰,不讲对仗。八曰,不避俗字俗语。"③ 胡适所说的这"八事"中既包括新文学的内容方面,也包括新文学的形式方面,这些观点"代表他对传统中国文学某些主流趋势的个人反应"④。姑且不论这八项主张是否能完全将新文学与旧文学割裂开来,仅从"吾以为"这个开篇语就可以显示出那个时代个体精神独立、自主的时代风貌。

沈雁冰也曾对新文学与旧文学作了切割。他在《自然主义与中国现代小说》一文中指出:"旧派把文学看作消遣品,看作游戏之事,看作载道之器,或竟看作牟利的商品,新派以为文学是表现人生的,诉通人与人间的情感,扩大人们的同情的。凡抱了这种严正的观念而作出来的小说,我以为无论好歹,总比那些以游戏消闲为目的的作品要正派得多。"⑤ 沈

---

① 高一涵:《共和国家与青年之自觉(一)》,《青年杂志》1915年9月15日第1卷第1号。
② 高一涵:《共和国家与青年之自觉(二)》,《青年杂志》1915年10月15日第1卷第2号。
③ 胡适:《文学改良刍议》,载严家炎编《二十世纪中国小说理论资料(第二卷)1917—1927》,北京大学出版社1997年版,第18页。
④ 李欧梵:《中国现代作家的浪漫一代》,王宏志等译,新星出版社2005年版,第260页。
⑤ 沈雁冰:《自然主义与中国现代小说》,载严家炎编《二十世纪中国小说理论资料(第二卷)1917—1927》,北京大学出版社1997年版,第233页。

雁冰对新文学性质的把握超出了旧派文学观的范围，使新文学摆脱了"载道"说、"闲书"等观念的桎梏，并且在这一比较中抬高了新文学的文学地位。上述观点从表述形式上来看，用"我"这一人称代词突出了言说主体的独立自主性；从表述内容上来看，这些新观点颠覆了中国传统的小说旧观念，为新小说的发展提供了崭新的思想资源，显示出言说主体"我"之意见的独立自主性。总而言之，是"我"在立说。

"我"不仅在文学理论界展现出不俗的风貌，在文学批评界也崭露头角。严家炎指出："五四时期的小说批评，也颇为可观。如陈独秀、凤兮、沈雁冰、张定璜、天用之评论鲁迅小说，周作人之评论《沉沦》，郑伯奇之评论郁达夫《寒灰集》，化鲁（胡愈之）之评论叶绍钧《隔膜》，成仿吾之评论郭沫若《残春》，陈炜谟之评论爱仑·坡的小说，无论在思想或艺术上，都能发人之所未发，提出若干中肯可贵的见解。"[①] 从上述引文中提到的鲁迅小说的相关评论文章来看，在《关于鲁迅小说的四封信》中，陈独秀用"鲁迅兄做的小说，我实在五体投地的佩服"[②] 这句话展示出"我"的情感态度。在《我国现在之创作小说》中，凤兮用"凤兮所见不广，仅以所嗜而论之，鲁迅先生《狂人日记》一篇，描写中国礼教好行其吃人之德，发千载之覆，洗生民之冤，此篇殆真为志意之创作小说……"[③] 这段话反映出"我"所认为的《狂人日记》的主题内容。在《评四、五、六月的创作》中，郎损（沈雁冰）用"我觉得这篇《故乡》的中心思想是悲哀那人与人之间的不了解、隔膜。造成这不了解的原因是历史遗传的阶级观念……"[④] 这段话反映出"我"对《故乡》中心思想的感性认识以及关于原因的理性探究。在《鲁迅先生》一文中，张定璜用"我不敢说鲁迅先生的讽刺全是美的，我敢说他大都是美的。他知道怎样去用适当的文字传递适当的情思，不冗长，不散漫，不过

[①] 严家炎编：《二十世纪中国小说理论资料（第二卷）1917—1927》，北京大学出版社1997年版，前言第15页。

[②] 陈独秀：《关于鲁迅小说的四封信》，载严家炎编《二十世纪中国小说理论资料（第二卷）1917—1927》，北京大学出版社1997年版，第97页。

[③] 凤兮：《我国现在之创作小说》（节录），载严家炎编《二十世纪中国小说理论资料（第二卷）1917—1927》，北京大学出版社1997年版，第102页。

[④] 郎损：《评四、五、六月的创作》（节录），载严家炎编《二十世纪中国小说理论资料（第二卷）1917—1927》，北京大学出版社1997年版，第194页。

火……"① 这句话反映出"我"对鲁迅讽刺艺术的评价。在《彷徨》中，从予用"我以为在《彷徨》中，只《孤独者》与《伤逝》两篇，能使人阅后，有深刻的反省，这也许因为是理想主义的成分较多，并且书中的主人翁是用第一人称的缘故罢"② 这句话反映出"我"对《孤独者》与《伤逝》这两部作品发人深省之原因的理性探讨。上述例证表明，"我"在这一时期的文学评论中既表现出了主体的情感体验与理性评价，也体现出主体的感性认识与理性探究，"我"以独立的姿态尽情而全面地展示出主体的精神风貌。

二 摆荡在"我"与"我们"之间的言说

简单地梳理一下严家炎主编的《二十世纪中国小说理论资料（第二卷）1917—1927》，我们可以发现：1920 年之前的文章中很少有"我们"的出现，1920 年之后，言说主体"我们"逐渐增多。进一步分析这些文章中"我们"的用法，即可发现"我们"的内涵并不一致。

第一种情况：在行文过程中，"我们"的所指对象是写作者"我"与读者"你"的结合体。例如，张定璜在《鲁迅先生》一文中写道："我们不须亲身跟随他去'出入于质铺和药店里'，去学海军，去到日本学医，我们只须读一遍他那篇简洁的自传体的序文就可以想象出他青年时代处的是怎样一个境遇。"③ 在这里，使用"我们"作为言说主体有助于让读者产生一种参与感，拉近作者与读者的心理距离，便于让读者产生与写作者相一致的感受。第二种情况："我们"的所指对象是写作者"我"与我的志同道合者——"他们"的结合体，"我们"的意见实际上是某一个文学团体或者文学组织所共享的意见。例如，沈雁冰在《小说新潮栏宣言》中写道："我们并不想仅求保守旧的而不求进步，我们是想把旧的做研究材料，提出他的特质，和西洋文学的特质结合，另创一种自有的新文学出

---

① 张定璜：《鲁迅先生》，载严家炎编《二十世纪中国小说理论资料（第二卷）1917—1927》，北京大学出版社1997年版，第367页。
② 从予：《彷徨》，载严家炎编《二十世纪中国小说理论资料（第二卷）1917—1927》，北京大学出版社1997年版，第458页。
③ 张定璜：《鲁迅先生》，载严家炎编《二十世纪中国小说理论资料（第二卷）1917—1927》，北京大学出版社1997年版，第363页。

来，我们现在辟这一栏，便本此意，不是徒然'慕欧'。"① 在这里，"我们"指的是沈雁冰所主持的《小说月报》中的新增栏目"小说新潮"，这个栏目经过沈雁冰的彻底改革，在1921年成为倡导"为人生"的现实主义文学的重要阵地。第三种情况："我们"的所指对象是所有人。例如，成仿吾在《〈残春〉的批评》中写道："一方面我们对于一篇作品，不可把外界的任何形式去束缚它，他方面我们对于作者也不可干涉他的inventive of creative handling 新发明的或特创的方法。"② 在这里，成仿吾用"我们"作为言说主体，目的就是把他自己的这种观点上升为人人接受的一种公理，为批判摄生君对《残春》的负面评价奠定基础。

上述这三种情况中，尤为值得关注的是第二种情况。1920年11月，随着文学研究会在北京的正式成立，各类文学团体在全国范围内如雨后春笋般地冒了出来。茅盾曾经做过统计，"从民国十一年（一九二二）到十四年（一九二五），先后成立的文学团体及刊物，不下一百余"③。这些文学团体的形成，对批评家在文学批评中采用"我们"作为言说主体有一定的影响。一方面，文学团体内部存在着大体一致的文学主张，所以写作者的观点同时也是整个文学团体的基本观点，故而可以用"我们"来表述；另一方面，当时各个文学团体之间或者文学团体与个人之间经常会发生论战，在论战的过程中用"我们"来发表意见会显得更有气势或者力量。

这种做法到了20世纪30年代的左联时期变得尤为突出。"我们"这个言说主体甚至超越了"我们"这个左联文学阵营，上升为一种强大的集体意志，淹没了个人的独立声音。以茅盾为例，在早期完成的《王鲁彦论》与《鲁迅论》中，"我"的独特个性鲜明而张扬，文章中不仅细致地书写出茅盾对王鲁彦、鲁迅小说的感性印象与切身感受，而且也坦诚地表达出他对王鲁彦小说《小雀儿》和《毒药》的批评性看法。在他的《徐志摩论》《庐隐论》和《冰心论》中，"我"变得难得一见，频频出场的言说主体是"我们"。

---

① 沈雁冰：《小说新潮栏宣言》，载严家炎编《二十世纪中国小说理论资料（第二卷）1917—1927》，北京大学出版社1997年版，第87页。
② 成仿吾：《〈残春〉的批评》，载严家炎编《二十世纪中国小说理论资料（第二卷）1917—1927》，北京大学出版社1997年版，第293页。
③ 茅盾：《〈中国新文学大系·小说一集〉导言》，载吴福辉编《二十世纪中国小说理论资料（第三卷）1928—1937》，北京大学出版社1997年版，第305页。

在这些文章中，具有茅盾个性特征的感性印象和切身感受变少，更多出现的是理性判断。在《徐志摩论》中，少量出现的言说主体"我"对徐志摩的理性判断所代表的不仅仅是茅盾本人的看法，更是左翼文学阵营对徐志摩所做出的判定，即他是中国布尔乔亚诗人。周兴华指出："判断尽管可以由'我'来表达，但它所代表的绝不仅仅是个人的意见，而是一种意识形态的评价。它维护的是批评者所遵奉的那种意识形态的主导性和权威性，在'我以为'的背后，其实回荡的是'我们'这样一个群体的和声。"① 而在《庐隐论》与《冰心论》中，言说主体"我"则完全被"我们"代替了。这一变化并不是简单的人称代词的替换，它实际暗示出带着"五四"个性解放精神的独立自我已经归附到了"左联"这个集体意志之下。

总体上来看，茅盾作家论中"我"与"我们"的出场频次，与茅盾的政治姿态有关。大革命失败后，茅盾满腔的革命热情被浇灭了，内心的彷徨与幻灭感迫使他重新思考革命，并将文学视作他的救赎之路。此时的茅盾既不属于《现代评论》派，也不属于"革命文学"阵营，与集体疏离、漂泊无依的独立姿态使他的艺术素养得以延展，对作家及其作品的分析彰显出"我"的独特风貌。但是，远离集体带来的强烈孤独感使茅盾迫切地想要重新回归集体的怀抱。加入左联，不仅是组织关系上的回归，更是茅盾精神上对集体的归依。1932 年之后，出于革命的需要，左联开始向中间地带拓展，试图团结一切可团结的力量，来共同开展革命文化工作。在这一思想背景之下，茅盾把徐志摩、庐隐、冰心等人纳入他的研究视野之下，从思想倾向与政治立场的坐标之上来判定作家作品，评论家个性的声音消解在集体意志之下，集体意志作为一种意识形态的权威成为共同体"我们"所共有的一种观念，与此同时自我遭到丧失。

周兴华指出，"我"与"我们"的微妙使用，"抽象地映射着知识分子在个人与集体、心灵与理念之间摇摆不定的状况"②，"也在一定程度上表征了茅盾在文学与政治、个人与集体之间游走的精神历程"③。这种摇摆不定并不单属于茅盾个人，在革命形势日趋紧张、知识分子纷纷卷入革命大潮的那个时代，茅盾的际遇代表了那一个时代知识分子的整体命运。

---

① 周兴华：《"我"与"我们"：茅盾作家论的意义标志》，《文学评论》2005 年第 4 期。
② 同上。
③ 同上。

随着民族危难的日益加剧，越来越多的知识分子在中国共产党领导的抗日救亡的集体斗争中找到了精神寄托之所，个人的"我"逐渐会聚到了集体的"我们"之中。

三 "我们"是真理的代言人

1948年3月至1949年3月间，在"文委"（即中共华南局香港文化工作委员会）的领导下，由邵荃麟、冯乃超、胡绳、林默涵、乔冠华、夏衍、周而复、潘汉年等左翼文学人士组成的核心作家群在香港创办了一个以理论批评为主、文学创作为辅的文艺刊物——《大众文艺丛刊》，并将之作为宣传毛泽东思想尤其是1942年《在延安文艺座谈会上的讲话》的重要据点。邵荃麟等人以《讲话》精神为武器，对党内人士胡风的文艺思想正面展开讨论，并对党外的自由主义作家朱光潜、沈从文、萧乾等人进行毫不客气的批判。1948年，邵荃麟在《大众文艺丛刊》的创刊号上发表了纲领性文章——《对于当前文艺运动的意见——检讨·批判·和今后的方向》（以下简称《对于当前文艺运动的意见》），该文采用了特殊的话语形式，即运用第一人称复数"我们"作为话语的主语。这篇由邵荃麟执笔的文章，"是本刊同人对于当前文艺思想运动所提出的一些意见"[1]，故而反映的是该刊同人的一致看法，用"我们"做言说的主语显得顺理成章，但实际上该文中的"我们"同样充满了复杂的含义。

在文章的开篇，这个言说的"我们"并不是"本刊同人"，而是与两个"他们"相对而言的，一个"他们"是邵荃麟所指的沈从文等人，他们企图"把文艺拉回到为艺术而艺术的境域中去"[2]；另一个"他们"是因为人民革命的兴起而翻身解放的工农大众，"人民不仅要求而且已经在建立他自己的文化生活了"[3]，而"我们"则是在抗日文艺统一战线的大旗下的左翼文人团体。面对当时文艺现实的情势，即文艺与群众需求之间的脱节，"我们应该坦白承认，并且应该勇敢地检讨和批判自己的弱点，向社会群众毅然承担我们的责任"[4]。

在下文"对自己的批判"与"对于几种倾向的检讨"中，"我们"

---

[1] 邵荃麟：《邵荃麟全集》（第一卷），武汉出版社2013年版，第167页。
[2] 同上书，第143页。
[3] 同上书，第148页。
[4] 同上书，第143页。

所占据的主体地位很明显已经转向为受到解放区文学的影响、接受了毛泽东1942年《在延安文艺座谈会上的讲话》思想的左翼作家。这个"我们"对自身的批判与对几种倾向的检讨均来自"我们"新的政治立场与新的指导思想。在后文第三部分"今后的方向"中,"我们"探讨了文艺运动的性质——新民主主义的文艺、对作家的思想改造、巩固与扩大文艺统一战线、关于思想斗争、文艺大众化等问题。符杰祥对比研究了邵荃麟在《大众文艺丛刊》创刊号上刊登的纲领性文章——《对于当前文艺运动的意见》与毛泽东《在延安文艺座谈会上的讲话》这两篇文章之后发现,"《丛刊》的纲领实际上是以《讲话》的纲领为纲领,《讲话》的'意见'为'意见'……《丛刊》的'意见'都不像一篇自主性的学术发言,活脱脱是一本响应权威号召或号召响应权威的学习文件"[①]。这种写作方式与所阐述的内容,实际上恰恰反映出《大众文艺丛刊》在香港创办的意图,即周而复所说的"为了宣传介绍马列主义和毛泽东文艺思想,并有计划澄清和批评一些资产阶级文艺思想,乃超、荃麟和我们经常在酝酿准备创办一个以文艺理论为主的刊物"[②]。

通篇来看,这篇文章中"我们"的所指对象在不同的语境下并不相同。从"本刊同人"变为"抗日文艺战线下的左翼文艺团体的代言人",再变为"马克思列宁主义毛泽东文艺思想的宣传者",最后又回落到"本刊同人"。这一变化既反映了当时政治、文化、社会形势的影响,又体现出知识分子个人的主动追求。从政治、文化、社会形势的角度来看,当时的中国,正处于人民解放战争中的全国解放前夕,来自广东、重庆、上海的文化界人士逐渐汇聚到香港,如何利用这一有利时机在香港开展文化工作和统战工作遂成为香港文委的中心问题。因此,"《大众文艺丛刊》的创刊,是中国共产党在历史转折时刻,强化其对于文艺(以及知识分子)的领导(或称引导)的一个重要举措——这时候的'领导'('引导')还主要是通过'文艺批评(批判)'的形式,对正处于夺取政权的胜利前夕的中国共产党,这种领导是迟早要体现为权力意志的,这就使得《丛刊》的言论从一开始就具有了某种不言自明的权威性。由此而产生了

[①] 符杰祥:《知识分子、"公文复写"与"自我批判"——从〈大众文艺丛刊〉看1948年的"文艺运动"》,《东方论坛》2005年第6期。
[②] 周而复:《往事回首录》(一),《新文学史料》1992年第1期。

一种特殊的话语方式"①。钱理群将这种话语方式称作"我们"体。从知识分子的自身追求来看，他们自觉主动地将自身依附到人民、阶级、党所化身的"我们"中，因为"历史留给启蒙之'我'的时间太过短暂，同样作为现代的组成部分，革命缔造的新的开端逐渐成为历史发展的大趋势。革命所要召唤的主体，不再是具有理性自觉与独立意志的'我'，而是在阶级意识认同下的'我们'。"②

在此之后的很长一段时间里，"每一个人写文章似乎总是代表党、阶级、主义（对外则代表国家、民族），有意无意地以时代的代言人自居。因此，文章中很少用单数代称（我），一般都是复数代称（我们）。这样，个人署名的文章也充满了'我们认为'、'我们马克思主义者认为'、'我们工人阶级认为'、'我们贫下中农认为'等等，俨然以马克思主义的代表和党、国家、阶级的代表发言。这种滥用时代的名义和其他各种神圣名义的文章，表面上好像是极其谦虚地抹掉自我（在'文化大革命'期间，文章中已没有'我'字），实际上是一个用群体的外壳包裹着毫无个人责任感也毫无社会责任感的自我……这种自我的丧失，正是批评家作为人的尊严和权利以及价值和意义的丧失，于是，批评家只能作为政治需求的号筒"③。

四 "我们"褪色与"我"的崛起

十一届三中全会废止了"以阶级斗争为纲"的方针，党和国家的工作重心转向了经济建设，维护安定团结的政治局面成为经济建设的必要前提。在这一整体社会形势下，文艺界也要尽快恢复安定繁荣。当时的中宣部部长朱厚泽在1986年的三四月间多次讲话，倡导大家要在文艺界创造和谐、信赖的宽松气氛。1986年3月8日，他在《创造融洽和谐的气氛 促进文学艺术的发展——在中国音协四届二次常务理事扩大会上的讲话》中指出："我们文艺界也应该有一种比较和谐融洽的气氛，一种比较活泼宽松的舆论环境，一种有利于艺术上不同风格流派的相互竞赛、有利于艺术上的探索创新、有利于在探索创新中的互相批评讨论的好的空气。我们在批评讨论中间，对作品的是非、思想、性质、分寸应该尽可能把握确切，而且在表达的语言上应当尽力注意体现互相商量的气氛，在发表的时

---

① 钱理群：《1948：天地玄黄》，山东教育出版社1998年版，第27—28页。
② 刘朋朋：《"我"与"我们"：鲁迅个人主义命运考论》，博士学位论文，山东大学，2013年。
③ 刘再复：《论八十年代文学批评的文体革命》，《文学评论》1989年第1期。

机、形式上也应考虑到有利于团结。"① 在这种新的政策导向下，"我们……"的论调受到萧乾的质疑。

1986年的5月12日，《人民日报》上刊登了作家萧乾的文章——《"我"与"我们"》。他在这篇文章中指出，为了有利于民主风气的建立、便于在学术争鸣中共同探讨真理，理论家和批评家们在发表自己的见解时用"我"这个更为平易近人的字，把"我们"这个复数人称留给集体或者组织，因为"每当看到论战的一方用起'我们'时，我就觉得他身后面必有千军万马，因而不期然而然地感到些盛气凌人。倘若搬出'我们马克思主义者'，就更加吓人，像以'本庭'名义宣读的判决书。这不是站在平等地位上的讨论问题的态度。加上那么一个'们'字，实际上就已强占了高地，就摆出了居高临下的架势，就使那个自称'我'的显得单枪匹马、赤手空拳了"②。萧乾的这篇文章短小精悍，言辞恳切且切中时弊，指出20世纪40年代以来在文学批评界所流行的话语模式——"我们"论述体具有仗势欺人之嫌，"我们"或者自诩代表群众，或者代表真理，以一种绝对的话语权对个人的声音形成压制，损害了时人对真理的探讨与追寻。

谢云随之在1986年6月2日的《人民日报》上发表了《"我们"又怎样?!》一文，将批评的矛头指向了权力对话语的绑架。他说，秦始皇一个人以独断的权力将400多个术士活埋，这一史实证明再多的"我们"都不敌一个手握权力的"我"，因此，"问题并不全在于自称'我'或'我们'，而在于这个'我'或'我们'的手里，是否有权力，以及是否把这种权力作为砝码，施加于学术讨论和争鸣的天平"③。谢云的这一番论述实际上不是要谈用"我"来说话还是用"我们"来说话的问题，而是要剖析权力对学术争鸣的干扰。在他看来，在文章中只用"我"而慎用"我们"确实对改良学界风气有助益，但要想从根本上解决问题，"造成自由讨论和争辩的空气，至关重要的则是排除权力的干扰，彻底实现近几年提出的真理面前人人平等的原则"④。这一见解的洞见之处就在于，

---

① 朱厚泽：《向太阳 向光明：朱厚泽文存 1949—2010》，世界图书出版公司 2014 年版，第 130 页。
② 萧乾：《负笈剑桥》，生活·读书·新知三联书店 1987 年版，第 375—376 页。
③ 同上书，第 377 页。
④ 同上书，第 378 页。

指出了文艺要从政治权力的束缚中解脱出来，恢复文艺的独立性和自主性。只有摆脱了权力的干扰，文艺的发展才能百花齐放，文艺论争才能百家争鸣。

随着1985年在学界掀起的"方法热"，从西方引进的各种批评模式与批评方法使我国文学评论界打破了过去以"我们"来发声的代言式的独断主义论调，形成了一种自我言说的多元局面。刘再复将这一变化称为"从'代言体'向'自言体'的转变，从'独断体'到'独立体'的转变。也就是说，'代圣贤立言'的独断主义的文体已经被'为自身立言'的、具有独立个性的文体所代替"①。批评家遵从自己的内在心灵、秉持一种独立的精神，为自己言说，阐发属于"我"自己的文学见解遂成为一种新的批评体式，以"我们"作为批评主体的文体形式逐渐退出了历史舞台。

正如张一兵所说："中国改革开放在思想层面最大的成就也就在这里。虚假的'我们'在通向市场的道路中裂成碎片，脱颖而出的是自主自为、自负其责的主体性生存。于是，市民社会中独立的原子化个人成为'我认为'最重要的出发点。"② 虽然"我"在言说中的主体位置得到确立，但随之而来的问题是如何确证"我"的言说是在探索真理而不是哗众取宠、虚张声势。尤其是在今天这样一个网络时代，人人都可以在网络上发声"我认为"的时候，缺乏规范与约束的"我"是否正在走向通往真理的道路上，这是今天的我们不得不思考的问题。

第三节 中国现当代小说中的叙事人称变迁

在中国现当代小说的发展进程中，叙事内容的更迭无疑与特定时代社会发展的主要问题紧密联系在一起，叙事形式的变化表面看来是艺术自身的发展问题，与社会发展关系不大，但实则不然。在时间的河流中探索中国现当代小说叙事人称的变化，我们可以发现，叙事人称的选用不仅仅涉及叙事的角度问题，背后还包含着深刻的意识形态意图。

---

① 刘再复：《论八十年代文学批评的文体革命》，《文学评论》1989年第1期。
② 张一兵：《形上之思：从"我们认为"到"我以为"》，《开放时代》2001年第3期。

一 备受青睐的第一人称叙事与捉襟见肘的第三人称限制叙事

中国古代小说擅长于用第三人称全知叙事的方式来讲述故事。虽然也有一些文言小说中有作为故事的记录者或者新世界的观察者而出场的"我",但是真正能体现第一人称叙事之艺术魅力的"我"讲述"我"自己的故事这种叙事类型,在古代小说甚至是近代"新小说"中非常少见。陈平原指出:"早期第一人称小说译作,其叙述者'我'绝大部分是配角。也就是说,是讲'我'的见闻,'我'的朋友的故事,而不是'我'自己的故事。"[①] 五四小说恰恰在这一方面作出了诸多的探索。

五四小说家采用第一人称叙事的目的是便于将人物叙述者的内心感受作为小说的表现中心,改变了过去传统小说以故事发展的线索来组织全文的做法,代之以"叙述者的主观感受来安排故事发展的节奏,并决定叙述的轻重缓急,这样,第一人称叙事小说才真正摆脱'故事'的束缚,得以突出作家的审美体验"[②]。即使是以记录人物叙述者的所见所闻为中心的小说或者是以记录他人故事为中心的第一人称小说,也要将叙述者的观感、感受纳入小说中去。这一做法极具五四小说的特征,但也遭到了评论家的批评。天用在1924年发表的《桌话之六——〈呐喊〉》中指出,鲁迅在《故乡》这篇小说的结尾用三个自然段来抒发自己的回乡感受,这处是画蛇添足,"因为小说——近代的小说——所认定的职务只是将作者的见闻记下来,至于这些见闻所引起的感触则作者应当让读者自身去形成,不能拿作者自身的感触来强读者"……[③]

除了这种同故事叙事之外,五四小说中还出现了大量的日记体、书信体等第一人称叙事的变体形式。鲁迅先生的《狂人日记》是我国现代小说中最早且成功运用了日记体进行写作的小说。这部作品在体裁方面对当时的青年产生了很大影响,五四青年作家沿着鲁迅先生开辟出来的写作道路创作出大量的日记体小说。这类作品是"一种主观的抒情的小说"[④],

---

[①] 陈平原:《中国小说叙事模式的转变》,北京大学出版社2010年版,第69页。
[②] 同上书,第83页。
[③] 天用:《桌话之六——〈呐喊〉》,载严家炎编《二十世纪中国小说理论资料(第二卷)1917—1927》,北京大学出版社1997年版,第354页。
[④] 俍工编:《小说作法讲义》(节录),载严家炎编《二十世纪中国小说理论资料(第二卷)1917—1927》,北京大学出版社1997年版,第341页。

重在抒发人物叙述者的内心感受，但是"'五四'作家采用日记体写小说，很难与角色真正分离，这未免大大限制了日记体形式在小说领域中的进一步应用"①。另一种变体形式是书信体。这是"一种包含着主观和客观的，一面发抒主观，一面叙述客观的小说。这种小说有对话的，有独语的"……②而五四小说家的书信体小说大多数是独语式的，且这类作品并不重视对故事的讲述，而是通过"虚设一故事框架，借以表达这些'不安定的灵魂'内心的困惑与痛苦"③。冰心的《遗书》、庐隐的《或人的悲哀》等作品均有这个特点。

五四时期的小说之所以多采用第一人称叙事的形式，一方面是时代的原因。郑伯奇在1927年发表的《〈寒灰集〉批评》中指出，那个时代给予人们的"只是民族危亡，社会崩溃的苦痛的自觉和反抗争斗的精神"④，因此在这样一个中国社会所特有的际遇中，五四小说家要通过呐喊来冲破数千年间陈腐封建文化对个人的束缚，要倾诉民族危亡之际压抑在国人心中的不平与屈辱，用呻吟唤起民众内心中的苦痛，这就是"二十世纪的中国所特有的抒情主义"⑤。这一时代特征决定了"我们要绝对排斥主观，要求纯粹客观，这是做不到的事情"⑥。另一方面，是"五四"个性解放思潮的强烈冲击。前文曾经提到，五四时期，随着西方个人主义思想对中国知识界的深刻影响，知识分子将自己从中国传统的国家、宗族、家庭等集体中解放出来。知识青年在打破忠孝节义等陈腐观念对人的禁锢之后，看到了对个体而言至关重要的精神独立与自主，并由此产生了"自我"意识，思想得到了全方位的解放。他们的心声迫切地以一种井喷之势汹涌而来，他们大声批判封建文化对个体"自我"精神的摧残，大力控诉封建家长对"自我"爱情、婚姻自由的剥夺，大胆倾吐国家贫弱带给"自我"的精神颓废与性苦闷等。简言之，用第一人称"我"来讲述自己的故事，既是时代给予小说家的选择，也是小说家的一种自觉担当，二者共

---

① 陈平原：《中国小说叙事模式的转变》，北京大学出版社2010年版，第84页。
② 伧工编：《小说作法讲义》（节录），载严家炎编《二十世纪中国小说理论资料（第二卷）1917—1927》，北京大学出版社1997年版，第341页。
③ 陈平原：《中国小说叙事模式的转变》，北京大学出版社2010年版，第84页。
④ 郑伯奇：《〈寒灰集〉批评》，载严家炎编《二十世纪中国小说理论资料（第二卷）1917—1927》，北京大学出版社1997年版，第470页。
⑤ 同上。
⑥ 同上书，第469页。

同成就了五四小说中第一人称主人公叙事的辉煌。

虽然"第一人称叙事（包括日记体、书信体）最得'五四'作家的青睐"①，也出现了大量的优秀之作，但实际上在第一人称叙事还很兴盛的时期，就有人意识到了这一叙事形式的流弊，并对其恶果作了深刻的分析。梁实秋在 1926 年发表的文章《现代中国文学之浪漫的趋向》中指出："现代中国文学，到处弥漫着抒情主义。"② 这种抒情主义在小说中的表现就是"小说通常都是以自己为主人公，专事抒发自己的情绪，至于布局与人物描绘则均为次要。所以近来小说之用第一位代名词——我——的，几成惯例"③。在以第一人称叙事为标志的抒情主义小说中，由于对情感的过分推崇，情感在质上不加理性地选择，进而导致流于颓废主义和假理想主义；情感在量上不加节制，使作者的人生观附带上未经理性选择的"人道主义"的色彩。除了梁实秋之外，批评家成仿吾也曾经对第一人称叙事容易情感泛滥的局限性进行了批判，并以小说《一叶》为例，肯定了第三人称叙事更为客观、更容易让人产生真实感的优点。1923 年 5 月，成仿吾在《创造季刊》上发表的《〈一叶〉的评论》中指出："《一叶》全体用的都是第三人称，这是很好的。我时常觉得写感情浓厚的小说，如用第一人称，弄得不好，便难免不变为单调的伤感或狂热 Sentimentalism or hystery。如用第三人称，纵不能得到那种动的 dynamic 效果，然而他所能传到的静的 static 效果，往往有更缠绵的动人的能力。并且我觉得用第一人称，似乎比用第三人称，易于使我们感到'有人在说小说'，就是，易于在我们的世界与作品的世界之间，筑起一层超越不过的墙壁。"④

在现代文学的第一个十年中，虽然在文学界已经有人意识到第一人称叙事的不足，并尝试运用更为客观、更易令人产生真实感的第三人称限制叙事的叙事技巧，不过，处于探索期的小说家们在使用第三人称限制叙事时不免显得有些捉襟见肘。具体来讲有以下两种表现：一种表现是在传统的第三人称全知叙事中夹杂的部分章节采用了第三人称限制叙事，如张资平的《冲积期化石》、蒋光慈的《短裤党》等；另一种表现是叙述者不自

---

① 陈平原：《中国小说叙事模式的转变》，北京大学出版社 2010 年版，第 91 页。
② 梁实秋：《现代中国文学之浪漫的趋势》，《中国现代文学研究丛刊》1987 年第 2 期。
③ 同上。
④ 成仿吾：《〈一叶〉的评论》，载《成仿吾文集》，山东大学出版社 1985 年版，第 70—71 页。

觉的越位，即在第三人称限制叙事中突然插入一两段全知叙事，如叶圣陶的《病夫》、张资平的《植树节》等。为了避免出现这两种叙事视角的不一致，有的小说家采用了第三人称限制叙事的变体形式，即一篇小说中采用两三个不同的视角，从不同的角度来讲述事件的进程。如鲁迅的《离婚》、台静农的《拜堂》等。第三人称限制叙事的不成熟，除了作家技巧运用的不一致之外，还体现为数量上的不足。陈平原曾经对此作过抽样分析，他指出："1917—1921年刊登在《新青年》、《新潮》、《小说月报》上的57篇创作小说中，第三人称限制叙事只占百分之十八（10篇），而在1922—1927年刊登于《小说月报》、《创造》、《莽原》、《浅草》上的272篇创作小说中，第三人称限制叙事所占比例上升到百分之三十一（85篇），跟第一人称叙事比例（38%）接近。"① 从这一组数据来看，第三人称限制叙事随着中国现代小说的发展而逐步受到小说家的重视，从一开始的寥寥几部作品，到后来的几乎与第一人称叙事小说并驾齐驱，数量上的增长体现出小说家在小说观念上的变化，即从抒发主观感受发展到客观展示现实生活。这一观念在20世纪30年代得到大家的公认，并促使当时"第三人称限制叙事甚至取第一人称叙事而代之，成为中国现代小说最主要的叙事角度"②。

二 第三人称叙事的兴起与第一人称叙事的消减

在20世纪30年代，已经有批评家注意到了小说叙事人称的变化。王任叔在1935年9月的《创作月刊》上发表了《中国现代小说发展的动向的蠡测》一文。在这篇文章中，他整理了该年7、8月发表在《文学季刊》《创作》《国闻周报》《申报月刊》《文学》《星火》等杂志上的53篇小说，进而发现："第一人称的写法绝对减少，在这五十三篇中，仅有七篇用第一人称写法。但这里的第一人称写法，又和身边杂事式的第一人称写法不同。民十一二年，'创造社'诸先生的作风，大都是用第一人称的。即使形式上用第三人称，也总贯穿着身边杂事式个人主义的精神，使读者很容易把作品中出现的人物和作者自身混合起来。这里的第一人称，

---

① 陈平原：《中国小说叙事模式的转变》，北京大学出版社2010年版，第81页。
② 同上。

却大都为描写的方便,将事象的发展,用第一人称来连贯一下。"① 王任叔的这段话,表明了 1935 年 7、8 月的小说在叙事人称上的特点,一方面是第三人称叙事小说的数量大幅度增长、第一人称叙事的绝对减少,这一点与五四小说形成鲜明的对比;另一方面是第一人称叙事的性质有差异,五四小说用第一人称来讲述自己的身边杂事,而他所统计的这些小说则是用第一人称叙事来勾连事象的发展。当代学者吴福辉选取了茅盾、巴金、老舍、鲁迅、叶圣陶等 38 位重要小说家在 20 世纪 30 年代发表的 94 篇(部)作品,进行抽样分析发现:"第一人称叙事 23 篇,第二人称叙事 2 篇,第三人称叙事 63 篇,混合人称叙事 6 篇。"② 这个抽查式的统计也可以约莫看出第三人称叙事在 20 世纪 30 年代的盛行。

谢慧英、周伟薇在《关于"真实"的历史建构与知识者的身份认同——现代小说叙述人称策略的变迁及其思想史意义》一文中指出:"历史语境变迁、意识形态的强化,乃至于知识分子身份危机导致的道德焦虑,文学观念越来越侧重于对'社会性'的强调,第三人称叙事方式从而在三、四十年代逐渐占据主导地位。"③ 这一观点表明,第三人称叙事在 20 世纪 30 年代的兴起绝不仅仅是一个技巧问题,它是社会多方面原因合力作用下的结果。

首先,时代主题的变化导致了第一人称叙事的减少与第三人称叙事的兴盛。五四时期是追求个性解放的时期,知识分子通过思想革命将个人从封建思想的束缚之下解脱出来,进而在文学的世界里思考个人价值、人生意义等。在这样的时代主题下,"我"成为小说表现的中心,个人主义的抒情主义成为五四小说的鲜明特征,而这种"自我肯定的个人主义的抒情主义,自然是要求第一人称的写法"④。从 20 世纪 20 年代中后期开始,中国社会的时代主题从个性解放转向了社会解放;20 世纪 30 年代,社会解放已然成为时代的主导性问题。在国家危亡之际,探讨中国的未来、寻

---

① 王任叔:《中国现代小说发展的动向的蠡测》,载吴福辉编《二十世纪中国小说理论资料(第三卷)1928—1937》,北京大学出版社 1997 年版,第 387 页。
② 吴福辉编:《二十世纪中国小说理论资料(第三卷)1928—1937》,北京大学出版社 1997 年版,前言第 11 页。
③ 谢慧英、周伟薇:《关于"真实"的历史建构与知识者的身份认同——现代小说叙述人称策略的变迁及其思想史意义》,《文艺理论研究》2014 年第 3 期。
④ 穆木天:《再谈写实的小说与第一人称写法》,载吴福辉编《二十世纪中国小说理论资料(第三卷)1928—1937》,北京大学出版社 1997 年版,第 232 页。

求中国的出路成为迫在眉睫的问题。在文学方面,正像郭沫若所说的那样,"个人主义的文艺老早过去了"①,在这个"由'自我之表现'转变到'社会之表现'的时代,这种抒情主义的样式,自然,要被抛弃了。因为,新的酒浆不能装在旧的皮囊,于是现实主义作家用了新的样式了"②。穆木天所说的这个新的样式指的就是第三人称的叙事样式。在他看来,"写实的小说主要地须用第三人称。但那并不禁止有时也可以用第一人称。但是,用第一人称写法,表现大的题材,广泛的复杂的现实,无论怎样支配得好也容易有毛病"③。

其次,时代主题的变化不仅影响了创作者对叙事形式的改弦更张,也使小说家将文学表现的内容从狭窄的个人生活转向了更为广阔的社会生活,尤其是社会底层民众的生活。这一广阔的社会现实内容更适合于采用第三人称的叙事方式。随着中国社会的主要问题从个性解放转向社会解放,"我们的青年们已经没有法子在象牙之塔中找安慰了。环境使他们的眼睛转向现实,使他们注意到大众的痛苦。在文艺的领域中,他们是要现实主义地表现出大众饥寒冻馁的生活的"④,然而,"那种第一人称的自白式的手法,是不能表现客观的复杂的现实的"⑤。因为,从叙事功能上来看,第一人称叙事擅长于自我表现与抒情,而第三人称叙事则擅长于再现社会生活与写实,故而,小说家出于小说内容的需要采用了与之相应的第三人称叙事的表现方式。除了客观地再现工农民众的现实生活之外,小说还要揭示民族解放斗争中工农大众的情绪。在当时的中国,工农大众大多数没有接受过高等文化教育,还不具备写作小说的能力,故而他们无法用第一人称的叙事形式来表现自我的生活体验。而青年作家采用第一人称的叙事形式写工农大众,则会产生两个弊端:一是叙述者"我"与小说的主人公——工农大众的身份不适应进而减少了作品的真实味;二是文绉绉的自白式话语容易将人物美化或者过分理想化,故而很难将工农的性格如

---

① 上海文艺出版社编:《中国新文学大系:1928—1937》(第二集 文学理论集二),上海文艺出版社1987年版,第23页。
② 穆木天:《再谈写实的小说与第一人称写法》,载吴福辉编《二十世纪中国小说理论资料(第三卷)1928—1937》,北京大学出版社1997年版,第232页。
③ 穆木天:《关于写实的小说与第一人称写法之最后答辩》,载吴福辉编《二十世纪中国小说理论资料(第三卷)1928—1937》,北京大学出版社1997年版,第236页。
④ 穆木天:《谈写实的小说与第一人称写法》,载吴福辉编《二十世纪中国小说理论资料(第三卷)1928—1937》,北京大学出版社1997年版,第220页。
⑤ 同上书,第221页。

实地表现出来。

最后，小说观念的变化，即从主观的、抒情的小说转向了客观的、写实的小说，这一变化也要求小说家要采用第三人称的叙事手法。如果说五四小说是主观的、抒情的小说，那么现代文学第二个十年间的小说则是客观的、写实的小说。徐国桢在1929年发表于《红玫瑰》第五卷上的系列文章《小说学杂论》中指出："最大的特征，近代小说虽然并非是绝对的不许'主观'，但总以'客观'的态度写作为一般人所公认。因为'客观'易于真切，'主观'往往自以为是，而实在却成了不是，易于流于虚浮。"① 徐国桢在这里把客观的写作与小说的真实联系到了一起，并指出主观的写作易引发虚浮的弊端。同时，他还指出，小说在"感人"方面，"应该从客观方面着眼，不应以主观做标准"②。他举例说，记述一个被压迫者的苦难，用客观的态度加以描写，读者自然会领会到、感觉到他的苦难；如果一味地鼓吹、苦求读者起来解放被压迫者，这就不是做小说而变成是传单了，故而，"小说虽有感人可能，然而只要从客观方面烘托出感人的力量来，不必以主观的态度出之"③。

梁实秋在1934年7月发表的《现代的小说》一文中也指出，小说应该向着写实的方向发展，"'罗曼司'已是小说的遗蜕了"④，作者应该抱着忠实地反映实际人生的态度进行写作，即"写实主义的小说家，是以冷静观察的态度，在有真实性的材料当中，窥见人性之真谛，并以忠实客观的手腕表现之"⑤。在第一人称叙事中，由于叙述者讲述的就是他自己的故事，故而叙述者很难客观而冷静地观察事实，忠实描写对象。在第三人称叙事中，叙述者外在于他所讲述的故事，站在旁观者的立场上来讲述故事，故而能够营造出一种客观、写实的氛围，使读者产生一种客观、真实的感觉。

综上所述，正是出于时代主题的变化、小说内容的变化、小说观念的变化等多方面的考虑，20世纪30年代的小说家大多采用了第三人称的叙

---

① 徐国桢：《小说学杂论》，载吴福辉编《二十世纪中国小说理论资料（第三卷）1928—1937》，北京大学出版社1997年版，第73页。

② 同上书，第70页。

③ 同上。

④ 梁实秋：《现代的小说》，载吴福辉编《二十世纪中国小说理论资料（第三卷）1928—1937》，北京大学出版社1997年版，第258页。

⑤ 同上。

事形式。这种叙事形式反映出小说创作者在民族危难这一社会大势面前选择的一种文化立场。他们放弃了文学的"自我抒情",而选择了"再现社会",将个人的文学创作活动与整个社会的、国家的政治活动结合在一起,赋予文学以新的功能。这一特征在20世纪40年代的小说创作中体现得更为明显。

三 第一人称叙事的复苏与多人称叙事的实验

虽然在20世纪三四十年代,第一人称叙事遭遇了一场历史性的打击与重创,俨然一副即将退出历史舞台的模样,但是在十七年文学中,在现实主义占据主流的年代,第一人称叙事的小说却再次浮出了水面。有人做过统计,"在《中国新文学大系(1949—1966)短篇小说卷》上下卷共计143篇短篇小说中,第一人称叙事小说占58篇"[①]。从这一组数据可以看出:这一时期出现的第一人称叙事小说不是偶然现象,也绝不是三两个作家的临时决定,而是特定时代背景下作者的有意识选择。从这些为数不少的第一人称叙事小说的内容来看,小说内容的主体部分是英雄人物的故事,而"我"只是主人公事迹的见证者、讲述者和歌颂者。第一人称叙事善于自我表现的优势在这里遭到了抑制,"我"的内心书写让位于"我"的所见所闻。

在马烽的《我的第一个上级》中,"我"在老田头的身边工作,在"我"吓得不知如何是好的情境中,"我"见证了老田头的奋力抢险;在王愿坚的《党费》中,"我"在跟黄新同志接头的过程中见识到了黄新同志的机智与老练,亲眼看见黄新为了掩护"我"而被敌人逮捕的一幕;在茹志鹃的《百合花》中,"我"和通讯员战士一起去借被子,围绕这一件小事,"我"刻画出通讯员战士与新媳妇二人鲜明的个性形象以及二者之间真挚的军民之情。从上述例子可以看出:用第一人称叙事的手法来写小说,一方面能显示故事之来源的可靠性,增强故事的真实感,强化情感的感染力;另一方面也可以看出叙述者"我"或者是新中国的建设者,或者是无产阶级革命战士,而不是内心多情或者苦闷彷徨的小资产阶级知识分子,这一社会身份的变化是第一人称叙事得以重现的根本原因。

进入20世纪80年代后,小说的创作开始进入繁盛期,小说的叙事人

[①] 周新民:《由"角色"向"叙述者"的偏移——十七年第一人称叙事小说论》,《华中科技大学学报》(社会科学版)2001年第3期。

称呈现出多样化的状态。其中，第三人称叙事在稳步发展；第一人称叙事的小说数量比起20世纪30—70年代来讲得到了增长，且叙述者"我"的功能也发生了变化；多人称叙事在实验性写作中不断出现。

在1985年之前，小说写作主要体现为现实主义文学的回归与深化，叙事形式多采用第三人称，这些特征在伤痕文学、反思文学与改革文学中均有比较明显的体现。这一时期也出现了一些第一人称叙事小说，情况分为两类。一类作品采用的是第一人称主人公叙事，在讲述"我"的故事的同时，"我"的内心世界也得到了充分的展示。例如在刘心武的小说《爱情的位置》中，叙述者"我"不仅讲述了"我"对爱情的追求以及遭到的外在压力，而且揭示了"我"内心中对爱情的思考与体会。另一类作品中的"叙述者'我'绝大部分是配角。讲的是'我'的见闻，'我'的朋友、同事的故事，或是作为记者、作家的'我'的采访对象的故事，却不是'我'自己的故事"[①]。例如在张洁的小说《爱，是不能忘记的》中，叙述者"我"以一种类似于推理的方式讲述了"我"的母亲钟雨与老干部之间的隐秘爱情，并在叙事的进程中表现了"我"对爱情的看法。如果说，第一类型的第一人称叙事延续了五四第一人称叙事的传统的话，那么第二类型的第一人称叙事则是对新小说中的第一人称叙事、十七年文学中的第一人称叙事的一种异变。它虽然也是一种配角的见证性叙事，但是加入了对叙述者"我"的内心揭示，进而呈现出一种抒情化的风格特征。

1985年之后，第一人称叙事的小说数量得到了大幅度的提高。黄洁在论文《角色紧张：一个说得太多和太累的"我"》中曾经对1988年的小说刊物做过抽样调查，她发现：《小说选刊》中的第一人称叙事小说占总数的33%；《小说月报》中的第一人称叙事小说占总数的40%；《作品与争鸣》中的第一人称叙事小说占总数的50%；《作家》中的第一人称叙事小说占总数的48%。这一系列数字的增长表明第一人称叙事再次获得小说家的青睐。以这一时期最具影响力的文学思潮——新历史主义小说为例来看，"直接或间接地受到西方存在主义、结构主义、后现代主义和解

[①] 燕华：《边缘化的主流——1981~1989年〈小说选刊〉研究》，《社会科学论坛》2006年第6期。

构主义等理论观念的启示而介入历史领域的'先锋'青年作家"①的小说"反映了一种具有'新历史主义'倾向的历史观"②。他们舍弃了受官方政治或者主流意识形态影响的旧历史小说的叙事立场,代之以民间的、个人化的视角来重构近现代历史,从个人家族史或者寻常百姓的逸事传奇中触摸已消逝久远的历史。莫言的《红高粱》《丰乳肥臀》、苏童的《一九三四年的逃亡》《我的帝王生涯》、格非的《青黄》等作品不约而同地采用了第一人称叙事的手法,但是用"我"的口吻来讲述故事并不能带给读者更充分的真实感,反而让人更加体会到根本不存在什么历史客体,那段文本的历史只能够存在于"我"的修辞想象中。

张清华曾经指出:"从1985年新潮文学的风起云涌,到1987年先锋小说的次第登台,上世纪八十年代实现了文学的变革。"③而这一变革主要体现为小说家对小说的叙事形式进行了大胆的实验,其中包括多种叙事人称的转换。

一种形式是小说内部的不同章节按照"你""我""他"的形式进行轮替,每个章节中的叙事人称保持一致。例如,在马原的小说《西海无帆船》中,小说第一节采用第二人称叙事,"你"在文中指的是主人公姚亮;小说第二节采用第一人称叙事,"我"在文中指的也是主人公姚亮,"我们"中还包括陆高、小白、米玛和大札;小说第三节采用第三人称叙事,"他"或者"他们"指的是乘车去阿里的姚亮一行人,甚或直接出现的是人物的名字。后续章节延续了这个轮替次序,而且每个章节的情节发展、情绪变化是接续式的。在这里,"你我他三种称谓走马灯似地转着圈运动,不停变幻视点,用以扰乱读者思维的连贯性"④,由此我们可以体会到马原的叙事圈套之魅力。

高行健的小说《灵山》和《一个人的圣经》也采用了这种多人称转换的叙事手法。在《灵山》中,高行健采用了第二人称叙事、第三人称叙事、第一人称叙事轮替的叙事结构,出现了"你""他""我"三种人称来共同指涉小说主人公,用他的话来说,"这部小说又是一个长篇的自

---

① 张清华:《十年新历史主义文学思潮回顾》,载王尧、林建法主编,何言宏编选《中国当代文学批评大系一九四九—二〇〇九》(卷五),苏州大学出版社2012年版,第454页。
② 同上。
③ 莫言、张清华:《在限制的刀锋上舞蹈——莫言访谈》,《小说评论》2018年第2期。
④ 马原:《西海无帆船:马原西藏小说选》,西藏人民出版社1987年版,第75页。

白,或者叫自言自语。自言自语又找到一个对手,这个对手有时候是'你'……'你'和'我'也可以是同一个人物,进行对话,而这对话的'我'与'你'又可以界定为一个男性的'他'。'他'也出于'我'的思考,或者说是自我意识升华后的中性的眼睛,在自我观照的时候就是'他'。所以这小说的主人公是三个人称,'你'、'我'、'他'都可以成为这本书的主人公,他们都建立对手,进行对话"①。如果说,马原笔下的三个人称体现的是同一主体在不同叙事情境中角色的不同叙事位置,那么高行健笔下的三个人称则是同一主体在不同叙事情境中主人公角色的内部分裂。

另一种形式是小说的每一个章节中都出现了多种叙事人称,而且在一些段落中,这些叙事人称在毫无规律地进行转换。例如,莫言的小说《十三步》《你的行为使我们感到恐惧》、苏童的小说《罂粟之家》等作品。莫言曾经说过:"直到现在《十三步》也是我的一部登峰造极的作品,至今我也没有看到别的作家写得比《十三步》更复杂,我把汉语里面能够使用的人称或者视角都试验了一遍。"② 以小说的第一部为例,从叙事层次来看,这部分的第一层叙事是笼子外的"我们"讲述笼子里的"你"在给我讲故事;第二层是笼子中的"你"给笼子外的"我们"讲故事;第三层是笼中人"你"用第三人称所讲述的故事,比如第八中学的物理老师方富贵在讲台上猝死、张赤球在家中找烟、张赤球与妻子李玉婵不和谐的家庭生活等。而在具体的叙事过程中,这三个叙事层次时常会交叉出现,缠绕在一起,并进一步引起人称与视角的变化。比如,第一章的最后一段话写道:"(1) 这时响起了敲门的声音,(2) 你貌似平静地说着,但你的十根手指紧紧地箍住横杆,那简直就是猫头鹰的爪子。(3) 从方富贵死在讲台上那一时刻开始,我就产生了强烈的吃粉笔的欲望,粉笔的气味勾引得我神魂颠倒,人们都说我得了精神病,说什么,随便,我想吃粉笔。我只有吃粉笔。(4) 你眼泪汪汪地向我们叙述着你的感觉,你甚至唤起了我们久已忘却的对粉笔的感情:当我们举起一束鲜艳的粉笔时,我们也曾经唾液大量分泌,肠胃隆隆鸣叫。"③

---

① 高行健:《〈灵山〉与小说创作》,《明报月刊》2001 年 3 月号。
② 莫言、石一龙:《写作时我是一个皇帝——著名作家莫言访谈录》,《山花》2001 年第 10 期。
③ 莫言:《十三步》,上海文艺出版社 2009 年版,第 23—24 页。

句（1）很明显属于叙事的第三层次，是"你"在笼中给"我们"所讲述的故事中的情境：不知道何时也不知道是何处传来的敲门声；句（2）则属于第一层次，是"我们"在讲述你在给"我们"讲故事时的外在表现以及内心状态，第一人称复数"我们"作为旁观者讲述"你"的故事时，理应采用外聚焦，而这里"我们"却侵入"你"的内心，"貌似平静"的写法意味着这里出现了视角越界；句（3）属于第二层次，是"你"在讲述方富贵的故事时，对"我们"剖白自己当时的内心感受，所以采用的是内聚焦，但从句式结构上来看，间接引语的句式中插入了直接引语中的主语"我"，用"我"指涉的是讲述者"你"；句（4）属于第一层次，采用第一人称复数的形式讲述了"你"给"我们"讲故事时的神态以及令"我们"产生的心理感受。"我们"兼具了两种视角，或者用理查森的话来讲叫作"漂移视角"，前半句采用外聚焦来讲述"你"的神态，而后半句采用内聚焦来剖白"我们"当下的内心隐秘欲望，并且在叙述者"我们"与叙事接受者"你"之间形成了一场交流和对话。总之，在这一段话中，莫言打破了叙事层次的壁垒，人称代词在不断转换，视角在灵活移动，这些打破常规的叙事形式造成了强烈的奇异化或者陌生化效果。炫目的技巧形式在吸引读者关注俄国形式主义者所强调的文学性——形式或者技巧时，也不免给这部小说的阅读带来极大的难度。

20世纪80年代后期的这场小说实验，由于技巧过于繁复，主题内容模糊，大量的读者对先锋小说望而生畏，甚至避而不读，由此直接导致了先锋小说后来的没落。这场不成功的实验并没有浇灭小说家的艺术探索，同样较为罕见的第一人称复数"我们"叙事在20世纪90年代后悄悄地收获着一个又一个硕果。

四 第一人称复数"我们"叙事的悄然出现

正当20世纪30年代写实主义蔚然成风之际，沈从文以其独特的"写实主义抒情模式"（王德威语）闯入文坛。在抒情主义、乡土写作的背后，沈从文的作品"回应了二三十年代动荡不安的文化/政治局面，其激进处不亚于台面上的前卫作家。他的作品应被理解为五四以后写实主义辩证的一端，而非例外"[①]。在他的军旅题材小说中，出现了第一人称复数

[①] 王德威：《现代中国小说十讲》，复旦大学出版社2003年版，第129页。

"我们"叙事的作品,如《我的教育》《三个男人和一个女人》等。

《我的教育》创作于1929年夏,收录在1930年神州国光社出版的《沈从文甲集》中。这篇小说从形式上看像断章,由24段彼此间互无联系的段落构成,讲述了作者驻扎在槐化期间的军旅生活,包括例行检阅、公务、到修械厂玩耍、观看砍头、追捕逃兵、赌博和做白日梦等生活片段,在这杂乱无序的生活背后隐含了作者"尖锐的迷惘感受,以及对军中生活极度反讽的表达"[①]。这段生活的描写既像作者的自传,也是对军队集体生活的书写,故而从叙事形式上采用了混合人称的手法,其中包含零散的第一人称复数"我们"叙事。

《三个男人和一个女人》最初发表在1930年10月15日的《文艺月刊》第1卷第3号上,1934年收录在大东书局出版的《游目集》中,1936年又收入上海良友图书公司出版的《新与旧》中。在这一版本中,小说的开头与结尾都作了一定的修改。这篇小说有两个叙事层次,第一层是框架叙事,用很短的篇幅以第一人称"我"的口吻讲述了在一个雨天"我"被要求讲故事的故事内容,这一个叙事层次不仅引出了第二个叙事层次,而且还将听故事的人——既包括第一层叙事中在场的听众也包括潜在的听众即隐含读者——从当下的世俗生活中抽离,进入香艳而又恐怖的第二个叙事层次中。第二层是嵌入叙事,这是该篇小说的中心,作者用第一人称复数的形式讲述了"我们"即泛指这一支驻地军队的兵士在驻扎地百无聊赖的生活,讲述了"我们"即"我"、号手、豆腐铺老板三人对镇上一位有钱人家少女的暗恋以及由此引发的压抑、焦虑、癫狂的恋尸行为等。由于第一层次中的"我"归属于第二层次中的"我们",故而两个层次之间会有一定的交叉或错位,让受述者形成一种复杂的接受心境:一方面将嵌入叙事当作"我"的亲身经历来接受,进而产生一种真实感;另一方面将嵌入叙事当作一个怪诞诡谲的奇闻逸事来接受,进而产生一种奇异的陌生化效果。

20世纪40年代的汪曾祺以满腹的诗性才华与多元的艺术探索进入文坛,并在20世纪80年代再次以散文化的小说写作在文坛独树一帜,进而成为中国现代小说的抒情传统、乡土文学之发展链条上成就卓越、熠熠生辉的重要一环。他的叙事方式与文体特色受到越来越多的批评家的关注,

---

[①] 王德威:《现代中国小说十讲》,复旦大学出版社2003年版,第167页。

其中刘旭在《汪曾祺小说的叙事模式研究:"汪氏文体"的形成》中将这些特征归纳为"汪氏文体",并指出"口语化是汪氏文体的语言特色之一"①。他用口语化的语言将故乡、旧事娓娓道来,在风土人情、风俗画卷中展现民间小人物的生活与情感。从讲述方式上来看,这种口语化的特点体现为第一人称复数"我们"叙事手法的运用,这是一种在日常聊天中常用到的讲述方式。

在《故人往事·戴车匠》《故里三陈》《故人往事·如意楼和得意楼》《桥边小说三篇·幽冥钟》《小姨娘》《莱生小爷》等小说中,汪曾祺将故事与人物置入一个独特的生存空间——"我们"那里,呈现出"我们"那里的能人异士:男性产科圣手陈小手、踩高跷达人陈瓦匠,还展示了"我们"那里独有的风俗:赛会、茶馆点心等,这些作品大体上是第三人称叙事。只有零星几处是第一人称复数"我们"叙事,而且文中的"我们"并不参与故事的发展,"我们"只是生活的见证者。在这种类型中,"我们"叙事只出现在对故乡风土人情的介绍方面,看起来类似于全知全能的第三人称叙事。不同之处在于,第一人称复数"我们"叙事是故事内叙事,而且是内视角,而第三人称叙事是故事外叙事,采用的是外视角。

汪曾祺小说中的第一人称复数"我们"叙事还有另外一种形式,集中体现在《老鲁》《戴车匠》《囚犯》《三叶虫与剑兰花》《骑兵列传》《小学同学·邱麻子》《小学同学·金国相》《小学同学·菱蒿薹子》等小说中。这些小说中的"我们"大体有一个隐约可预测的指涉对象,在《老鲁》中指的是西南联大的同事,在《戴车匠》中指的是跟"我"差不多大的孩子,在《囚犯》中指的是"我"和父亲,在《三叶虫与剑兰花》中指的是"我"和同事,在《骑兵列传》中指的是采访骑兵营的人,在《小学同学》中指的是除主人公之外的同班小学生。在这一类型的第一人称复数"我们"叙事中,"我们"是小说主人公旁边的次要人物,参与故事的发展,同时又是他人故事的见证者,所以这一种叙事兼具故事内与故事外两种形式;而且在讲述"我们"的故事时采用内视角,讲述主人公的故事时采用外视角。

20世纪80年代,1985年是值得被记入文学史册的一年。这一年被文

---

① 刘旭:《汪曾祺小说的叙事模式研究:"汪氏文体"的形成》,《文学评论》2015年第2期。

学史家称为"方法年",也是在这一年,作家莫言在发表于《解放军文艺》第 2 期的文章《天马行空》中声称:"创作者要有天马行空的狂气和雄风。无论在创作思想上,还是艺术风格上,都必须有点邪劲儿。"① 这股邪劲儿"就是要冲破旧框框的束缚,最大限度地进行新的探索"②,莫言小说中对叙事人称的灵活运用就是这一探索的亮眼体现。而在莫言的叙事人称实验、革新中,第一人称复数"我们"叙事曾经出现过多次,例如作品《十三步》(1988 年)、《你的行为使我们感到恐惧》(1989 年)、《天才》(1991 年)、《三十年前的一次长跑比赛》(1998 年)、《司令的女人》(2000 年)、《普通话》(2004 年) 等。以小说《你的行为使我们感到恐惧》为例,该小说采用了一种对话体式的写作方式,"我们"和"你"处于一种叙事交流的状态中。"我们"以回忆的口吻记述了十三岁的少年吕乐之"你"对"小蟹子"的疯狂迷恋与追求,"我们"又以一种现在时态的口吻表现了对大明星吕乐之"你"进行自我阉割的不理解与怀疑。这两种叙事被打乱、交织在一起,"我们"的叙事显得既现实又荒诞,流露出一种对生活的不可捉摸之感。小说中的"我们"在不同的语境中有两种不同的所指对象,开篇出场的"我们"指的是"我""老婆""羊""黄头"等人;后文中出场的"我们"则是一种泛称,指的是主人公吕乐之 20 年前的同学。但是,"我们"在这里是不是仅仅指的是"我""老婆""羊""黄头",这一点显得非常模糊,阅读者无从得知。

  1990 年,王安忆在《收获》杂志上发表了小说《叔叔的故事》。这部小说的叙事探索不仅体现在作者采用了元小说的创作方式,也在于它所采用的第一人称复数"我们"叙事的写作方式。在对叔叔的故事进行解构性的讲述中,叔叔的故事所具有的不确定性是由"我们"的道听途说这一不可靠的信息来源决定的。同时,也正是由于信息的提供者是群体"我们",所以关于叔叔的信息庞杂,也为叔叔的故事具有不同的版本提供了叙事可能。在这部小说中,解构性的元小说写作与第一人称复数"我们"叙事彼此佐助,使小说叙事的完整性得到很好的实现。

  在这一部小说之后,王安忆在大量的小说中实践了这一叙事手法,例如《纪实和虚构》(1993 年)、《姊妹们》(1996 年)、《从黑夜出发——

---

  ① 莫言:《天马行空》,载杨守森、贺立华主编《莫言研究三十年》(上),山东大学出版社 2013 年版,第 296 页。

  ② 同上。

屋顶上的童话（二）》（1997年）、《蚌埠》（1997年）、《文工团》（1997年）、《隐居的时代》（1998年）、《遗民》（1998年）、《冬日的聚会》（1999年）、《花园的小红》（1999年）、《校际明星》（2002年）、《刻纸英雄》（2002年）、《猪》（2002年）、《阿尔及利亚少女》（2002年）、《流言（一）、（二）》（2002年）、《羊、乒乓房》（2003年）、《菜根谭》（2008年）等。这些作品的叙事形式相对比较复杂，多数为第一人称单数、第一人称复数和第三人称单复数的交替使用。这一叙事方式一方面打破了传统小说叙事人称前后保持一致的惯例，另一方面也对第一人称复数"我们"叙事这一非自然的叙事形式进行了积极的摸索和探讨。其中，比较集中地采用第一人称复数"我们"进行叙事的小说有《姊妹们》《蚌埠》《文工团》《隐居的时代》等，这些小说或者体现了王安忆对"我们的村庄""我们团"的历史记忆进行集体叙事的创作理念，或者反映了她对"我们"这一群体的生活、活动所作的描述。

1998年，当代女小说家徐坤发表的小说《招安，招安，招甚鸟安》采用了第一人称单数与第一人称复数相交叉的叙事形式，自传叙事被嵌入"我们"的集体叙事中。在这里，虽然"我"是"我们"中的一员，但是"我"并不完全从属于"我们"，"我"具有独立的自我意识，与"我们"的意识形成一种区别性的对话关系。而且，从某种意义上来讲，"我"的叙事话语对使每个个体成为没有个性差别的"我们"的革命话语、集体话语进行了深入的批判。该小说一方面用第一人称复数"我们"的形式讲述了"我"如何被革命话语、启蒙话语规训到"我们"集体中；另一方面用第一人称单数"我"的形式讲述了"我"对这两种话语规训的反思与反抗。徐坤将"我"的个人记忆与"我们"的集体记忆有机地结合在一起，这一写作策略不仅有力地揭示出社会、时代对个体的强制性塑形，而且反映出个人在这一强压下的艰难突围。面对时代与社会的伟力，个人的经验与记忆往往也是我们大家的经验与记忆。

同样是1998年，艾伟在《上海文学》发表了小说《到处都是我们的人》。在这部小说中，作者以一种反讽性的口气讲述了"天然气工程办公室"中的"我们"在天然气工程停工之后无所事事、钩心斗角的琐碎生活。殷主任、老汪、老李、胡颖、小王、陈琪、"我"和"小郁"等既是小说中的个体人物，也是会聚成"我们"这一群像的群体成员。作者既讲述了"我们"这个群体中某个个体的生活内容，同时也揭示了"我们"对这个个体生活的态度与感受。小说部分地采用第三人称或者第一人称的方式来讲述个人的故事,也部分地采用第一人称复数的方式来讲述"我们"这个群体的生活故事与集体感受。

需要注意的是,"我们"这个人称代词所指的是一个不稳定的群体,"我们"有时候是"天然气工程办公室"的全体机关人员,但大多数语境中是一个不完全的整体。当讲述个体故事时,"我们"就好像是一个游离在这个个体人物身边的幽灵,对这个个体人物进行观照、感知、评价。因此,这个"我们"在不同的个体故事中是不一样的群体,然而,"我们"这个指涉暧昧不清的人称代词却掩盖了这一点。除了这部小说之外,《老实人》(1998 年)、《1958 年的堂吉诃德》(1999 年)和《越野赛跑》(2000 年)等小说中也采用了第一人称复数"我们"叙事,其中,后两部小说都采用了"我们村"的叙事口吻,故事的主体部分虽然是异故事叙事,但是"我们村"的叙事口吻使得异故事被局限在一个特定的生活空间——"我们村"里,这一叙事形式明显具有汪曾祺乡土小说中"我们那里"叙事的痕迹。

魏微也是一位大胆采用第一人称复数"我们"进行小说叙事的作家。她在《乡村、穷亲戚和爱情》(2001 年)、《一个人的微湖闸》(2001 年)、《石头的暑假》(2003 年)、《大老郑的女人》(2003 年)和《姐妹》(2006 年)五部小说中采用了这一叙事方式。

《乡村、穷亲戚和爱情》中同时出现了第一人称单数、第一人称复数、第三人称和第二人称叙事的片段,这些不同的叙事人称从不同的视角出发来讲述故事,形成了不同的阅读效果。其中,第一人称复数"我们"的叙事话语较少,多数是第一人称和第三人称叙事的交替。《一个人的微湖闸》中也呈现为一种多人称叙事之间的转换,其中有多处采用了第一人称复数"我们"叙事的方式。小说以第一人称复数"我们"的回忆口吻追溯了 20 世纪 70 年代微湖闸人的日常生活,在这个精神归乡的过程中,"我们"既是事件的体验者,也是微湖闸人个体生活的旁观者和记录者,更是对那人那事的评判者。"我们"的多重身份促使该小说文本的叙事呈现出复杂的内在纠葛。在《石头的暑假》一文中,作者同样以第一人称、第三人称和第一人称复数相交叉的叙事形式为我们讲述了一个由懵懂的性冲动而导致的强奸案的故事。《大老郑的女人》中也在部分段落里采用了第一人称复数"我们"叙事的方式,该小说透过"我们"的视角描述了大老郑和一个良娼女人之间的故事，并以此展现了20世纪80年代以来古朴小镇的生活变迁与人们的思想变迁。其中"我们这里""我们小城"等写法的运用体现了汪曾祺、王安忆小说创作的印迹，而作为叙述者"我们"在文本中实际上并不是一个固定的群体，在不同的叙事场景中其所指对象有所不同。"我们"有时指的是院子里的孩子们，有时指的是"我和弟弟"，有时指的是"我们一家人"，不同的"我们"之间形成了视角的交叉，使得文本内涵具有很强的内在张力。《姐妹》也同样采用了不同人称之间的转换来讲述故事，为读者讲述了两个女人与一个男人之间的爱情纠葛，细致入微地刻画了两个女人之间相恨相怨又互怜互助的复杂情感。其中有部分语段采用了第一人称复数"我们"叙事的形式，而小说人物"我们"既是事件的见证者和参与者，也是故事的讲述者。

擅长于写作现代官场小说的作家杨少衡也在他的作品《黑名单》（2001年）、《蓝筹股》（2005年）和《疑点重重》（2006年）中运用了第一人称复数"我们"叙事的方式。在《黑名单》中，叙述者"我们"以故事的旁观者、经历者的身份讲述了抓捕"大公字"这个假烟制造集团的政府相关涉案人员的故事。"我们"并没有确切的所指对象，关于"黑脸"的故事主要来自"我们"的道听途说。这一叙事方式在舍弃了第三人称全知叙事之后，以无处不在的"我们"来保障获取最大限度上的信息，并以"我们"这一广阔的视角来窥视这一事件的隐秘之处，表达"我们"的集体感受与一致评价。《蓝筹股》中的"我们"似乎是主人公贺亚江的同僚，"我们"作为故事发展的旁观者看到了贺亚江从仕途得志到最终的毁灭这一全过程。"我们"不参与故事情节的发展，只是时不时地会站在一个旁观者的立场上发表自己对某件事情或者主人公的看法。而《疑点重重》中的"我们"则是故事情节的参与者，"我们"作为郭志同受贿案调查员的身份介入到整个故事中，并且故事中他人的行动与思想是透过"我们"的双眼或推测来加以呈现的，所以其叙事具有非常明显的主观性，"我们"的关注兴趣决定了被叙事故事的概貌。

毕飞宇与鲁敏的部分小说作品中也有第一人称复数"我们"叙事的写作手法。这两人的写作延续了汪曾祺对故乡、王安忆对农村、艾伟对"我们村"的写作风格。毕飞宇自称不是一个有着乡土情怀的小说家，但是他却很喜欢把乡村作为他说事的背景和拷问人性的场所，"王家庄"在他的笔下已经成为一个独具特色的生活场景。小说《地球上的王家庄》（2002年）以一个孩童的视角给读者展示了王家庄的封闭与王家庄村人的愚昧，其中对全村人或者部分村里人的行为举止及精神面貌的书写采用的就是第一人称复数"我们"叙事的形式。他在另一部小说《一九七五年的春节》（2011年）中也采用了类似的写作方法，他讲述了一艘外来的大船给"我们村"及"我们村的人"带来了生活上的变化及思想上的震撼。鲁敏所创作的中篇小说《思无邪》（2007年）讲述的是一段发生在"我们东坝"的故事，女主人公兰小是一个偏瘫的痴子，哑巴来宝在照顾她的过程中自然而然地生发出了一种男性对女性的情愫，并随之引发了村里人对这一事件的不同感受。文中的部分段落采用了第一人称复数"我们"叙事的方式，描述了"我们东坝"的生活环境以及"我们东坝人"的生活体验。其中，第一人称复数"我们"叙事的段落为兰小与来宝的故事提供了一个背景，这两种叙事方式互相转换，错落有致。

山西籍青年作家手指所写的《寻找建新》（2011年）这部小说中也有对第一人称复数"我们"叙事的运用。这部小说的叙事形式表现为以第一人称复数"我们"叙事的形式为主，其中穿插有第三人称叙事和第二人称叙事的段落。该小说讲述了"我们"这样一群从农村进入城市寻找梦想的年轻人痛苦而迷茫的成长史，其中细致刻画了"建新"作为"我们"成长旅途上的引导者与前行者，其成功与失落给"我们"造成的情感冲击与认知混乱。

透过时间的线索，我们可以发现文学家们在言说的过程中不断地调整着自己的言说立场与出发点，试图在这一调整中来适应文学自身的规律与社会形势对文学的影响，并在言说话语中确立自己的主体性地位。正如埃米尔·本维尼斯特（Emile Benveniste）所说："人在语言中并且通过语言自立为主体。"[1] 而语言在建构主体性的过程中，"人称代词是语言中的主体性得以显现的第一个依托"[2]。

分析诗歌、文学评论、小说中的人称代词，有助于我们去领会在中国社会风云变幻的百年间，知识分子主体地位的变迁。同时，将诗歌领域、

---

[1] ［法］埃米尔·本维尼斯特：《普通语言学问题》，王东亮等译，生活·读书·新知三联书店2008年版，第293页。

[2] 同上书，第296页。

文学评论界、小说界作一个共时性的研究,可以发现,诗歌领域与文学评论界所出现的人称代词的变化从时间进程上来看大体保持一致,五四个人意识的觉醒与言说主体"我"的确立息息相关,而中国民族革命的浪潮促成了言说主体"我们"的出场与兴盛,政治热潮在中国的文学界的退却迎来了个体"我"的回归。与之形成差异的是小说中的言说主体或者称为叙事主体:五四个人意识的觉醒确实促成了五四小说中第一人称叙事小说的大量出现,但是民族革命的蓬勃兴起带来的是第三人称叙事的繁荣,第一人称复数"我们"叙事的发生与发展与政治形势关系不大,而更大程度上关乎小说叙事技巧的实验与探索。虽然在小说中,第一人称复数"我们"叙事的小说总量不大,无法与第一人称叙事、第三人称叙事相提并论,但这一叙事形式所具有的独特性已经得到了小说评论家们的重视,并且他们以这些为数不多的实验性小说文本为基础,积极地探索这一叙事形式所特有的叙事效果。

第五章

我国第一人称复数"我们"叙事的批评实践

虽然前文不断强调采用第一人称复数"我们"进行叙事的小说并不多见,而西方学者在建构他们的第一人称复数"我们"叙事理论的过程中也多次提到这一点,但在我国批评界已经有不少学者注意到了这一特殊的叙事形式,并以我国这类小说文本为研究对象,对这一叙事形式的特点进行了多方位的研究。例如探讨了叙事人称从"我"到"我们"的变化所具有的社会文化原因、叙事人称"我们"所具有的独特叙事功能、叙事人称"我们"所引发的叙事视点的变化等问题。在这些探索的基础上,笔者将对目前搜集到的第一人称复数"我们"叙事小说进行分类研究,分析不同的"我们"在小说叙事进程中所具有的不同特点及功能,进而试图归纳出一定的叙事规律。最后,笔者将以我国乡土小说中叙事人称的变化为研究对象,分析第一人称叙事、第三人称叙事、第一人称复数"我们"叙事所各自独具的叙事功能,并进一步分析作者采用不同的叙事人称进行写作时体现出来的相异写作立场。

第一节 我国评论界对第一人称复数"我们"叙事的批评实践

正如18世纪中叶的英国诗人爱德华·扬格(Edward Young)所说的那样,"发自作者衷心的东西感动我们的心灵,来自作家头脑的东西使我们开动脑筋,使我们心神安宁。它造就了一群思想丰富的批评家,而不是痛苦的病人"……①我国现当代小说家对第一人称复数"我们"叙事形式的探索实践促成了一批小说批评家对这一叙事形式的理性分析与研究,并产生了一定的研究成果。

一 关于沈从文小说中"我们"叙事的批评实践

就目前掌握的资料来看,在我国当代文学批评界最早对第一人称复数"我们"叙事进行研究的批评家是旅美学者刘禾。1995 年,斯坦福大学出版社出版了她的著作《跨语际实践:文学,民族文化与被译介的现代性(中国,1900—1937)》。在这本书中,刘禾分析了沈从文的小说《三个男人和一个女人》,并指出这篇小说在叙事进程中存在着"第一人称单数与复数代词(我,我们)之间的滑动"②。在落雨之夜,"我"给朋友们讲述了"我们"的故事,而在小说开篇处的"我们"是一个指涉不明的人称代词,其所指对象在故事发展中具有流动性,即"小说开篇处,它宽泛地指叙事人所属的军队;而在故事进一步展开时,这一代词开始具有了特定的指涉内容,指由两个男人形成的小组,即,叙事者本人以及他的搭档,跛脚的号兵;不久之后,当叙事人发现豆腐铺的老板也爱上那个女人时,后者也被囊括到这一表达形式中"③。在这里,作者采用第一人称复数"我们"将一个男性的欲望故事置换成一个下层人的阶级故事,三个男人对乡绅之女的迷恋而不可得被转化为社会底层人对上层特权阶级的失败性僭越,当乡绅之女吞金自杀后,"第一人称的复数形式'我们'开始让位于占支配地位的个人化的'我'(叙事人)以及'他'"④。由此,小说故事也从阶级欲望的被压抑转向了三个男人各自对被压抑的男性欲望所做出的惊悚性实现。

国内学者张森也曾撰文对这部小说中的第一人称单数、复数的关系进行研究。2010 年,张森在《小说评论》上发表了一篇题为《"我"与"我们":沈从文湘西小说的双重视点》的文章。在该文中,他以《我的教育》与《三个男人和一个女人》为例,指出沈从文的早期湘西小说中

---

① [英]爱德华·扬格:《试论独创性作品》,袁可嘉译,人民文学出版社 1963 年版,第 42 页。
② 刘禾:《跨语际实践:文学,民族文化与被译介的现代性(中国,1900—1937)》,宋伟杰等译,生活·读书·新知三联书店 2014 年版,第 176 页。
③ 同上书,第 177 页。
④ 同上书,第 182 页。

存在着双重视点。这一双重视点的形成取决于小说中存在着的两个叙述者，即"我"和"我们"。"小说中的双重叙述视点就构成了一个奇特的结构，'我'既在'我们'其中又在'我们'之外，叙述主体既刻意保持与对象同一的立场，同时有意识地处在对象之外。这使得沈从文的湘西小说始终呈现出一种极为复杂的叙事情感。"① 这种情感的复杂性表现为颂赞、眷恋与批判、告别的同在。在这篇论文中，张森对"我"与"我们"双重视点之间的关系所做的分析发人深省。

二 关于王安忆小说中"我们"叙事的批评实践

我国当代文学批评界对第一人称复数"我们"叙事小说的研究集中在王安忆的小说上。陈思和、严锋、张新颖三人曾在谈到王安忆的小说《文工团》时对这一叙事方法分别进行了评述。陈思和对《文工团》在文体方面的探索而引发的争议进行了辨析，他认为："作家的写作如入无人之境似的，完全置传统的小说规范于不顾。有关文工团的断断续续的回忆充当了作品的向导，由于这种回忆不是个人性的，因此与一般的回忆性散文作品区分开来。作家使用了'我们'的复数作小说的主语，其实这个'我们'，既不是作者本人，也不是指某一部分文工团团员，这个'我们'就成了文工团的代名词，作品的第一人称就是文工团……这是一个由许多卑微的生命组成的团体，没有一种艺术形象可以在其生命内部容纳如此多的生命！"② 为了将这些人的生命之歌勾连在一起，谱写成一曲生命的交响乐，"作家将小说形式的因素逐渐减少到零的程度，由于取消了'我'的个人性回忆视角，'我们'的复数使一切个人琐碎、平庸、唠叨的叙述细节变得磅磅礴礴，精神浑然而充沛"③，因而具有一种动人心魄的艺术感染力。

严锋在为《文工团》写的一个简评中也提到，《文工团》在小说形式上的探索具有重大意义，其"非小说化"的形态之所以能产生一种动人心魄的效果，原因就来自第一人称复数"我们"叙事。他认为："王安忆正在走向成熟和大气。把形式的因素削减到零的程度，可以因此克服新时

---

① 张森：《"我"与"我们"：沈从文湘西小说的双重视点》，《小说评论》2010年第2期。
② 陈思和主编：《逼近世纪末小说选》（卷五·1997），上海文艺出版社1998年版，序言第11—12页。
③ 同上书，序言第12页。

期作家大多难以克服的浮夸和炫技的痼疾。新时期是一个追求个性的时代，但是，追求个性在我们的作家那里往往演变成恶性膨胀的叙述主体。在新时期的文学中到处可见一个矫揉造作的叙事者，或洋洋得意，或顾影自怜，或故作冷漠，怎一个'我'字了得。《文工团》没有这样的卖弄，这一定程度上也得力于一个亲切的名之曰'我们'的复数的叙事者。"[1]

在《"我们"的叙事——王安忆在九十年代后半期的写作》一文中，张新颖也认为，第一人称复数叙述者"我们"的出场是对新时期恶性膨胀的叙事主体"我"的扬弃，"'我'并非消失了，而是隐退到'我们'之中"[2]。在《王安忆的复数写作》一文中，张新颖进一步指出王安忆采用第一人称复数"我们"叙事的原因。他说，当王安忆以其单薄的个人之力试图去追问"一个或几个时代、一代或几代人的精神问题"[3]时，单数的叙述者"我"是无法背负这个历史的重担的，所以"她从'我'回到了'我们'，从日常的生活寻找审美的形式"[4]，缓慢的、曲折的、委婉的农村生活方式给予其作品一种平静、舒缓的叙事节奏，那种富有个性色彩的紧张感由此被克服了。张新颖进一步指出，如果对"我们"感兴趣的话，除了《文工团》，还可以去看一下《隐居的时代》。关于《隐居的时代》中的第一人称复数"我们"叙事，他并没有作进一步的说明，不过季红真对此有一番论述。她指出，《隐居的时代》是王安忆心灵史写作三部曲中的一部，该小说采用了第一人称单数与第一人称复数交替叙事的方法，这一写作手法反映了"自我与群体之间既融合又分离的犹疑状态，是知青这个悬浮在乡土社会的特殊群体在特定的历史时期的生存状况，也是个体脱离家庭独自步入社会最初的惊奇发现"[5]。这一说法表明了叙事技巧的变化是为小说主题的表达而服务的这一基本写作理念。

三 关于徐坤等人小说中"我们"叙事的零散批评实践

张新颖除了注意到王安忆小说中的这种叙事形式之外，他还注意到在

---

[1] 严锋：《简评》，载陈思和主编《逼近世纪末小说选》（卷五·1997），上海文艺出版社1998年版，第591页。
[2] 张新颖：《"我们"的叙事——王安忆在九十年代后半期的写作》，载《打开我们的文学理解》，山东文艺出版社2005年版，第45页。
[3] 陈思和、张新颖、王光东：《知识分子精神的自我救赎》，《文艺争鸣》1999年第5期。
[4] 张新颖：《王安忆的复数写作》，载《默读的声音》，广东教育出版社2004年版，第126页。
[5] 季红真：《归去来——论王安忆小说文体的基本类型》，《文艺争鸣》2010年第3期。

徐坤和魏微的小说中也有类似的写作方式。他在《这一代的经验和记忆》一文中指出，徐坤小说中第一人称单数叙事与第一人称复数叙事之间的转换具有合理性，即"徐坤的小说（此处指的是《招安，招安，招甚鸟安》）中有几节文字的叙述人称使用的是复数'我们'，从实质上讲，叙述一个时代的经验和记忆，在'我'和'我们'之间的转换确实也并不需要特别的过渡"①。他在《知道我是谁——漫谈魏微的小说》一文中指出，江苏女作家魏微在她的多部小说作品中也采用了第一人称复数"我们"叙事的手法，但并没有具体指出是哪一些小说文本，只是说"文章就要结束了，发现谈的魏微的几个作品，都是第一人称的，这个第一人称的我，有时候是我们，带来一种自然的亲切感"②。

除了像张新颖这样比较集中地探索小说叙事中出现的第一人称复数"我们"叙事的批评家之外，还有一些零星的论文也涉及了对第一人称复数"我们"叙事的研究。例如，于启宏在《汪曾祺的短篇小说哲学》一文中指出，汪曾祺在其部分小说中运用了第一人称复数"我们"叙事的手法。他说："汪曾祺小说运用第一人称叙述的作品约有四十篇强，占全部的31%。其中复数第一人称的小说约有十余篇，例如《戴车匠》《老鲁》《囚犯》《三叶虫与剑兰花》《骑兵列传》《故里三陈》《故人往事·如意楼和得意楼》《桥边小说三篇·幽冥钟》《小学同学·邱麻子》《小姨娘》《莱生小爷》等。"③ 蔡志诚在论文《权力镜像中的边缘正义——杨少衡的"介入现实"与"隐形批判"》中指出，杨少衡的小说"采用第一人称的单数或复数叙事视角……与那些大都采用第三人称全知视角来描摹权力圈的波谲云诡的官场小说不同，杨少衡更喜欢沿着叙述者的视域来探询权力在基层生活里的运行踪迹，摒弃广角镜的全知视角，而从融有叙述者生存体验的视域介入现实，这种叙事视角更能触及权力场域的隐秘真实"④。王新敏在《论艾伟长篇小说〈越野赛跑〉中的集体叙事》一文中认为，该小说中出现的"我们"这个叙事主体充分表现了特

---

① 张新颖：《这一代的经验和记忆》，载《默读的声音》，广东教育出版社2004年版，第141—142页。
② 张新颖：《知道我是谁——漫谈魏微的小说》，载《打开我们的文学理解》，山东文艺出版社2005年版，第30页。
③ 于启宏：《汪曾祺的短篇小说哲学》，《理论与创作》2007年第1期。
④ 蔡志诚：《权力镜像中的边缘正义——杨少衡的"介入现实"与"隐形批判"》，《当代作家评论》2005年第3期。

定时期中国特有的话语特征,"体现出集体狂欢的特质"。① 这三人的论述虽然还没有针对第一人称复数"我们"叙事作出更深入的研究,但已经发现了这种特殊的叙事形式。

近年来,关于第一人称复数"我们"叙事小说得到较为集中关注的是手指的《寻找建新》,王春林、王海燕、刘凤阳、王朝军、刘芳坤等人分别撰文对这部小说的写作手法、主题揭示等问题进行了或详或简的分析。例如,王春林在《山西作家群整体透视:百花春满园　稍逊"茉莉"香》一文中特别指出:"手指一向被看作是山西年轻的先锋小说家,他的《寻找建新》在叙事方面的一个突出特点,就是对于第一人称复数'我们'的巧妙征用。在'我们'寻找建新的过程中,所折射出的依然是一代人无法摆脱的生存焦虑。"② 王春林在另一篇文章《"我们"的"存在"故事——手指短篇小说印象》中再次表达了相似的观点。王海燕则认为第一人称复数"我们"叙事的使用与作者试图表达一代人的生存体验有关,她说:"回叙巧妙地利用建新的缺位与'我们'的猜测写出了出身乡村的年轻一代在城里面临的普遍命运。小说以复数第一人称'我们'作为叙述者,也明确彰显出作者的这一意图。"③ 刘凤阳也注意到了手指小说的这一叙事特征,并指出这一叙事人称所具有的审美效果,他说:"手指的文字有一种执着而又不经意的'后先锋'色彩,《寻找建新》以第一人称复数'我们'构建起一种随意性和不确定性,使得他的小说读来灵动自然"④。

这些评论文章很敏锐地注意到了该小说中第一人称复数"我们"叙事这一非自然的叙事形式,但是其论述很明显还可以继续深入展开,对第一人称复数"我们"叙事的具体过程及其内在存在的非自然性作更深入的研究。

通过上文的简单梳理,我们可以看出,在中国现当代文学批评界,批

---

① 王新敏:《论艾伟长篇小说〈越野赛跑〉中的集体叙事》,《河北工业大学学报》(社会科学版)2013年第4期。
② 王春林:《山西作家群整体透视:百花春满园　稍逊"茉莉"香》,《光明日报》2012年7月31日第14版。
③ 王海燕:《"我们"的城市焦虑——〈寻找建新〉导读》,《语文教学与研究:综合天地》2012年第6期。
④ 刘凤阳:《看小说:手指〈寻找建新〉　青春的出路》,《文艺报》2011年9月26日第2版。

评家们在自己的阅读体验基础上，发现并分析了第一人称复数"我们"叙事在叙事特点、叙事视角、叙事功能等方面的问题。在他们的研究中，一部分是从社会历史文化的角度来探究作者弃用第一人称单数"我"而转向第一人称复数"我们"的原因；另一部分试图结合已有的叙事学知识来分析这一叙事形式的变化所引发的叙事视角、叙事功能的变化。目前，西方叙事学界在非自然叙事学的理论背景下来研究第一人称复数"我们"叙事，这一理论的出现深化了西方学者对西方小说中第一人称复数"我们"叙事的认识。借用这些新的理论成果来研究我国文学中出现的第一人称复数"我们"叙事，或许会使我国学界关于第一人称复数"我们"叙事的研究有所推进。

第二节　我国第一人称复数"我们"叙事的分类研究

在西方叙事学理论家的研究成果中，第一人称复数"我们"叙事被视为一种集体性叙事，这种叙事形式有助于建构集体主体、传达集体的共享感觉、表达集体意识。以这一基本观点来分析我国小说界出现的第一人称复数"我们"叙事小说，可以看出国内第一人称复数"我们"叙事小说基本符合这一特点。为了进一步研究我国第一人称复数"我们"叙事小说的特点，下文将运用心理学的相关理论，结合我国当代小说中的一些第一人称复数"我们"叙事小说，来研究这些小说作品中"我们"集体得以形成的心理机制，并分析在关系化、类别化运作机制下形成的"我们"集体内部群己关系的不同表现，以及由此带来的集体意识的不同表达效果。

一　"我们"主体的关系化或类别化建构

在分析中国人的"我们"概念得以形成的社会心理机制这一问题时，中国学者杨宜音等在《关系化还是类别化：中国人"我们"概念形成的社会心理机制探讨》一文中指出，这项研究可以依循两条思路：一是从中国传统社会特有的"关系"范式入手，探讨中国人在中国乡村社会的"差序格局"中依靠先赋性亲属关系或者通过交往建立拟亲属关系来形成"我们"概念；二是从社会认同理论出发，认为"当一个个体将自我与一个类别建立心理联系之后，就会形成对该类别的认同，并因此形成与该类别以外的人或其他类别形成积极的特异性，并形成'我们'概念"①。在关系化的"我们"中，个体自我与他人之间的关系并不是平等或者同质的，"我们"的边界中包含哪些人则依赖于个体自我的选择。在类别化的"我们"概念中，个体自我与群体内部的其他成员具有一致的群体成员的典型特征，并将差异性作为"我们"与外群体相区别的标志。在上述这两种"我们"概念的形成过程中，"如果说'关系化'是传统'差序格局'的核心表征，那么，'类别化'则可谓是现代'团体格局'的核心表征"②。而在某些特定情况下，"我们"概念的形成则是"关系化"与"类别化"两种机制在不同情境中的相互缠绕。

　　以杨宜音的观点来看中国第一人称复数"我们"叙事小说中的"我们"可以看出：艾伟的《到处都是我们的人》、莫言的《你的行为使我们感到恐惧》、手指的《寻找建新》等小说中的"我们"是在关系化的运作机制中形成的。在《到处都是我们的人》中，"我们"指的是由"我"将之串联到一起的天然气工程办公室上班的同事：老汪、殷主任、老李、小王、"我"、胡沛、陈琪等人。在小说叙事中，如果某个人物与"我"关系对立，这个人物就会被排除在"我们"之外。在《你的行为使我们感到恐惧》中，"我们"是吕乐之20年前的同学——"老婆""羊""黄头""耗子"等人。在《寻找建新》中，"我们"是以"我"为中心结成的一个群体，"我们"有时候指的是跟我一起打牌的舍友；有时候指的是跟我一个班的同学；有时候指的是跟我一起考上大学到张城来读书的同学；有时候指的是跟我一样毕业后留在张城奋斗的同学；有时候指的是跟建新一起出去吃饭的"我们"这一帮人。

　　王安忆的小说《叔叔的故事》中的"我们"是在类型化的运作机制中形成的。在《叔叔的故事》中，通过自我类别化的心理过程，"我"与某一个类别建立联系，进而成为"我们"这些靠讲故事度日的人、"我们"这样的插队知青、"我们"这样在文化荒芜的时代里长大的新一代小说人。在这里，"我们"的形成主要依靠的是"自我类别化"，与之相比，沈从文的小说《三个男人和一个女人》中的"我们"则表现为"关系

---

① 杨宜音、张曙光：《关系化还是类别化：中国人"我们"概念形成的社会心理机制探讨》，《中国社会科学》2008年第4期。
② 杨宜音、张曙光：《在多元一体中寻找"我们"——从社会心理学看共识的建构》，《人民论坛·学术前沿》2013年第7期。

化"与"类别化"的缠绕。当"我们"指的是"我"与瘸腿号兵时,叙述者提到,"这号兵是我同乡,我们在一个堡寨里长大,一条河里泅水过着夏天,一个树林子里拾松菌消磨长日"①。由这段话可以看出,这是在传统社会"差序格局"中通过关系化形成的"我们"。但同时,"我"和号兵同属驻宿在杨家祠堂的一个连队,因此,这个"我们"也是现代社会"团体格局"中通过"类别化"形成的。

在第一种关系化运作机制下生成的"我们"中,个体"我"根据交往度来自主划定"我们"集体的边界。因此,在不同的情境中"我们"的边界具有收缩性,"我们"的所指对象会发生变化。在第二种类别化运作机制下生成的"我们"中,"我们"的边界是由"我们"这一群体的类别化特征来决定的,因而一旦"我们"群体形成以后会具有相当的稳定性。在这两种类型的"我们"中,"我"与"我们"之间的群己关系有不同的表现。

二 "我们"集体中的群己关系之类别

杨宜音认为,在关系化运作机制下生成的"我们"集体中,个体自我以自身为原点,根据交往关系亲疏来决定是否把某人归并到"我们"集体中,或者根据交往过程中结成的对立关系将某个人排除在"我们"集体之外。所以,在这种类型的"我们"集体中,"我们"内部的人,彼此之间"并不是以与个体形成共同感情、共识或共同利益为必要条件,而是被动地'被包含'。因此……'我们'概念,主要是在责任、信任和亲密情感上与'外人'(即'他们')相区别,其主要功能并不在形成共有的一体感上"②。在《到处都是我们的人》中,虽然"我们"指的是在天然气工程办公室一起工作的同事,但实际上"我们"这个集体中的个体成员之间矛盾重重,老汪与殷主任多次吵架,老李与老汪因为争权夺利而互施手段,"我"和小王因陈琪而争风吃醋。当"我们"中的某个个体违背了其他群体成员"你"的利益或跟其他群体成员的看法不一致时,"我们"也会将这个个体暂时地排除在"我们"之外。例如,当老汪写举

---

① 彬彬选编:《沈从文小说》,内蒙古文化出版社2009年版,第67页。
② 杨宜音、张曙光:《在多元一体中寻找"我们"——从社会心理学看共识的建构》,《人民论坛·学术前沿》2013年第7期。

报信进而导致"我们"的福利减少时,"我们对老汪是很有意见的"①;当老李嗅觉敏锐地察觉到老汪的桃色事件时,"我们怀疑老李的嗅觉是在阶级斗争中锤炼出来的"②;当胡沛对老汪的看法跟我们不一致,跟我们说老汪蛮有正义感时,"我们听了都嘎嘎地笑出声来"③。由上述分析可以看出:在关系化运作机制中生成的"我们",各群体成员之间并没有完全意义上的一体感,各成员之间的独立性依然能够得到部分保持,在不同的情境中"我们"的变动性很强。

  杨宜音认为,在类型化运作机制中生成的"我们"集体中,个体经过自我类别化、去个性化,与群体建立了心理联系后,"往往以为自己具备内群体成员的典型特征,认为其他内群体成员也与自己一样,具有典型的内群体成员特征。在很多场合,人们倾向认为自己是内群体的代表"④。在《叔叔的故事》中,虽然"我们"的所指对象在身份、大小、时间等方面在不同的语境中时有变化,但是个体自我与群体"我们"之间的关系保持一致,即"我"始终是"我们"这一集体的代言人。当"我们"指的是一群写小说的人时,"我们"这个集体有着明显的、区别于外群体的外在标志,即独特的生活方式——靠讲故事来度日,"我"要来讲叔叔的故事,是因为叔叔的名言警句与"我"当下的思想接上了火,所以想要借叔叔的故事来寄托自己的一些隐秘想法。在这里,"我"作为代言人指出了"我们"这群人的生活方式"就是将真实的变成虚拟的存在,而后驻足其间,将虚拟的再度变为另一种真实"⑤。当"我们"指的是与叔叔那一代平反后的右派作家相对的知青作家时,"我"与叔叔成为这两代人的代表,面对西方一百年来的精粹思想成果及残羹冷炙,这两代人做出了不同的反应,"叔叔那一类人会产生一种落伍的危机感,他们往往是以导师般的姿态来掩饰这种感觉,就像我们,总是用现代派的旗帜来掩盖我们底蕴的空虚"⑥。在这两处"我们"中,"我"以新一代小说家这一社会类别来感知自身时,"我"与新一代小说家中的其他人之间的个体差异

---

① 艾伟:《到处都是我们的人》,《上海文学》1998年第9期。
② 同上。
③ 同上。
④ 杨宜音、张曙光:《在多元一体中寻找"我们"——从社会心理学看共识的建构》,《人民论坛·学术前沿》2013年第7期。
⑤ 王安忆:《叔叔的故事》,载《王安忆自选集》,天地出版社2017年版,第140页。
⑥ 同上书,第161页。

性就会弱化,"我"就会消隐到"我们"中。

在沈从文的小说《三个男人和一个女人》中,由于"我"、瘸腿号角、豆腐铺老板都爱上了本地商会会长的小女儿,所以,"我们"变成了一个由于阶级间不可逾越的鸿沟而不得不压抑自身欲望的三人群体。"我"是一个地位卑微、具有低微军衔的班长,号兵是一个由于瘸腿而被剥夺了升迁、求爱以及走向幸福等权利的残废,豆腐铺老板则是一个言辞匮乏、常带着女性化微笑的乡下人。这三人同属于社会底层,"正如跛脚的号兵永远不能康复……叙事人以及豆腐铺老板作为象征性的跛脚者,也永远无法从他们'低下'的地位中提升上来"①。虽然"我们"社会地位低下,但是"我们"对那年轻女子的爱慕,则预示了"我们"企图超越阶级界限,僭越社会等级的欲望。"我"和号兵一方面服从营规,另一方面服从着自身的欲望。"我们"每天坐到豆腐铺里,盼望着能看看那女人的模样。在这一"关系化"机制中形成的"我们"中,由于"我们"与豆腐铺老板交往渐深,感情愈厚,在后文中多次出现的"我们"中将豆腐铺老板也包容了进来。当那女人走出门来,站在她家大门前看着"我们"时,我因小姑娘对"我"的全不在意而忧郁;号兵因他的瘸腿而更忧郁、难受;那诚实单纯的豆腐铺青年则露着强健如铁的一双臂膊,扳着那石磨。在此处,"我们"三人以不同的方式表现出对那年轻女子的在意。当那年轻女子吞金去世后,由"关系化"运作机制结成的"我们"逐渐趋向解散,"而且第一人称的复数形式'我们'开始让位于占支配地位的个人化的'我'(叙事人)以及'他'"②。在之后的小说叙事中,豆腐铺老板疑似掘开那女子的坟茔盗尸藏匿;瘸腿号兵也企图做同样的事情;而"我"则在号兵的身上看到了自己内心深处被压抑的相同欲望,正如刘禾指出的那样,"号兵显然成为叙事人的一幅镜像以及另一个自我"③。由此可见,虽然从"关系化"的层面来看,"我们"解体了,但是从"类别化"的层面来看,"我们"所共有的男性的阶级的欲望却使"我们"这个群体名亡实存。

三 "我们感"的形成与集体意识的表达

在上述三种群己关系中,《到处都是我们的人》中"我们"的群体成

---

① 刘禾:《跨语际实践:文学,民族文化与被译介的现代性(中国,1900—1937)》,宋伟杰等译,生活·读书·新知三联书店 2014 年版,第 181 页。
② 同上书,第 182 页。
③ 同上书,第 183 页。

员在不同的情境中有所增减,"我"与变化后的"我们"立场基本相同;在《叔叔的故事》中,"我"与"我们"保持高度一致,"我"是"我们"集体的代言人;在《三个男人和一个女人》中,"我"与"我们"之间的群己关系兼具上述两个特点,且又体现出它的独特性。由于"我"与"我们"之间的群己关系不同,这三种"我们"所形成的"我们感"也有差别。当小说作者用第一人称复数"我们"叙事来表达集体意识时,同样呈现出不同的效果。

杨宜音在《在多元一体中寻找"我们"——从社会心理学看共识的建构》一文中指出,由关系化的运作机制所生成的"我们"集体,其群体成员依赖于个体"我"的自主选择,这些成员与"我"的关系不是平等或者同质的。用费孝通先生的话来讲,这是一种"差序格局",即中国传统社会中的人际关系,就好像是一颗石子丢到水面后引发的一圈一圈的波纹,个体是中心,而其社会关系就好像是荡漾在水面的涟漪,一圈一圈地体现出关系的亲疏程度。

小说《到处都是我们的人》中的"我们"就具有这样的性质。这个由业缘关系组成的"我们"集体,其群体内部成员因为从事相同的职业而产生联系。由于新市长的指示,"我们"被抽调到一起工作,组建了一个天然气工程办公室的班子。由于天然气工程暂时停工,"我们"坐在办公室里面喝茶聊天混日子。由于听说日本人要来检查天然气工程的进度,"我们"群策群力、弄虚作假。由于天然气工程办公室被撤销,"我们"一起等待再次分配。在事件的发展进程中,虽然"我们"集体内部的成员之间钩心斗角、争权夺利、争风吃醋,但是从生命在蹉跎与等待中被虚耗这一点上来看,"我们"是"命运共同体","我们感"由此得以生成。

小说采用第一人称复数"我们"叙事的手法,就是为了体现这种集体式的生命感。艾伟认为,小说中出现的"我们""从某种意义上就是我们一直以来宣扬的集体,有点被动和盲从,有点游手好闲,喜欢充当看客……这个'我们'有着中国人集体性的一些特点"[1]。因此,小说所展现的不是一种个体生命体验,而是要揭示一幅众生相,即在体制内部权力面前上演的权力者的骄横跋扈、尔虞我诈、颐指气使和个别被权力掌控者的卑躬屈膝、谄媚逢迎、奉承讨好的奴性嘴脸。"我们"集体中的每个成

---

[1] 艾伟、姜广平:《关系:小说成立的基本常识》,《西湖》2007年第7期。

员轮番上演着各自的戏份，"我们"群体内的其他成员则作为看客冷眼旁观、冷嘲热讽，进而造成一种"合声式的众声喧哗的效果"[1]。

在《叔叔的故事》中，由类别化的运作机制下产生的"我们"集体，其"我们感"来自个体自我对"我们"集体的类别特征之认同。在这一集体认同的过程中，《叔叔的故事》中的"我们感"主要体现为王安忆在"对一个时代的总结与检讨"[2]中所发出的集体声音。王安忆试图通过第一人称复数"我们"叙事的手法来表明，她已经"摆脱了个人经验的狭小范围，将自己融入一个广袤的精神领域，自觉担当起时代的精神书记员"[3]。一方面，她将个体经验时代化，在对现实材料进行编织、拆解、再编织的过程中将"叔叔"塑造为一个时代一类知识分子的化身，揭示其以苦难作为资本获得名利之后通过自我放纵来弥补人生的缺憾，最后遭遇危机导致假象崩塌的历史遭遇；另一方面，她将个体自我集体化，用叙述者"我"来解释叔叔的故事的由来，在对叔叔这一代知识分子的质疑与对"我们"这一代知识分子的批判中改用第一人称复数"我们"的口吻，这一人称转换意味着作者将个人的声音与时代精神结合在一起，意味着在个人性的认识中包含了时代的、社会的、历史的、知识分子群体的认识，并将之汇聚到一起形成一种厚重的、集体共享的意识。

在《三个男人和一个女人》中，小说开篇处的"我们"泛指驻宿在杨家祠堂的一个连队兵士们。"我们"在雨中开差时，不应当有任何怨言，在方便时，"我们"可以借故到青年妇人的家中打个哈哈，说几句俏皮话。在这个群体中，统一的集体行动、刻板不变的生活内容使"我们"凝聚为一个具有相同生活经验、相似生活感受的"类别化"群体。"我们感"由此而形成。小说中，此处所表达的集体意识，既是"我"的，也是"我"之外的连队其他成员所共有的。

当号兵从石狮子上跳下来，扭伤了脚筋之后，小说中的"我们"所指涉的对象从泛指军队成员转变为专指"我"和号兵。由于"我"跟他是老乡，所以我总是特别照料他，由此，"我们"住在一个棚里，结成了一种最好的友谊。在此，"我"与号兵通过交往建立起了一种似亲属关

---

[1] 艾伟、姜广平：《关系：小说成立的基本常识》，《西湖》2007年第7期。
[2] 王安忆：《近日创作谈》，载《乘火车旅行》，中国华侨出版社1995年版，第39页。
[3] 陈思和：《营造精神之塔——论王安忆90年代初的小说创作》，《文学评论》1998年第6期。

系，进而号兵被包容进"我"的心理边界之内，形成"我们感"。在这个"我们感"中，"我"作为中心，"我"与号兵间的亲密情感远比共有的一体感更为重要。在接下来的叙事中，"他"与"我"每天都到南街一个卖豆腐的铺子里，不是为了白吃一碗豆浆，而是因为"我们"都看中了那两只白狗以及它们的女主人。在这里，"他"与"我"之所以能转变为"我们"，依赖于个体对某一个社会类别所产生的认同，即"我"与号兵都是"癞蛤蟆想吃天鹅肉"①。"我们"之所以在下文中能够将豆腐铺老板囊括进来，也同样是出于对这个类别的认同，"我们三个人同样地爱上了这个女子"②。在此，"我"、号兵与豆腐铺老板三人结成的"我们"获得了一种一体感，且对自己的欲望达成一种共识。在之后的叙事中，由于叙事人称从复数"我们"让位于个人化的"我"，所以在叙事行为这个层面上无法实现对集体意识的表达，实际上小说作者是通过"我"、号兵与豆腐铺老板三人之间的镜像关系来表现"我们"对阶级界限的僭越这一集体意识的。

总之，在我国采用第一人称复数"我们"叙事的小说中，第一人称复数"我们"叙事手法并不像西方小说那样是弱势群体或者被压迫阶级发出集体呼声、争取集体权益的工具。其独特性在于，当小说中第一人称复数"我们"叙述者是在关系化心理运作机制下生成的不同质的"我们"集体时，"我们感"并不完全一致，传达出来的集体意识具有众声喧哗的特点；当小说中第一人称复数"我们"叙述者是在类别化心理运作机制下生成的同质的"我们"集体时，"我们"的一体感强烈，可以传达某一时代、某一群体的集体意识。

第三节　我国乡土小说中的第一人称复数"我们"叙事

根据前文中对国内第一人称复数"我们"叙事小说的整理可以发现，我国采用第一人称复数"我们"叙事形式的小说虽然总体数量不多，但是涉及的小说题材类型比较多样，如汪曾祺等人的乡土小说、王安忆的知青小说、手指的都市小说、杨少衡的官场小说等。在这些题材类型中，第

---

① 彬彬选编：《沈从文小说》，内蒙古文化出版社2009年版，第71页。
② 同上书，第78页。

一人称复数"我们"叙事在乡土小说这一类型中出现得比较频繁。经过研读,笔者发现:这些小说有一个大体一致的叙事特征,即在描述故事发生地的总体风貌、生活概况时,总喜欢用"我们那里""我们村"等话语,进而营造了一个集体生活的存在空间,形成了一种从生活内部进行言说的叙事效果,这种言说方式与以往乡土小说的写作形成了明显的区别。

一 乡土小说中第一人称复数"我们"叙事的流变

从上文中对第一人称复数"我们"叙事小说的梳理来看,其小说中最早出现"我们村""我们那里"等叙事形式的小说家是汪曾祺,之后是王安忆、魏微、鲁敏、毕飞宇等人。他们的第一人称复数"我们"叙事小说的主题都涉及了乡村社会中的普通人的日常生活,可以将之都归为乡土小说这一流派当中。虽然这些小说彼此之间并不具有明显的传承性,但是其写作手法上的相似性使其构成了中国乡土小说发展中的一股潜流。在第一人称复数"我们"叙事的叙事方式被更多的小说家关注之后,相信这股潜流会发展成为中国乡土小说中一道独特的风景。

汪曾祺的乡土小说以描写他的故乡"高邮"的风土人情而蜚声于中国乡土小说界,其作品以细腻的笔触深入细致地刻画了"我们那里"的风俗习惯、乡井凡人的日常生活。其小说大多数是采用第三人称叙事的方式来写就的,只是在上文中指出来的那些小说中,有个别的语句采用了第一人称复数"我们"的语言形式。这类叙事话语呈现出两种不同的类型:一种是用"我们那里的……"这一句式来描写当地的风俗习惯;另一种是用"我们……"的句式来讲述"我们"的生活经历及生活感受。前者如《故里三陈》中的"我们那里的赛会和鲁迅先生所描写的绍兴的赛会不尽相同"[1];后者如《小学同学·邱麻子》中的"我们放了学,常常去看打铁"[2]。

在这两个叙事话语中,其叙事主体皆呈现为一种复数的主体,即"我们",不过二者的侧重点不一样。用吉尔伯特的话来讲,就是"人们不仅仅可以形成有规律地一起做某些事的行动和实践意义上的复数主体,

---

[1] 汪曾祺:《故里三陈》,载《汪曾祺作品自选集》,漓江出版社1996年版,第433页。
[2] 汪曾祺:《小学同学·邱麻子》,载《汪曾祺全集二:小说卷》,北京师范大学出版社1998年版,第280页。

还可以形成信念和态度意义上的复数主体、行动原则上的复数主体，等等"①。《故里三陈》中的"我们"是信念和态度意义上的复数主体；《小学同学·邱麻子》中的"我们"是行动和实践意义上的复数主体。由此可见，第一人称复数"我们"叙事中的"我们"是以一个整体的面貌出现在小说文本中的，第一人称复数"我们"叙事不仅可以讲述"我们"的集体行动，还可以表达"我们"的集体观念或情感。

　　王安忆的乡土小说反映的是淮北的乡村生活，既有对淮北农村的乡土风情、地理外貌的描写，也有对当地农村人的日常生活及"我"在乡村的生活经历的描写，因此她的乡土小说往往又具有知青小说的特点。与其他知青所写的回忆乡村生活的小说不同的是，王安忆不是站在外来者的立场上来看待当地的乡村生活，而是将自己置身于其中，以一副自家人的姿态来讲述那段逝去的生活体验。从这一点来看，她的小说写作明显具有汪曾祺小说的影子，她也喜欢用"我们庄……"的句式来揭示当地的风土人情，喜欢用"我们……"的句式来揭示"我们"在乡下度过的集体生活。前者如《姊妹们》中到处可见的是"我们庄……"的风土民情；后者如《花园的小红》中诸如"大约过半晌饭的时辰，我们也唱着歌曲出发了"②等句式。相比较来看，王安忆小说中的第一人称复数"我们"叙事基本上延续了汪曾祺小说中第一人称复数"我们"叙事的基本手法，只是在叙事规模上有一定的扩大而已，其中，小说的主体部分是采用第三人称叙事的形式来完成的。此外，汪曾祺小说中的两类第一人称复数"我们"叙事分别出现在不同的小说作品中，而王安忆的乡土小说《花园的小红》中却同时出现了这两种类型的第一人称复数"我们"叙事。此举可以被看作王安忆对汪曾祺第一人称复数"我们"叙事形式的综合运用。

　　魏微的小说《大老郑的女人》和鲁敏的小说《思无邪》与前文提到的汪曾祺、王安忆笔下的乡土小说有所不同，严格意义上来讲，它们属于小城镇叙事。这一不同与中国社会结构的发展变化密切相关。随着20世纪80年代中国经济体制改革的出现，中国社会的组织结构发生了巨大变化，传统意义上的乡村正在逐渐消失，取而代之的是小城镇的逐渐崛起和

---

① Margaret Gilbert, "Group Membership and Political Obligation", *The Monist*, Vol. 76, Issue. 1, January 1993, p. 125.
② 王安忆:《花园的小红》,《上海文学》1999年第11期。

壮大，即所谓的乡村城镇化。魏微和鲁敏就出生在这样的小城镇中，平淡、朴素的小城镇生活滋养了她们，于是她们将笔下的日常生活安排在小城镇这一特定的文学空间中。而"'小城镇'存在正处于最富历史性的时期，介于传统与现代，乡村与都市，农民与市民，坚守与抛弃之间，是一个'中间物'，也是中国目前各种复杂矛盾的最基本载体"①。因此，她们的小说中往往表现的是城乡两种文明之间的矛盾冲突。

魏微在小说《大老郑的女人》中，首先用"我们这里……""我们这个小城……"等句式为我们描绘了改革开放前后，"我们这个小城"的生活风貌和发展变迁。其次在这一时代背景之下，从"我们"的视角出发刻画了大老郑与一个良娼女子之间的半交易、半温情的男女关系。相比较于汪曾祺和王安忆的第一人称复数"我们"叙事来看，在魏微的小说《大老郑的女人》中，第一人称复数"我们"叙事同样是两种类型的第一人称复数"我们"叙事话语并存。在"我们那里""我们庄""我们小城"等这样的论述中，作者运用这种话语形式来描绘当地的风土人情，这一点上述三位作家的写作方式是一致的。这里提到的"我们"并没有确切的所指对象，大体上来讲，指的就是在那一片土地上生活的人们；而对"我们……"这种第一人称复数"我们"叙事话语的使用，魏微与汪曾祺、王安忆不同。后两位作家小说中的"我们"虽然没有明确的所指对象，但是从上下文语境来看，大体上前后是一致的；而在魏微的小说中，"我们"却在不同的语境之下有着不同的指涉对象。

大致来看，在她小说中出现的"我们"有三种所指对象：第一种，在"我们小城……"等句式中出现的"我们"，所指对象应该是生活在小城中的人们所汇成的一个共同体。第二种，"我们"指的是"我们一家人"，出现在诸如"慢慢地，我们也把她当做大老郑的妻子，竟忘了莆田的那个。我们说话又总是很小心，生怕伤了她"②等句子中。第三种，"我们"指的是包含"我"在内的小孩子们，其中或者是我和弟弟还有大老郑的弟弟，或者不包括大老郑的弟弟。前者如"有时他会看她，但更多的还是看我们，看我和弟弟，还有他家的老四。我们这几个半大不小的

---

① 梁鸿：《小城镇叙事、泛意识形态写作与不及物性——七十年代出生作家的美学思想考察》，《山花》2009 年第 7 期。
② 魏微：《大老郑的女人》，《人民文学》2003 年第 4 期。

孩子,就站在院子正中的花园里……我们看见大老郑半恼不恼地瞪着我们"……①;后者如"老四被叫进去了,隔了一会儿,我们看见他卷着铺盖从这一间房挪到另一间房"……②上述这几段叙事话语表明,在《大老郑的女人》这篇小说中,"我们"这一语词形式不变的背后暗含着内在的不一致。

鲁敏在《思无邪》中所讲述的是一个充满了"田园诗"情调的小镇生活,作者以一种和缓而充满了温情的笔触刻画了东坝人所特有的淳朴民风。东坝人生活在山清水秀的乡间,灵秀的水土养育了宽容而和善的乡民。他们并不会因为兰小和来宝的身体残疾而产生歧视、怨恨等负面情绪,而是抱着一种顺承天命的态度为兰小和来宝安排他们的生活。即使他们在肉体本能的冲动下违背了伦理,东坝人也愿意顺其自然地为其操办婚事。兰小的意外过世、来宝的茫然失措使故事的结局带有了悲剧色彩,而那悲伤也淡淡地消散在了东坝自然的田园水景之中。该小说主要采用了第三人称叙事的手法,只是在故事的开头有一些段落中出现了第一人称复数"我们"的叙事话语,主要出现在对东坝的风土人情进行总体介绍的过程中。第一人称复数"我们"的叙事话语虽然出现的次数较少,但同样具有上文提到的两种类型。前者如"不仅人们来来去去的,我们的东坝,也变了很多"③;后者如"我们有时会觉得,这个来宝,简直就像过去的长工呢,好像命里注定就是要这样替人做活的"④。在该小说中的"我们"并不具有词义上的复杂变化,其第一人称复数"我们"叙事的运用情况类似于汪曾祺和王安忆的。

毕飞宇是这一流脉中比较特殊的一位小说家,原因在于毕飞宇并不承认自己是一位乡土小说家。毕飞宇认为,他笔下的"王家庄"并不是一个有现实针对性的地理空间,它并不具有特定的地域风情和独有的人文气息,而是作家创设出来拷问人性、反映作者特定生活体验的虚构场所。不论是《地球上的王家庄》还是《一九七五年的春节》,小说从表面来看讲述的都是农村人乍然接触到外来文明——世界地图或者大船上的艺术家——时所显示出来的愚昧与恐惧,但是实质上这一叙事具有深刻的暗示

---

① 魏微:《大老郑的女人》,《人民文学》2003年第4期。
② 同上。
③ 鲁敏:《思无邪》,《人民文学》2007年第8期。
④ 同上。

性意义，即它所反映的是我们这样一个封闭、落后的文明古国如何与世界先进文化接轨的问题，以及中国在动乱年代对美和艺术的暴力摧残的问题。正是由于毕飞宇营构了一个闭塞、落后的村庄空间，所以有人将毕飞宇的小说也归为乡土小说。实际上笔者并不同意这种观点，这里之所以将毕飞宇也列入其中，只是为了较为广泛地探讨第一人称复数"我们"叙事的问题而已。在《地球上的王家庄》一文中，人们往往注意到的是儿童视角的运用，而忽视了其中一大段的第一人称复数"我们"的叙事话语。这一段第一人称复数"我们"叙事同样也具有内在的不一致，如"看完了地图我们就一起离开了我的家。我们来到了大队部的门口……"①中的"我们"指的是王家庄里到"我"家去看世界地图的年轻人；而在"我们几个岁数小的一起低下了脑袋。说实话，我们已经不敢再听了"②中的"我们"很明显指的是一些孩子。在《一九七五年的春节》一文中则到处可见的是"我们村……"的句式，而"我们"的叙事话语基本没有。

总体上来看，上述这些小说中的第一人称复数"我们"叙事相对来讲是比较零散的，多数呈现为与第三人称叙事相结合的形式。笔者之所以将"我们村""我们庄""我们那里""我们小城""我们东坝"等说法视为第一人称复数"我们"的叙事话语，实际上是借用了玛格丽特·吉尔伯特的观点。在她看来，这样的词汇在事实上蕴含了人们的共同承诺，表达了全体居民对共同承诺的一种意愿，揭示的实际上是一种"公共知识"，"当存在着一个两方或者多方间的共同承诺，就存在着我所称谓的一个'复数主体'或者一个（集团意义上的）'我们'"③，其叙事自然就应该是一种集体叙事。而"我们……"的句式之所以是集体叙事，原因在于它所讲述的是某一群体"我们"的集体行动，反映的是"我们"的集体情感。这一叙事形式的使用使这些小说具有了一种独特性。

二 "我们"集体生存空间的建构

在上述这些小说中，不论是汪曾祺笔下的"我们那里"、王安忆笔下

---

① 毕飞宇：《地球上的王家庄》，《上海文学》2002 年第 1 期。
② 同上。
③ Margaret Gilbert, "Agreements, Coercion, and Obligation", 转引自丁轶《建立在复数主体上的共同承诺——吉尔伯特政治义务理论述评》，《天府新论》2012 年第 4 期。

的"我们村""我们庄"、鲁敏笔下的"我们东坝"、魏微笔下的"我们小城",还是毕飞宇笔下的"王家庄",这些具有独特人情、风貌的地域空间为小说叙事的展开提供了充满生气和灵性的背景环境。姑且不论这些空间设置所具有的美学意义,单就第一人称复数"我们"叙事这一叙事手法而言,笔者认为,这些生存空间的设置至少具有两方面的重要作用。

第一个作用表现为,这些空间设置促进了小说中"我们"这一集体的形成。我们都知道,"我们"这一人称代词的含义是不确定的、含混的,甚至在有些情况下是没有局限的。正如俄国哲学家弗兰克所说的那样,"'我们'的另一特点与此有直接联系:与个体存在的任何其他形式不同,'我们'原则上是没有局限性的。确实,从经验论上看,'我们'总是有局限性的……但同时,'我们'在另一种联合、更高的联合中可以包容所有'你们'和'他们'——原则上是世界万物;在更高的、绝对的意义上看,不仅所有人,而且万物都似乎原本就为成为包容一切的'我们'的一分子而存在"……①所以在小说中,当"我们"出现时,必定要对其所指称的对象有所限制。在上述这些小说中,用来限制"我们"的指称对象的方法是设置一个集体的生存空间,将属于该集体的成员留在其中,而将其他人挡在这一空间之外。"我们村""我们庄""我们小城""我们东坝"等说法中的地域名称所起到的正是这一作用。

为什么这些村镇的设置能起到这一作用呢?塞尔在《心灵、语言和社会——实在世界中的哲学》一书中论述了相关问题。他在分析制度性实在的时候假设了一个原始人的集体生存环境,并指出:"他们作为一个群体来行动,建造一个栅栏,一道将他们的住地围起来的墙。我不想把他们住的这个地方叫做'村庄',甚或叫做'村社',因为那些名称可能已经显得太制度化了……这道墙旨在把入侵者挡在外面,而把该群体的成员留在里面。"② 这段话表明:在原始社会,原始人通过建筑一道墙使之作为一个屏障而阻隔不同的人群,使之形成不同的集体。最一开始,墙的物理属性决定了它所具有的阻拒功能,后来可能这道墙坍塌了,但是人们依然会维持旧有的集体,这是因为这种阻拒功能的实现不再依赖于现实的

---

① [俄] C. 谢·弗兰克:《社会的精神基础》,王永译,生活·读书·新知三联书店2003年版,第56—57页。
② [美] 约翰·塞尔:《心灵、语言和社会——实在世界中的哲学》,李步楼译,上海译文出版社2001年版,第119页。

墙，而是依赖于集体成员的共同接受或者共同承诺，这也正是现代社会中村镇设置促进集体——"我们"之形成的内在运作机制。虽然小说的受述者并没有看到阻隔在"我们"与他人之间的物理屏障，但是当叙述者说"我们的村庄"的时候，受述者很容易会想到这一地域空间是"我们"身居于其中的，是属于"我们"的。这一特征促成了集体生存空间的第二个作用。

第二个作用是，当"我们"置身于这一集体生存空间之内时，第一人称复数"我们"叙事具有与"文化持有者的内部眼界"相类似的独特视角。"文化持有者的内部眼界"是人类学中的一个术语，最早出自人类学家马林诺夫斯基（Malinowski），克利福德·吉尔兹（Clifford Geertz）对之作了进一步的发展。20世纪60年代之后，理论家们对人类学研究中出现的两种错误观点进行了批判，即在对"地方性知识"进行阐释的过程中，阐释者既不能作为一个外来者用外来的观念阐释、剖析异己的文化，也不能完全用文化承担者自身的认知来取代文化人类学的观察、比较、描述的研究方法。为了调和这两种错误的研究方法，吉尔兹认为我们应该采取"文化持有者的内部眼界"这一立场来阐释"地方性知识"，即"人类学家应该怎样使用原材料来创设一种与其文化持有者文化状况相吻合的确切的诠释"①。换句话说就是，人类学家在阐释"地方性知识"时，应该借鉴"文化持有者"对待自身本土文化时所采用的感知方式和思维方式，以此来破译其文化符码，进而对异己的地方性文化作出最贴切的阐释。

在笔者看来，文学写作在某种意义上来讲，也是一种阐释。假如将上述乡土小说视为一种乡土文明志，汪曾祺对高邮生活的描写、王安忆对淮北农村的描写、魏微对"我们小城"的描写、鲁敏对"我们东坝"的描写都可以视为他们对生长于斯的那片土地上的"地方性知识"所作的一种阐释。笔者认为，汪曾祺等作家在描写那一方水土之上的人情世故、风俗民情之时，并不是以一种外来者的身份对其进行客观的描绘，其自身也不是那方土地之上的山野村夫，而是采用了一种"文化持有者的内部眼界"来讲述故事。也就是说，作者将自己消隐到了那个本土文化持有者的内部，将讲故事的"我"置身于生活在那片文化领域中的"我们"之

---

① ［美］克利福德·吉尔兹：《地方性知识——阐释人类学论文集》，王海龙、张家瑄译，中央编译出版社2000年版，第73页。

间，采用与当地文化持有者相类似的感知方式、思维方式来感知与思考。如此这般，作家对这一地方性文化的书写就不再是对立的、批判的，而是贴近的、描述的。当作者使用第一人称复数"我们"的叙事话语时，作为其内在的文化持有者，"我们"对那一方水土知之甚深，"我们"对那一片土地上的风土人情了如指掌，"我们"对那片土地上生活的人们感同身受，因此第一人称复数"我们"叙事会让小说受述者觉得这样的写作能够真实地还原生活的本真面貌、恢复日常生活的真实样态。

在上述第一人称复数"我们"叙事的乡土小说中，"我们村""我们庄""我们小城""我们东坝"等这些地域空间作为集体的生存场域，既具有文化的意味，也具有审美的意味。单是从其对第一人称复数"我们"叙事所产生的作用来看，它既为"我们"这一集体的形成起到了定型的作用，也为第一人称复数"我们"叙事的内部视角提供了前提。因此，就第一人称复数"我们"叙事小说中的这些"村镇"空间展开研究，是一项很有意义的事。

三 第一人称复数"我们"叙事乡土小说的特殊性

虽然热奈特认为，小说中的叙事人称不论是"我"还是"他"，其叙述者都只能是"我"，是"我"在讲述故事，因此区分第一人称和第三人称没有什么意义。但是比托尔却认为，关于叙事人称，"对其中一种形式的选择并不是无足轻重的。不同的叙述选择所起到的效果也不尽相同，特别是听讲述的读者的地位会随之而变"[①]。以中国小说史中出现的乡土小说为例，将五四时期的乡土小说和20世纪40年代之后出现在解放区的乡土小说与20世纪80年代后汪曾祺、王安忆等人创作的乡土小说进行比较可以发现：这些作家的创作理念不同，其小说写作中采用的叙事人称也不一样，进而产生了不同的阅读效果。

在《"我们"的叙事——王安忆在九十年代后半期的写作》中，张新颖指出，在新文化运动的背景下，中国新文学中的叙述者具有相当的一致性。以乡土文学为例，这些从旧文化中转型过来的或者新生的青年作家们"在描述乡土中国的时候，自觉采取的都是现代知识分子的标准和态度，他们的眼光都有些像医生打量病人要找出病根的眼光，他们看

[①] [法]米歇尔·比托尔：《小说中人称代词的运用》，林青译，《小说评论》1987年第4期。

到了蒙昧、愚陋、劣根性，他们哀其不幸怒其不争。他们站在现代文明的立场上，看到这一片乡土在文明之外"①。虽然这些作家中大多来自乡下，但是经过现代文明洗礼之后的他们在回望故乡时，却不自觉地带着现代文明的知识武装来审视故土。以这样的视角来书写乡土中国，并不能够真实地描绘中国乡村社会的生活样貌，用张新颖的话来讲，它揭示的是"现代文明这一镜头的取景和聚焦"②。

在现代文学中，以这样一种姿态来书写乡土中国的作家，当首推鲁迅。不论是在鲁迅的《故乡》还是《祝福》中，作者采用第一人称叙事的形式来描绘中国农村，读者不仅可以从中看到在萧条破败的乡村苦苦挣扎的愚昧民众，还可以看到无奈旁观的"我"之形象。对于现实的受述者而言，这一乡土社会具有强烈的主观性色彩，是"我"之视角下的生活写照，读者可以深刻体会到作者在书写这一主题时澎湃激荡的内在情感，但是对客观真实性的考量则是见仁见智的。

而到了20世纪40年代，赵树理的小说推翻了五四时期"那种用启蒙思想和人道主义精神来俯视农民的叙述视角"③，他的小说"预示着乡土小说要真正走入农民文化圈，结束一切用其他审视眼光来对待农民文化的意识侵袭，即以'乡下人'看'乡下人'，而非'城市人'看'乡下人'的目光，剔除那种用'怜悯同情'或是以'居高临下'的哲学意识来观照乡土社会人和事的视点，改以'平视'的目光，走向农民文化的内部，积极地反映出其革命的要求，反映出民族文化在农民心理上的自在自足状态"④。当赵树理带着这样一种姿态进入乡土小说的创作中时，他生活于其中的乡村风土人情、他所熟悉的各种各样的农民形象就在其笔端活灵活现地动了起来，形成了一幅幅极具山西地方特色的日常生活风情画。这些小说与五四时期的乡土小说相比较来看，少了一些远距离的、旁观性的审视，而多了一些近距离的、融入性的体察。但是从其写作手法来看，第三人称的叙事形式表明，作者是站在外在的、客观的立场上来看待那段生活的，他以零聚焦的、异故事叙事的形式呈献给读者一个相对朴实而真实的乡土中国。对于读者而言，这一故事讲述的是一种既定事实，其真实性不

---

① 张新颖：《"我们"的叙事——王安忆在九十年代后半期的写作》，载《打开我们的文学理解》，山东文艺出版社2005年版，第42页。
② 同上。
③ 丁帆：《中国乡土小说史论》，江苏文艺出版社1992年版，第143页。
④ 同上书，第146页。

容置疑，显示了作者叙事的强大权威。

相比较而言，汪曾祺、王安忆等人的乡土小说既不同于五四时期乡土小说中居高而下的审视，也不同于赵树理等人的乡土小说中等而同之的平视，而是呈现出一种深入其中的内视。居高而下的审视可能会带来偏见或误解；等而同之的平视可能会导致出现盲区或者缺乏批判性；深入其中的内视则可以同时避免这两种弊端。当作者以一种回忆的方式进入那片乡土时，他既可以进入那个乡土社会中，又能够由于岁月的逝去而站在那片乡土之外，由此既保证了对现代文明之外的乡土文明的还原性揭示，又保证了对这种还原的客观性。汪曾祺、王安忆等人运用第一人称复数"我们"的叙事形式进行写作，其目的正是站在乡土的立场上来理解乡土。不论是汪曾祺笔下的高邮，还是王安忆笔下的淮北农村，或者是魏微笔下的"小城"，抑或是鲁敏笔下的"东坝"，他们在其中"发现了或试图发现乡土中国的文明"[①]。当他们舍弃了异乡人的身份站在那一方水土的内部来感受乡土、观察乡土、书写乡土时，那一方水土之上的人、物、情就以其鲜活的本真面貌呈现了出来。当读者阅读到第一人称复数"我们"的叙事话语时，他们既能感受到一种独有的异地风情，又能体会到叙述者对那一方水土的眷恋之情。还原性的生活呈现与主观性的浓烈情感有机地交融在一起，使得第一人称复数"我们"叙事的乡土小说具有别样的审美魅力。

上文的比较分析说明：在中国乡土小说这一小说流派的发展过程中，作者出于不同的创作理念对中国的乡土社会进行了不同的描绘。五四作家为了启蒙和疗救国民而深入中国的乡村社会，企图找出国民疲敝的病症，所以他们采用第一人称叙事的形式来表现"我"对乡村社会的愚昧、落后而生发出的哀伤与批判；20世纪40年代的作家生活在乡村社会，与乡民为伍做伴，看到的是新时期农民生活的新气象，体会到的是新农民的新思想与新主张，所以他们采用第三人称叙事的形式为我们客观地展现了乡村社会的新面貌，在"为大众"的思想引导下建构中国"新文学"；20世纪八九十年代之后的作家生活在令人孤独而迷茫的都市，精神如浮萍般飘零，那早已远去的乡村社会成为他们渴望回归的精神家园，所以他们以第一人称复数"我们"叙事的形式将自己置

[①] 张新颖：《"我们"的叙事——王安忆在九十年代后半期的写作》，载《打开我们的文学理解》，山东文艺出版社2005年版，第43页。

身于那片故土之中，在那山、那水、那人中寻找慰藉与温暖。虽然作者运用第一人称复数"我们"的叙事形式企图真实地还原那片土地上的"地域性知识"，但是小说毕竟不是人类学研究，它是想象、是虚构，在文学写作中出现的那片故土已经成为一种文学意象，一种具有审美意义的文学空间。

在上文的分析中，笔者通过对乡土小说中出现的第一人称复数"我们"叙事小说进行梳理，归结出这些小说中存在着两种第一人称复数"我们"叙事话语的类型，其中"我们村""我们庄""我们小城""我们东坝"等叙事话语中营造出一个又一个独特的集体生存空间。这些生存空间一方面促进了"我们"集体的形成，使第一人称复数"我们"叙事得以实现；另一方面也促成了"文化持有者的内部眼界"这一叙事视角。第一人称复数"我们"叙事与第一人称复数"我们"叙事的内部视角共同促成了采用第一人称复数"我们"来讲述故事的乡土小说的独特魅力，即在对这类小说的阅读中，读者可以找到已经逝去的精神原乡，使我们漂泊无依的灵魂得到妥帖的安顿。

小　结

　　1936年，德国文学理论家瓦尔特·本雅明（Walter Benjamin）在《讲故事的人——论尼古拉·列斯克夫》中指出，由于经验已经贬值，现代人失去了交流经验的能力，"讲故事的艺术行将消亡"[①]，讲故事的好手已经很难再遇到了。他认为，在过去，有两类人可被视为讲故事的好手，一类是远方来客，其经典原型是泛海通商的水手；另一类是蛰居一乡的家居者，其经典原型是农田上安居耕种的农夫，他们"谙熟本乡本土的掌故和传统"[②]。

　　英国小说家康拉德将他多年的航海经验编织进他的"海洋小说"中，在小说《"水仙号"的黑水手》中，第一人称复数"我们"化身为叙述者，给读者讲述了险恶的自然环境与叵测的人性交织下水手们的历险过程。中国小说家汪曾祺将家乡高邮呈现在他的乡土小说中，在他的笔下，记忆中高邮的风俗民生、风土人情被以他第一人称复数"我们"的口吻娓娓道来。这两位讲故事的好手，不仅从深厚的生活经验中汲取了文学灵思，而且在讲述故事的技巧方面颇具匠心。他们不约而同地都采用了第一人称复数"我们"叙事这种口头讲述的方式，当个体的"我"销声匿迹在"我们"这个集体中时，个人经验就被上升为一种集体经验，文学表达呈现出一种别样的风貌。"尽管文学批评历来迈步迟缓，近来它也已经开始密切注意这一现象"[③]，德国文学理论家沃尔夫冈·凯瑟（Wolfgang Kayser）的这句话放在现在这个背景下来讲同样适用。第一人称复数"我

[①] ［德］本雅明：《讲故事的人——论尼古拉·列斯克夫》，载［德］汉娜·阿伦特编《启迪：本雅明文选》，张旭东、王斑译，生活·读书·新知三联书店2008年版，第95页。

[②] 同上书，第96页。

[③] ［德］沃尔夫冈·凯瑟：《谁是小说叙事人?》，白钢、林青译，载王泰来等编译《叙事美学》，重庆出版社1987年版，第103页。

们"叙述在中西方的小说创作中已经出现了将近百年,而文学批评与叙事学对这一问题的关注还不到 20 年。不过,可喜的是,这个新开辟出来的研究领域已经引起了一些学者的注意,他们已经跃跃欲试地准备收获理论之实了。而笔者的研究,就将从这里开始。

关于第一人称复数"我们"叙事,最早是文学批评家们看到了女性主义小说、后殖民小说、黑人纪录片中的这一特殊叙事形式并进行了研究,发现了这一独特的叙事形式与边缘群体或者受压制群体建构集体身份、表达集体意识、呼吁政治诉求之间的内在关系。在叙事学理论的建构方面,马格林率先着力研究了这一叙事现象,并从三方面分析了第一人称复数"我们"叙事小说之所以稀少的原因。首先,他借鉴雅各布森的语言学观点探讨了第一人称复数代词"我们"的暧昧不清与内在矛盾;其次,第一人称复数"我们"叙事中的集体意识不得不依赖于"我"的意识与对他人意识的推断,这是因为"我"很难进入他人的意识;最后,通过对事件进程或情境进行描述来表现集体感是难以实现的。

在他之后,理查森梳理了西方小说的发展,并爬梳出西方第一人称复数"我们"叙事小说的发展史,用事实说明了这一叙事形式的可操作性与适用领域。在理查森的分析中,他将第一人称复数"我们"叙事的研究放置在非自然叙事学的框架下来进行,从违背现实主义参数的角度来分析第一人称复数"我们"叙事的特殊性,将第一人称复数"我们"叙事中出现的"精神通道"问题视为非自然的、反现实主义的叙事现象,"我们"同时兼顾了第一人称和第三人称的两个位置。

马库斯则从语境论的观点入手分析了意识形态与叙事形式之间的关系。首先,在后现代主义语境下,不论是小说内容还是叙事形式,都已经不再追求稳定性,所以第一人称复数"我们"的暧昧不清并不是一个值得怀疑的事情;其次,关于"精神通道"的问题,弗洛伊德的潜意识理论对自我拥有准确认识自我的特权这一点提出了质疑,维特根斯坦的语言哲学对"私人语言"的批判及共享的语言游戏观为马库斯提供了哲学依据,他由此认为将心理状态归结到个人身上跟将心理状态归到他人身上一样具有推测性。这些新的文化语境改变了我们对第一人称复数"我们"叙事的理解。

上述三位理论家在叙事学人称理论的框架中来分析第一人称复数"我们"叙事时,以传统的第一人称叙事、第三人称叙事为基础,阐明了第一人称复数"我们"叙事的颠覆性与特殊性。颠覆性表现在它对传统的第一人称、第三人称叙事这一二元对立分法的破坏。由于"我们"的内在不稳定,即"我们"是"我"与他人的结合,所以在叙事的过程中,第一人称复数"我们"叙事兼顾了第一人称和第三人称叙事,是一种不稳定的或者混合的叙事形式。特殊性表现在第一人称复数"我们"叙事中存在的对现实主义叙事原则的违背、叙事视角的越界等因素引发的非自然性、不可靠性和不常见性等。上述结论的得出,基础来自对"我们"的语言学探讨,即雅各布森所说的"语义的不稳定性和内在矛盾"[1]。如果换一种思路,将"我们"视作一个整体,那么我们对第一人称复数"我们"叙事的理解将会是另一种面貌。

在俄国哲学家弗兰克的哲学研究中,他认为"我们"不是由许多单个的"我"集合而成的派生物,而是由会同性在共同命运的基础上从内部连接而成的内在统一体。"我们"同"我"一样,都是第一性的存在,"我"包含在"我们"中,"我们"存在于每一个个体心中,所以二者互为前提。美国哲学家塞尔在论及集体意向性问题时,也采用了类似的研究思路。当我们表达一个集体的意向、信念、愿望等关联到外部世界的心理状态时,这个集体意向性与个人意向性一样,都是一种原初性形式,个体只要具有意向性的能力,那么他就能够在集体行动中"背景预设"所形成的"我们感"的引导下形成集体意向性,并使这一集体行动成为现实。以这两位哲学家的思想为依托来看第一人称复数"我们"叙事,我们就可以发现:马格林分析第一人称复数"我们"叙事小说之所以稀少的三个理由都可以得到化解。由于"我们"可以作为一个集体性主体而存在,在集体行动中形成集体意向性,所以在第一人称复数"我们"叙事中,叙述者"我们"讲述集体行动,并在情节发展中揭示"我们"集体的意向、信念、愿望等心理状态,就不再被视作可疑的或者非自然性的事情。

综观我国百年来文学场域中的人称使用情况,可以发现:在文学的相关领域——诗歌、评论、小说中,"我们"并不罕见。在诗歌领域,抒情主体的人称使用经历了如下变化:从五四诗歌中的"我"发展为左翼诗歌中的"我们",再到新中国成立后政治抒情诗中的"我"与"我们"

---

[1] Uri Margolin, "Collective Perspective, Individual Perspective, and the Speaker in Between: On 'we' Literary Narritives", in Willie Van Peer and Seymour Chatman, eds. New Perspectives on Narritive perspective, Albany: State University of New York Press, 2001, p.253.

保持一致，再到20世纪60年代后诗歌中表现为"我"的再次回归。在文学评论领域，言说主体的人称变化体现为：从20世纪20年代之前的"我"在立说，到20世纪20年代之后立说者在"我"与"我们"之间摆荡，再到1948年后"我们"成为真理的代言人，再到之后"我"的重新崛起。在这两个领域中，言说者人称代词的选择与社会的政治因素紧密相关，代表了言说者的意识形态立场。当言说者纷纷选择"我们"为主语来言说时，意味着知识分子回应民族独立与解放的政治需要、历史使命的责任担当，在召唤与认同中实现了"我们"这一想象性共同体的建构，这是"我们"言说主体在这两个领域中得以出现的深刻社会历史原因。

在小说界：五四小说重在采用第一人称叙事，20世纪30年代后第三人称叙事小说取代了第一人称叙事小说的中心地位，十七年文学中第一人称小说再次出现并与第三人称小说并行。1985年之后出现多人称叙事的小说实验，其中，第一人称复数"我们"叙事作为一种不被人注意的叙事形式在1985年之后得到诸位小说家的大胆尝试。

在20世纪20—80年代，为什么小说不像诗歌或者文学评论中那样出现大量的第一人称复数"我们"叙述者呢？从技巧的层面来看，由于当时中国现代小说的叙事技巧还不成熟，小说家们还在第三人称限制叙事的小说实践中摸索，现实主义的创作原则在当时占据主导，第一人称复数"我们"叙事这种非自然性的叙事方式很难出现。在小说实践中，沈从文早年间在军队中的集体生活经验为他在小说中采用第一人称复数"我们"进行叙事提供了可能。20世纪20年代末30年代初，沈从文最早且成功地在《我的教育》《三个男人和一个女人》中采用了这种叙事人称。20世纪40年代后，在汪曾祺的乡土小说中，他采用第一人称复数"我们"叙事这一口头讲述的方式来写小说，为读者呈现了其家乡的风土人情、世俗风貌。1985年之后的小说界陆续出现了一些第一人称复数"我们"叙事的小说：莫言小说中的第一人称复数"我们"叙事更多地表现为一个小说家在文学语言层面所作的探索性、实验性的技巧实践；王安忆、魏微、鲁敏等人小说中的第一人称复数"我们"叙事是延续了汪曾祺式的口头讲述的叙事特征；艾伟、杨少衡、手指等人小说中的第一人称复数"我们"叙事则是将某一个群体作为旁观者来讲述他人故事或者作为主人公来讲述某个群体的集体生活经验。这些小说与西方第一人称复数"我们"叙事小说的主题特点不同，它们与弱势群体或者被压迫阶级的集体呼吁、政治诉求之间并没有明显的直接联系。

在我国，文学艺术家们在探索第一人称复数"我们"叙事的道路上筚路蓝缕，我们的文学批评家们紧随其后，在披荆斩棘中开荒拓土。刘禾最早对沈从文小说《三个男人和一个女人》中的第一人称复数"我们"叙事的功能进行了分析；随后，陈思和、张新颖、严锋、季红真等人对王安忆小说中的第一人称复数"我们"叙事的功能作了多方面的分析；张新颖扩大了第一人称复数"我们"叙事的小说研究范围，发现了魏微、鲁敏、徐坤等人小说中的这种叙事现象；张森、于启宏等人从叙事技巧的层面对这一问题进行了研究。

上述研究成果是本书展开研究的基础。在西方第一人称复数"我们"理论的基础上，借用了中国学者与西方学者在社会心理学方面的理论成果，笔者以《到处都是我们的人》《叔叔的故事》《三个男人和一个女人》为主要分析对象，分类研究了我国第一人称复数"我们"叙事在"我们"的形成、"我们"与"我"的群己关系、"我们感"的形成与集体意识的表达等问题，阐明了中国文化语境下第一人称复数"我们"叙事的独特性。在对我国当代乡土小说的研究中，笔者发现，叙事话语的选择与表达主题的立场有关。当20世纪20年代的小说家回望故乡、聚焦农村、揭露中国乡村凋敝落后的历史原因时，内心深沉的情感和表达内心思想的愿望促使小说家们采用了第一人称叙事；当赵树理放下知识分子的"架子"，融入农村，以一种平等的视域来观照农村生活时，第三人称叙事就成为他的应然选择；当汪曾祺及其追随者站在故土或者小说中的理想家园向读者来讲述他们所熟知的那山那水那人时，第一人称复数"我们"叙事这一口头讲述的形式就使经验交流重新回到小说艺术中。

小说，是一门注重讲述技巧的艺术。在文学史上，小说家们在作者自身与小说世界中的叙述者之间不断调试，试图找到最合适的距离，来向读者呈现想要讲述的故事。在第一人称复数"我们"叙事中，作者"我"隐身在叙述者"我们"之中，小说叙事不再是小说家在私宅中的独自呓语，它或者与政治结合，成为弱势群体表达政治权益的利器；或者跟民间的口头讲述结合在一起，使经验交流重新回到小说艺术中。在小说中，第一人称复数"我们"代表的集体言说不再是一种对叙述可能的探索，它已然成为现实。

附录

中国第一人称复数"我们"叙事小说

艾伟:《到处都是我们的人》,《上海文学》1998 年第 9 期。
艾伟:《老实人》,《小说月报》1998 年第 12 期。
艾伟:《1958 年的堂吉诃德》,《江南》1999 年第 4 期。
艾伟:《越野赛跑》,《花城》2000 年第 3 期。
艾伟:《田园童话》,《上海文学》2005 年第 12 期。
毕飞宇:《地球上的王家庄》,《上海文学》2002 年第 1 期。
毕飞宇:《一九七五年的春节》,《文艺风赏》2011 年第 2 期。
鲁敏:《思无邪》,《人民文学》2007 年第 8 期。
莫言:《十三步》,《文学四季》1988 年冬之卷。
莫言:《你的行为使我们感到恐惧》,《人民文学》1989 年第 6 期。
莫言《白棉花》,《花城》1991 年第 5 期。
莫言:《三十年前的一次长跑比赛》,《收获》1998 年第 6 期。
莫言:《司令的女人》,《收获》2000 年第 1 期。
莫言:《普通话》,《郑州晚报》2004 年 2 月 16、17 日。
莫言:《天才》,载《与大师约会》,上海文艺出版社 2009 年版。
沈从文:《我的教育》,载《沈从文甲集》,神州国光社 1930 年版。
沈从文:《三个男人和一个女人》,载《游目集》,大东书局 1934 年版。
手指:《寻找建新》,《人民文学》2011 年第 9 期。
王安忆:《叔叔的故事》,《收获》1990 年第 6 期。
王安忆:《纪实和虚构》,《收获》1993 年第 2 期。
王安忆:《姊妹们》,《上海文学》1996 年第 4 期。
王安忆:《文工团》,《收获》1997 年第 6 期。

王安忆：《从黑夜出发——〈屋顶上的童话〉之二》，《北京文学》1997 年第 9 期。

王安忆：《蚌埠》，《上海文学》1997 年第 10 期。

王安忆：《隐居的时代》，《收获》1998 年第 5 期。

王安忆：《遗民》，《小说月报》1998 年第 12 期。

王安忆：《冬天的聚会》，《人民文学》1999 年第 10 期。

王安忆：《花园的小红》，《上海文学》1999 年第 11 期。

王安忆：《校际明星》，《小说界》2002 年第 4 期。

王安忆：《刻纸英雄》，《小说界》2002 年第 4 期。

王安忆：《猪》，《小说界》2002 年第 4 期。

王安忆：《阿尔及利亚少女》，《小说界》2002 年第 4 期。

王安忆：《流言（一）》，《小说界》2002 年第 4 期。

王安忆：《流言（二）》，《小说界》2002 年第 4 期。

王安忆：《王安忆小说：羊、乒乓房》，《人民文学》2003 年第 11 期。

王安忆：《菜根谭》，《西部》2008 年第 1 期。

汪曾祺：《戴车匠》，《文学杂志》1947 年第 2 卷第 5 期。

汪曾祺：《老鲁》，《文艺复兴》1947 年第 3 卷第 2 期。

汪曾祺：《囚犯》，《人世间》1947 年复刊第 7 期。

汪曾祺：《三叶虫与剑兰花》，《文艺工作》1948 年第 1 期。

汪曾祺：《骑兵列传》，《人民文学》1979 年第 11 期。

汪曾祺：《故里三陈》，《人民文学》1983 年第 9 期。

汪曾祺：《桥边小说三篇·幽冥钟》，《收获》1986 年第 2 期。

汪曾祺：《故人往事·如意楼和得意楼》，《新苑》1986 年第 1 期。

汪曾祺：《小学同学》，《北京文学》1989 年第 1 期。

汪曾祺：《小姨娘》，《小说家》1993 年第 6 期。

汪曾祺：《莱生小爷》，《山花》1996 年第 1 期。

魏微：《乡村、穷亲戚和爱情》，《花城》2001 年第 5 期。

魏微：《一个人的微湖闸》（又名《流年》），《收获》2001 年长篇增刊。

魏微：《石头的暑假》，《收获》2003 年第 3 期。

魏微：《大老郑的女人》，《人民文学》2003 年第 4 期。

魏微：《姐妹》，《中国作家》2006 年第 1 期。

徐坤：《招安，招安，招甚鸟安》，《小说月报》1998年第12期。

杨少衡：《黑名单》，《人民文学》2001年第7期。

杨少衡：《蓝筹股》，《清明》2005年第5期。

杨少衡：《疑点重重》，《小说月报》（原创版）2006年第2期。

参考文献

中文著作

陈炳良编：《中国现当代文学探研》，三联书店（香港）有限公司1992年版。

陈平原：《中国小说叙事模式的转变》，北京大学出版社2010年版。

陈思和主编：《逼近世纪末小说选》（卷五·1997），上海文艺出版社1998年版。

成仿吾：《成仿吾文集》，山东大学出版社1985年版。

丁帆：《中国乡土小说史论》，江苏文艺出版社1992年版。

高中甫编选：《卡夫卡精选集》，北京燕山出版社2005年版。

郭小川：《郭小川全集5》，广西师范大学出版社2000年版。

郭小川：《致青年公民》，作家出版社1957年版。

郭小川：《郭小川诗选》（续集），河北人民出版社1980年版。

贺敬之：《贺敬之诗选》，山东人民出版社1979年版。

洪子诚：《中国当代文学史》，北京大学出版社1999年版。

洪子诚、刘登翰：《中国当代新诗史》，北京大学出版社2005年版。

洪子诚主编：《中国当代文学史·史料选》（上），长江文艺出版社2002年版。

华中师范学院中国语言文学系编：《中国当代文学史稿》，科学出版社1962年版。

蒋光慈：《蒋光慈文集》（第四卷），上海文艺出版社1988年版。

李大钊：《李大钊文集》（上），人民出版社1984年版。

马原：《西海无帆船：马原西藏小说选》，西藏人民出版社1987

年版。

莫言:《十三步》,上海文艺出版社 2009 年版。

钱理群:《1948:天地玄黄》,山东教育出版社 1998 年版。

钱理群、温儒敏、吴福辉:《中国现代文学三十年》,北京大学出版社 1998 年版。

上海文艺出版社编:《中国新文学大系:1927—1937》(第二集 文学理论集二),上海文艺出版社 1987 年版。

尚必武:《当代西方后经典叙事学研究》,人民文学出版社 2013 年版。

尚必武主编:《叙事研究前沿》(第一辑),外语教学与研究出版社 2014 年版。

邵荃麟:《邵荃麟全集》(第一卷),武汉出版社 2013 年版。

申丹:《叙述学与小说文体学研究》,北京大学出版社 1998 年版。

申丹、韩加明、王丽亚:《英美小说叙事理论研究》,北京大学出版社 2005 年版。

申丹、王丽亚:《西方叙事学:经典与后经典》,北京大学出版社 2010 年版。

谭君强:《叙事理论与审美文化》,中国社会科学出版社 2002 年版。

唐伟胜主编:《叙事》(中国版 第三辑),暨南大学出版社 2011 年版。

唐伟胜主编:《叙事》(中国版 第五辑),暨南大学出版社 2013 年版。

汪曾祺:《汪曾祺全集二:小说卷》,北京师范大学出版社 1998 年版。

汪曾祺:《汪曾祺作品自选集》,漓江出版社 1996 年版。

王安忆:《乘火车旅行》,中国华侨出版社 1995 年版。

王安忆:《王安忆自选集》,天地出版社 2017 年版。

王德威:《现代中国小说十讲》,复旦大学出版社 2003 年版。

王尧、林建法主编,何言宏编选:《中国当代文学批评大系一九四九—二〇〇九》(卷五),苏州大学出版社 2012 年版。

文学平:《集体意向性与制度性事实——约翰·塞尔的社会实在建构理论研究》,法律出版社 2010 年版。

吴福辉编：《二十世纪中国小说理论资料（第三卷）1928—1937》，北京大学出版社1997年版。

吴欢章：《新时代歌手——论贺敬之、郭小川、闻捷的诗》，宁夏人民出版社1987年版。

萧乾：《负笈剑桥》，生活·读书·新知三联书店1987年版。

谢冕：《文学的绿色革命》，贵州人民出版社1988年版。

严家炎编：《二十世纪中国小说理论资料（第二卷）1917—1927》，北京大学出版社1997年版。

杨守森、贺立华主编：《莫言研究三十年》（上），山东大学出版社2013年版。

郁达夫编选：《中国新文学大系·散文二集》，上海良友图书印刷公司1935年版。

张桃洲：《现代汉语的诗性空间——新诗话语研究》，北京大学出版社2005年版。

张新颖：《打开我们的文学理解》，山东文艺出版社2005年版。

张新颖：《默读的声音》，广东教育出版社2004年版。

张寅德编选：《叙述学研究》，中国社会科学出版社1989年版。

朱厚泽：《向太阳　向光明：朱厚泽文存1949—2010》，世界图书出版公司2014年版。

朱自清：《论雅俗共赏》，北京出版社2005年版。

朱自清：《朱自清序跋书评集》，生活·读书·新知三联书店1983年版。

中文论文

艾青：《从朦胧诗谈起》，《文汇报》（上海）1981年5月12日第3版。

艾伟、姜广平：《关系：小说成立的基本常识》，《西湖》2007年第7期。

蔡志诚：《权力镜像中的边缘正义——杨少衡的"介入现实"与"隐形批判"》，《当代作家评论》2005年第3期。

陈独秀：《一九一六年》，《青年杂志》1916年1月15日第1卷第5号。

陈慧娟：《论新时期小说叙述视角的转换》，《江淮论坛》2006 年第 4 期。

陈思和：《营造精神之塔——论王安忆 90 年代初的小说创作》，《文学评论》1998 年第 6 期。

陈思和、张新颖、王光东：《知识分子精神的自我救赎》，《文艺争鸣》1999 年第 5 期。

丛杭青、戚陈炯：《集体意向性：个体主义与整体主义之争》，《哲学研究》2007 年第 6 期。

代晓丽：《比真实更真：〈押沙龙，押沙龙〉的叙事视角与逼真性》，《外国语文》2010 年第 2 期。

丁轶：《建立在复数主体上的共同承诺——吉尔伯特政治义务理论述评》，《天府新论》2012 年第 4 期。

符杰祥：《知识分子、"公文复写"与"自我批判"——从〈大众文艺丛刊〉看 1948 年的"文艺运动"》，《东方论坛》2005 年第 6 期。

高行健：《〈灵山〉与小说创作》，《明报月刊》2001 年 3 月号。

高秀芹：《从〈放声歌唱〉看政治抒情诗的程式化意义》，《艺术广角》1998 年第 3 期。

高一涵：《共和国家与青年之自觉》，《青年杂志》1915 年 9 月 15 日第 1 卷第 1 号。

戈雪：《叙述的魅力——论新时期以来小说叙述方式的演变》，《武汉大学学报》（人文科学版）2003 年第 2 期。

侯桂新：《〈大众文艺丛刊〉与中国现代文学的转折》，《中国现代文学研究丛刊》2009 年第 3 期。

黄灿：《走向后经典叙事研究的"我们"叙事学》，《河南社会科学》2015 年第 11 期。

黄希云：《小说人称的叙述功能》，《外国文学评论》1996 年第 4 期。

季红真：《归去来——论王安忆小说文体的基本类型》，《文艺争鸣》2010 年第 3 期。

姜德明：《旧刊 新识——关于香港〈大众文艺丛刊〉》，《文学自由谈》1998 年第 4 期。

姜涛：《冯至、穆旦四十年代诗歌写作的人称分析》，《中国现代文学研究丛刊》1997 年第 4 期。

康林：《〈尝试集〉的艺术史价值》，《文学评论》1990 年第 4 期。

来瑞、唐毅：《莫妮卡·福鲁德尼克的第二人称小说研究述介》，《华中人文论丛》2011 年第 1 期。

李晓进：《西方哲学中意向性话题的嬗变脉络和发展动向》，《中山大学学报》（社会科学版）2012 年第 1 期。

李光荣：《西南联大的朗诵诗观念——从闻一多到朱自清和李广田》，《中国现代文学研究丛刊》2017 年第 8 期。

李亚：《论新时期家族小说第一人称叙事策略的运用》，《社科纵横》2010 年第 1 期。

梁鸿：《小城镇叙事、泛意识形态写作与不及物性——七十年代出生作家的美学思想考察》，《山花》2009 年第 7 期。

梁实秋：《现代中国文学之浪漫的趋势》，《中国现代文学研究丛刊》1987 年第 2 期。

刘凤阳：《看小说：手指〈寻找建新〉 青春的出路》，《文艺报》2011 年 9 月 26 日第 2 版。

刘朋朋：《无产阶级革命文学中的"我们"》，《山东社会科学》2012 年第 9 期。

刘旭：《汪曾祺小说的叙事模式研究："汪氏文体"的形成》，《文学评论》2015 年第 2 期。

刘再复：《论八十年代文学批评的文体革命》，《文学评论》1989 年第 1 期。

刘中树：《"五四精神"与中国新文学》，《社会科学辑刊》2008 年第 2 期。

马天俊：《"我们"批判》，《东南大学学报》（哲学社会科学版）2002 年第 5 期。

莫言、石一龙：《写作时我是一个皇帝——著名作家莫言访谈录》，《山花》2001 年第 10 期。

莫言、张清华：《在限制的刀锋上舞蹈——莫言访谈》，《小说评论》2018 年第 2 期。

尚必武：《非常规叙述形式的类别与特征：〈非自然的叙述声音：现当代小说的极端化叙述〉评介》，《北京第二外国语学院学报》2009 年第 2 期。

尚必武：《叙事学研究的新发展——戴维·赫尔曼访谈录》，《外国文学》2009 年第 5 期。

尚必武：《讲述"我们"的故事：第一人称复数叙述的存在样态、指称范畴与意识再现》，《外国语文》2010 年第 1 期。

尚必武：《不可能的故事世界，反常的叙述行为——非自然叙事学论略》，《外语与外语教学》2012 年第 1 期。

尚必武：《后经典叙事学的第二阶段：命题与动向》，《当代外国文学》2012 年第 3 期。

尚必武：《什么是叙事的"反模仿性"？——布莱恩·理查森的非自然叙事学论略》，《文艺理论研究》2018 年第 6 期。

尚广辉：《非自然的意识再现：叙事中的"社会心理"》，《广西社会科学》2017 年第 2 期。

尚广辉：《构建反模仿诗学：论布莱恩·理查森的非自然叙事理论》，《外国文学研究动态》2019 年第 1 期。

申丹：《何为"不可靠叙述"？》，《外国文学评论》2006 年第 4 期。

申丹：《关于叙事学研究的几个问题》，《中国外语》2009 年第 5 期。

盛林：《"你"和"他"的妙用——析莫言小说〈你的行为使我们感到恐怖〉》，《语文月刊》1990 年第 2 期。

谭君强：《文化研究语境下的叙事理论》，《文学评论》2003 年第 1 期。

唐伟胜：《叙事层次：概念及其延伸》，《外国语文》2015 年第 1 期。

王安忆：《生活的形式》，《上海文学》1999 年第 5 期。

王安忆、王雪瑛：《王安忆注视文坛和乡村》，《作家》2000 年第 9 期。

王朝军：《"我他妈的"在焦虑——手指小说述评》，2012 年 8 月，豆瓣网，http：//douban.com/group/topic/32178295。

王春林：《山西作家群整体透视：百花春满园 稍逊"茉莉"香》，《光明日报》2012 年 7 月 31 日第 14 版。

王海燕：《"我们"的城市焦虑——〈寻找建新〉导读》，《语文教学与研究：综合天地》2012 年第 6 期。

王文华：《论叙述人称》，《河北师范大学学报》（哲学社会科学版）2009 年第 4 期。

王西强：《论莫言1985年后中短篇小说的叙事视角试验》，《中国现代文学研究丛刊》2012年第6期。

王晓侠：《萨洛特〈你不喜欢自己〉的主体评析》，《外国文学评论》2011年第4期。

王新敏：《论艾伟长篇小说〈越野赛跑〉中的集体叙事》，《河北工业大学学报》（社会科学版）2013年第4期。

王泽龙、倪贝贝：《现代汉语人称代词与中国现代诗歌》，《华中师范大学学报》（人文社会科学版）2016年第1期。

文学平：《论集体意向性及其在社会生活中的地位》，《浙江大学学报》（人文社会科学版）2012年第3期。

文学武：《〈大众文艺丛刊〉事件与中国现代知识分子的自我救赎》，《文艺理论研究》2010年第6期。

谢慧英、周伟薇：《关于"真实"的历史建构与知识者的身份认同——现代小说叙述人称策略的变迁及其思想史意义》，《文艺理论研究》2014年第3期。

徐德明：《"乡下人进城"的文学叙述》，《文学评论》2005年第1期。

燕华：《边缘化的主流——1981~1989年〈小说选刊〉研究》，《社会科学论坛》2006年第6期。

颜炼军：《"我"与"我们"——当代诗歌中的个体形象和群体形象试析》，《扬子江评论》2011年第6期。

姚君伟、顾明生：《"我们"的叙事狂欢——论桑塔格短篇小说〈宝贝〉中的集体型叙述》，《当代外国文学》2018年第3期。

杨飏：《论作为当代个人独立文论述学人称的"我们"》，《文艺理论研究》2005年第5期。

杨飏：《当代代言式述学中的"我们"》，《文艺研究》2005年第10期。

杨宜音：《关系化还是类别化：中国人"我们"概念形成的社会心理机制探讨》，《中国社会科学》2008年第4期。

杨宜音、张曙光：《在多元一体中寻找"我们"——从社会心理学看共识的建构》，《人民论坛·学术前沿》2013年第7期。

叶维廉：《语言的策略与历史的关系》（节选），《诗探索》1982年第

1 期。

尹航：《当下小说叙述人称研究之弊》，《中共济南市委党校学报》2007 年第 4 期。

于启宏：《汪曾祺的短篇小说哲学》，《理论与创作》2007 年第 1 期。

曾令存：《1948—1949：〈大众文艺丛刊〉》，《中国现代文学研究丛刊》2002 年第 2 期。

章绍嗣：《踩踏出诗歌大众化的荆棘之路——试论抗战时期的朗诵诗运动》，《抗战文化研究》2007 年第 1 期。

张德明：《论作为左翼诗歌抒情主体的"我们"》，《文艺理论与批评》2008 年第 5 期。

张清华：《黑夜深处的火光：六七十年代地下诗歌的启蒙主题》，《当代作家评论》2000 年第 3 期。

张桃洲：《主体意识：介于个体与群体之间——中国新诗的两种人称辨析》，《江汉论坛》2002 年第 9 期。

张森：《"我"与"我们"：沈从文湘西小说的双重视点》，《小说评论》2010 年第 2 期。

张万敏：《认知叙事学的引进与文学研究的新拓展》，《思想战线》2011 年第 3 期。

张新颖：《小说精神的源头·生活世界·现代汉语创作传统——林建法编〈2003 中国最佳短篇小说〉序》，《当代作家评论》2004 年第 2 期。

张一兵：《形上之思：从"我们认为"到"我以为"》，《开放时代》2001 年第 3 期。

张志林：《分析哲学中的意向性问题》，《学术月刊》2006 年第 6 期。

赵炎秋：《叙事情境中的人称、视角、表述及三者关系》，《文学评论》2002 年第 6 期。

周新民：《由"角色"向"叙述者"的偏移——十七年第一人称叙事小说论》，《华中科技大学学报》（社会科学版）2001 年第 3 期。

周兴华：《"我"与"我们"：茅盾作家论的意义标志》，《文学评论》2005 年第 4 期。

刘朋朋：《"我"与"我们"：鲁迅个人主义命运考论》，博士学位论文，山东大学，2013 年。

黄妍：《论集体意向的本性》，博士学位论文，武汉大学，2011 年。

姬蕾：《"五四"新文化运动中的个人主义话语》，博士学位论文，吉林大学，2009年。

中文译著、译文

［德］汉娜·阿伦特编：《启迪：本雅明文选》，张旭东、王斑译，生活·读书·新知三联书店2008年版。

［英］爱德华·扬格：《试论独创性作品》，袁可嘉译，人民文学出版社1963年版。

［法］埃米尔·本维尼斯特：《普通语言学问题》，王东亮等译，生活·读书·新知三联书店2008年版。

［俄］С. 谢·弗兰克：《社会的精神基础》，王永译，生活·读书·新知三联书店2003年版。

［法］古斯塔夫·勒庞：《乌合之众：大众心理研究》，冯克利译，中央编译出版社2000年版。

［美］戴维·赫尔曼、詹姆斯·费伦等：《叙事理论：核心概念与批评性辨析》，谭君强等译，北京师范大学出版社2016年版。

［美］克利福德·吉尔兹：《地方性知识——阐释人类学论文集》，王海龙、张家瑄译，中央编译出版社2000年版。

李欧梵：《中国现代作家的浪漫一代》，王宏志等译，新星出版社2005年版。

［美］雷·韦勒克、奥·沃伦：《文学理论》，刘象愚等译，生活·读书·新知三联书店1984年版。

刘禾：《跨语际实践：文学，民族文化与被译介的现代性（中国，1900—1937）》，宋伟杰等译，生活·读书·新知三联书店2014年版。

［美］罗伯特·斯科尔斯、詹姆斯·费伦、罗伯特·凯洛格：《叙事的本质》，于雷译，南京大学出版社2015年版。

［法］米歇尔·比托尔：《小说中人称代词的运用》，林青译，《小说评论》1987年第4期。

［美］杰拉德·普林斯：《叙述学词典》，乔国强、李孝弟译，上海译文出版社2011年版。

［法］热拉尔·热奈特：《热奈特论文集》，史忠义译，百花文艺出版社2001年版。

［法］热拉尔·热奈特：《叙事话语 新叙事话语》，王文融译，中国社会科学出版社1990年版。

［美］苏珊·S. 兰瑟：《虚构的权威：女性作家与叙述声音》，黄必康译，北京大学出版社2002年版。

［美］苏珊·桑塔格：《我，及其他》，徐天池等译，上海译文出版社2009年版。

［美］W. C. 布斯：《小说修辞学》，华明、胡苏晓、周宪译，北京大学出版社1987年版。

王泰来等编译：《叙事美学》，重庆出版社1987年版。

［法］西蒙娜·德·波伏娃：《第二性》，陶铁柱译，中国书籍出版社1998年版。

［美］约翰·塞尔：《心灵、语言和社会——实在世界中的哲学》，李步楼译，上海译文出版社2001年版。

［美］约翰·R. 塞尔：《意向性：论心灵哲学》，刘叶涛译，上海世纪出版集团2007年版。

［美］约翰·R. 塞尔：《社会实在的建构》，李步楼译，上海世纪出版集团2008年版。

［英］约瑟夫·康拉德：《康拉德小说选》，袁家骅等译，上海译文出版社1985年版。

［美］约书亚·弗里斯：《曲终人散》，李育超译，人民文学出版社2009年版。

［美］詹姆斯·费伦、彼得·J. 拉比诺维茨主编：《当代叙事理论指南》，申丹等译，北京大学出版社2007年版。

［美］詹姆斯·费伦：《可靠、不可靠与不充分叙述——一种修辞诗学》，王浩译，《思想战线》2016年第2期。

［美］詹姆斯·费伦、舒凌鸿：《修辞诗学、非自然叙事学和模仿、主题、综合的叙事》，《中国文学研究》2018年第2期。

英文著作

Brian Richardson, *Unnatural Voices: Extreme Narration in Modern and Contemporary Fiction*, Columbus: Ohio State University Press, 2006.

David Carr, *Time, Narrative, and History*, Bloomington: Indiana University Press, 1986.

David Herman ed., *Narrative Theory and the Cognitive Sciences*, Stanford: CSLI, 2003.

David Herman, Manfred Jahn and Marie-Laure Ryan, eds., *Routledge Encyclopedia of Narrative Theory*, London and New York: Routledge, 2005.

F. K. Stanzel, *A Theory of Narrative*, trans. G. Goedsche, Cambridge: Cambridge University Press, 1984.

Gerard Genette, *Narrative Discourse Revisited*, trans. Jane E. Lewin, Ithaca and New York: Cornell University Press, 1988.

Gerard Genette, *Narrative Discourse: An Essay in Method*, trans. Jane E. Lewin, Ithaca and New York: Cornell University Press, 1980.

Greta Olson ed., *Current Trends in Narratology*, Berlin and New York: Walter de Gruyter, 2011.

Jan Alber and Monika Fludernik, eds., *Postclassical Narratology: Approaches and Analyses*, Columbus: Ohio State University Press, 2010.

Jan Alber and Rüdiger Heinze, eds., *Unnatural Narratives – Unnatural Narratology*, Berlin and Boston: De Gruyter, 2011.

John R. Searle, *Consciousness and Language*, Cambridge: Cambridge University Press, 2002.

J. Saunders Redding, *On Being Negro in America*, Indianapolis and New York: Bobbs-Merrill Co., 1951.

Margaret Gilbert, *Living Together*, Maryland: Rowman & Littlefield Publishers, 1996.

Monika Fludernik, *An Introduction to Narratology*, London and New York: Routledge, 2009.

Monika Fludernik, *Towards a "Natural" Narratology*, London and New York: Routledge, 1996.

Peter Hühn, Wolf Schmid and Jörg Schöner, eds., *Point of View, Perspective, and Focalization: Modeling Mediation in Narrative*, Berlin and New York: Walter de Gruyter, 2009.

Seymour Chatman, *Story and Discourses: Narrative Structure in Fiction and Film*, Ithaca and London: Cornell University Press, 1978.

Susan S. Lanser, *Fictions of Authority: Women Writers and Narrative Voice*, Ithaca: Cornell University Press, 1992.

Victor Serge, *Birth of Our Power*, trans. Richard Greeman, New York: Doubleday, 1967.

Wayne C. Booth, *The Rhetoric of Fiction*, Chicago: University of Chicago Press, 1961.

Zakes Mda, *Ways of Dying*, New York: Farrar, Straus, and Giroux, 1995.

英文论文

Adalaide Morris, "First Persons Plural in Contemporary Feminist Fiction", *Tulsa Studies in Women's Literature*, Vol. 11, No. 1, Spring 1992.

Amit Marcus, "A Contextual View of Narrative Fiction in the First Person Plural", *Narrative*, Vol. 16, No. 1, January 2008.

Amit Marcus, "Dialogue and Authoritativeness in 'We' Fictional Narratives: A Bakhtinian Approach", *Partial Answers: Journal of Literature and the History of Ideas*, Vol. 6, No. 1, January 2008.

Amit Marcus, "We are You: The Plural and The Dual in 'We' Fictional Narratives", *Journal of Literary Semantics*, Vol. 37, Issue. 1, April 2008.

Biwu Shang and Brian Richardson, "Unnatural Narratology and Contemporary Narrative Poetics: An Interview with Professor Brian Richardson", *Theoretical Studies in Literature and Art*, Vol. 5, 2012.

Boudewijn de Bruin, "We and the Plural Subject", *Philosophy of the Social Sciences*, Vol. 39, No. 2, May 2009.

Brian Richardson, "I Etcetera: On the Poetics and Ideology of Multipersoned Narratives", *Style*, Vol. 28, Issue. 3, September 1994.

Brian Richardson, "Plural Focalization, Singular Voices: Wandering Perspectives in 'We'-Narration", in Peter Hühn, Wolf Schmid and Jörg Schöner, eds. *Point of View, Perspective, and Focalization: Modeling Mediation in Narrative*, Berlin and New York: Walter de Gruyter, 2009.

Celia Britton, "Collective Narrative Voice in Three Novels by Edouard Glissant", in Sam Haigh ed. *An Introduction to Caribbean Francophone Writing: Guadeloupe and Martinique*, Oxford and New York: Berg Publishers, 1999.

Christiaan Ronda, Un/natural. A Search for Consensus between Mimetic and Anti-Mimetic Narratologies, Master thesis, University of Groningen, July 2011. Dawn Fulton, " 'Romans des Nous': The First Person Plural and Collective Identity in Martinique", *French Review*, Vol. 76, No. 6, May 2003.

Dorrit Cohn, "Review: The Encirclement of Narrative: On Franz Stanzel's Theorie des Erzählens", *Poetics Today*, Vol. 2, No. 2, Winter 1981.

Jan Alber, Stefan Iversen, Henrik Skov Nielsen, and Brian Richardson, "Unnatural Narratives, Unnatural Narratology: Beyond Mimetic Models", *Narrative*, Vol. 18, No. 2, May 2010.

Jan Alber, Stefan Iversen, Henrik Skov Nielsen, and Brian Richardson, "What Is Unnatural about Unnatural Narratology?: A Response to Monika Fludernik", *Narrative*, Vol. 20, No. 3, October 2012.

Jan Alber, "Impossible Storyworlds and What to Do with Them", *Storyworlds: A Journal of Narrative Studies*, Vol. 1, 2009.

Jan Alber, "The 'Moreness' or 'Lessness' of 'Natural' Narratology: Samuel Beckett's 'Lessness' Reconsidered", *Style*, Vol. 36, No. 1, March 2002.

Jeff Allred, "From Eye to We: Richard Wright's 12 Million Black Voices, Documentary, and Pedagogy", *American Literature*, Vol. 78, No. 3, September 2006.

Joe Woller, "First-Person Plural: The Voice of the Masses in Farm Security Administration Documentary", *Journal of Narrative Theory*, Vol. 29, No. 3, Fall 1999.

Julia Kursell, "First Person Plural: Roman Jakobson's Grammatical Fictions", *Studies in East European Thought*, Vol. 62, No. 2, June 2010.

Lief Lorentzon, "Ayi Kwei Armah's Epic We – Narrator", *Critique: Studies in Contemporary Fiction*, Vol. 38, Issue. 3, Spring 1997.

Margaret Gilbert, "Group Membership and Political Obligation", *The Monist*, Vol. 76, Issue. 1, January 1993.

Monika Fludernik, "How Natural Is 'Unnatural Narratology'; or, What Is Unnatural about Unnatural Narratology?" *Narrative*, Vol. 20, No. 3, October 2012.

Monika Fludernik, "Introduction: Second-Person Narrative and Related

Issues", *Style*, Vol. 28, No. 3, January 1994.

Monika Fludernik, "Let Us Tell You Our Story: *We*-Narration and Its Pronominal Peculiarities", in Alison Gibbons and Andrea Macrae, eds. *Pronouns in Literature: Positions and Perspectives in Language*, London: Palgrave Macmillan, 2018.

Monika Fludernik, "Naturalizing the Unnatural: A View from Blending Theory", *Journal of Literary Semantics*, Vol. 39, No. 1, April 2010.

Monika Fludernik, "Second Person Fiction: Narrative *You* as Addressee and/or Protagonist", *AAA-Arbeiten aus Anglistik und Amerikanistik*, Vol. 18, No. 2, January 1993.

Monika Fludernik, "Second-Person Narrative as a Test Case for Narratology: The Limits of Realism", *Style*, Vol. 28, January. 3, Fall 1994.

Monika Fludernik, "The Category of 'Person' in Fiction: *You* and *We*-Narrative-Multiplicity and Indeterminacy of Reference", in Greta Olson ed. *Current Trends in Narratology*, Berlin and New York: De Gruyter, 2011.

Natalya Bekhta, "We-Narratives: The Distinctiveness of Collective Narration", *Narrative*, Vol. 25, No. 2, May 2017.

Rebecca Fasselt, "(Post) Colonial We-Narratives and the 'Writing Back' Paradigm: Joseph Conrad's The Nigger of the 'Narcissus' and Ngũgĩ wa Thiongö's A Grain of Wheat", *Poetics Today*, Vol. 37, No. 1, March 2016.

Roman Jakobson: "Shifters, Verbal Categories, and the Russian Verb", in Roman Jakobson, ed. *Selected Writings II*, The Hague: Mouton, 1971.

Susan S. Lanser, "Who Are the 'We'? The Shifting Terms of Feminist Discourse", *Women's Studies Quarterly*, Vol. 14, No. 3/4, Fall-Winter 1986.

Uri Margolin, "Collective Perspective, Individual Perspective, and the Speaker in Between: On 'We' Literary Narratives", in Willie Van Peer and Seymour Chatman, eds. *New Perspectives on Narrative Perspective*, Albany: State University of New York Press, 2001.

Uri Margolin, "Telling in the Plural: From Grammar to Ideology", *Poetics Today*, Vol. 21, No. 3, September 2000.

Uri Margolin, "Telling Our Story: On 'We' Literary Narratives", *Language and Literature*, Vol. 5, No. 2, May 1996.

后　　记

疫情期间，我跟爸妈待在农村老家。有一天，母亲说，她要把旧的竹门帘拆了，重新编一下，等夏天来了以后挂在门上。有一天，父亲说，他要把老房子的砖面上刷上一道漆，给这院子添点绿色。有一天，我说，我要把博士论文翻出来，好好修改润色一下，找家出版社出了，要不我看好的这块地就要被别人种满了。就这样，母亲做了编织女，父亲做了粉刷匠，而我是码字工。经过半年的加紧作业，这本书就要出炉了。

本书所研究的是一个比较罕见的小问题。在很长的一段时间内，小说界少有作者用第一人称复数"我们"来讲述故事；叙事学理论界也少有理论家花力气去研究这一叙事现象。但是，艺术总是要追求创新的，小说艺术也不例外。当小说家觉得第一人称、第三人称叙事再也翻不出什么新花样之后，第二人称、第一人称复数"我们"叙事就别别扭扭地登场了。在非自然叙事学兴起的这一理论背景下，第一人称复数"我们"叙事终于在叙事人称理论的土壤上扎住了脚，结出来一些小果实。西方学者尤里·马格林、莫妮卡·弗鲁德尼克、布莱恩·理查森和阿米特·马库斯等人为此作出了重要的贡献。在本书中，我一方面对这些学者的理论成果进行了介绍、分析；另一方面立足于我国文学创作的实情，对我国小说中出现的第一人称复数"我们"叙事做了一些探索性的研究。我虽已尽力，但这些研究仍显粗浅，期望得到大方之家的批评与教诲。

最后，感谢我的导师张永清教授；感谢我的同窗密友刘颜玲、潘霞；感谢我的舍友吕方、顾大朋；感谢我的责任编辑任明先生，你们共同见证了我人生首秀之作的孕育与诞生。

2020. 3. 1